KB071876

만물박사 3

이광복
연작소설

만물박사 3

이광복 지음

발행처·도서출판 **청어**
발행인·이영철
영　업·이동호
홍　보·이수빈
기　획·천성래
편　집·방세화
디자인·김희주
제작부장·공병한
인　쇄·두리터

등　록·1999년 5월 3일
(제321-3210000251001999000063호)

1판 1쇄 인쇄·2018년 1월 1일
1판 1쇄 발행·2018년 1월 11일

주소·서울특별시 서초구 효령로55길 45-8
대표전화·586-0477
팩시밀리·586-0478

홈페이지·www.chungeobook.com
E-mail·ppi20@hanmail.net
ISBN·979-11-5860-533-9(04810)
　　　979-11-5860-530-8(세트)

이 도서의 국립중앙도서관 출판시도서목록(CIP)은 서지정보유통지원시스템 홈페이지
(http://seoji.nl.go.kr)와 국가자료공동목록시스템(http://www.nl.go.kr/kolisnet)에서
이용하실 수 있습니다.(CIP제어번호: CIP2017011990)

만물박사 3

이광복
연작소설

만물박사 3

차례

은사시나무

그날 밤, 승우는 얼마 동안 성모상 앞에 머리를 조아리고 앉아 있다가 집으로 향했다. 성당을 벗어나는 동안에도 여전히 매미가 울고 있었다. 벼르고 별러 입교의 첫 단추를 끼워서 그런 탓일까, 그는 세파에 찌들대로 찌든 영혼이 다소나마 세척된 듯한 느낌을 받았다.

그는 서둘러 집으로 돌아왔다. 그런데 이게 웬일일까, 그는 집으로 들어서자마자 못 볼 꼴을 보아야 했다. 맏딸 은경이가 손바닥만 한 거실에 쭈그리고 앉아 훌쩍훌쩍 울고 있었다. 아까 낮에는 둘째딸 옥경이가 눈물바람을 하더니 밤에는 고3인 은경이가 우는 것이었다. 승우가 물었다.

"은경아, 왜 우니?"

"아빠는 몰라도 돼요."

손바닥으로 얼굴을 가린 그 아이는 안방으로 들어가 문을 쾅 닫았다. 답답했다. 대학 입시를 앞둔 다 큰 아이가 울 일이 뭐람? 승우는 궁금증을 증폭시키다 못해 은경이가 들어간 안방으로 뒤따라 들어갔다. 안방에는 아내, 옥경이, 성현이가 피난민처럼 오글오글 웅크리고 앉아 있었는데, 은경이는 장롱 옆 구석에 처박혀 두 손으로 얼굴을 감싼 채 계속 훌쩍거리고 있었다.

집이 조금만 넓었더라면…… 승우는 아내와 아이들에게 늘 미안한 마음을 가지고 있었다. 아내와 고등학교에 다니는 두 딸, 그리고 늦둥이 아들 성현이까지 한 방에서 복닥거리는 것을 보면 안타깝다 못해 가슴이 아려왔다. 두 딸은 대학에 들어가겠다고 저희들 나름대로 매일 밤늦게까지 열을 올리고 있는데 아비로서 공부방 한 칸 마련해주지 못한다는 것이 이만저만 괴롭지 않았다.

그러나 어쩌랴. 아무리 피땀을 흘려 봐야 생활은 조금도 나아지는 것이 없었고, 그나마 다섯 식구가 아직까지는 굶지 않고 근근이 연명하는 것을 다행으로 여겨야 할 형편이었다. 남들에 비해 몇십 배 힘 드는, 해박한 지식 없이는 아무나 할 수 없는 특수한 일을 하는데도 승우에게 돌아오는 노동의 대가란 실로 보잘것없었던 것이다.

가족들은 말이 없었다. 재롱이 한창인 성현이까지 무거운 침묵을 지키고 있었다. 맏이인 은경이가 훌쩍거림으로 해서 옥경이나 성현이는 기분이 잡쳐 있었다. 집안 공기가 초상집처럼 칙칙할 수밖에 없었다. 승우가 은경이에게 물었다.

"은경아. 왜 그래? 말을 해야 알지."

"아빠는 몰라도 된다니까요."

은경이는 힐끗 뒤를 돌아다보며 통통 부어터진 볼멘소리를 내뱉었다. 그 아이의 얼굴에는 눈물과 콧물이 뒤범벅되어 있었다. 요즘 학교에서는 '왕따'니 '이지메'니 뭐니 해서 집단 따돌림이 심하다는데 혹여 은경이가 그런 따돌림을 당한 것은 아닐까. 승우가 아내 현숙에게 물었다.

"왜 그래?"

"난 잘 모르겠어요."

아내 현숙은 별로 대수롭지 않게 대꾸했다. 승우는 왜 이런 사태가 발생했는지 궁금해서 도저히 견딜 수가 없었다. 성당에 다녀와서 기분이 좀 나아졌다 했더니, 예기치 못한 이런 사태를 접하게 되자 기분이 확 잡쳐 버리고 말았다.

대학 입시를 앞두고 피를 말리며 막바지 피치를 올리고 있는 은경이. 정말 그 아이에게는 밤낮이 따로 없었다. 그 아이는, 학교에서 보충수업을 마친 뒤 곧바로 도서관에 가서 문을 닫을 때까지 공부하다 돌아오곤 했다. 그런 다음 집에 돌아와서도 그 비좁은 방에서 새벽 두 시나 세 시까지 눈이 빠져라 공부했다.

은경이는 정말 나무랄 데가 없었다. 다른 아이들은 학원이다 개인 지도다 뭐다 해서 과외를 받고 있었지만 그 아이는 순전히 자습으로 제 실력을 키워 가고 있었다. 승우는 그런 은경이가 안쓰러워 수시로 비탄에 젖곤 했다.

학원이나 개인 지도는 그렇다 치고 그 흔한 독서실이라도 보내주었으면 여한이 없겠는데 승우 형편으로는 그 몇 푼 안 되는 독서실 이용료조차 부담할 수가 없었다. 공부를 열심히 하는데도 뒤를 밀어주지 못하는 아비의 심정이란 그야말로 죽을 맛이 아닐 수 없었다.

승우는 자녀들 3남매의 교육 현실을 생각할 때마다 당연히 돌아가신 부모님을 떠올리지 않을 수 없었다. 그 어른들인들 얼마나 애간장을 녹였을까. 승우는 어려서부터 고향 일대에 신동으로 알려져 있었지만 부모님은 찢어지는 가난 때문에 그의 뒤를 끝까지 밀어주지 못했다.

만약 승우가 정상적으로 교육과정을 밟았다면 지금쯤 어느 분야에서건 한창 깃발을 날리고 있으리라. 하지만 그는 간신히 고등학교를 졸업한 뒤 곧바로 생활 전선에 뛰어들어야 했다. 부모를 잘못 만난 것일까, 아니면 시대를 잘못 만난 것일까, 아무튼 승우는 그 천재적인 머리를 가지고 태어났으면서도 가족 부양이라는 발등의 불을 끄느라 조용히 학업에의 꿈을 접어야 했다.

승우는 은경이 대신 옥경이를 거실로 불러내 자초지종을 물었다. 옥경이와의 단독 면담을 통해 자세한 속사정을 알아보려는 속셈이었다. 하지만 옥경이 역시 돌연 꿀 먹은 벙어리가 되어 묵묵부답이었다. 승우가 애원하듯이 말했다.

"옥경아. 네 언니가 왜 그러는지 속 시원히 말해주렴. 아빠는 지금 답답해서 죽을 지경이란다."

그러자 옥경이가 마지못해 떠듬떠듬 말문을 열었다.

"친구 때문에 그러나 봐요."

"친구?"

"네, 언니하고 같은 반에 수진이라고 있거든요."

"그래서?"

"걔가 자꾸만 못 살게 구나 봐요."

"왜?"

"걔가 워낙 드세게 놀아요. 걔네 아빠가 판사거든요. 걔는 학교에서 아주 유명해요. 우리들 앞에서도 얼마나 잘난 척하는지 몰라요. 걔가 언니를 자꾸 괴롭히나 봐요."

그랬다. 은경이는 요즘 아이답지 않게 수줍음을 잘 타는데다 말수까지 없었다. 그만한 나이 때에는 좀 까불기도 하고, 저희들끼리 수다를 떨 만도 하련만 은경이는 남들 앞에 잘 나서려 하지도 않았다. 승우가 물었다.

"걔 아빠가 판사야?"

"네. 걔 동생도 얼마나 거만한데요."

"걔 동생도 너희 학교에 다녀?"

"네. 1학년에 아롱이라고 있거든요. 걔도 학교에서 얼마나 유명한지 몰라요. 선생님한테도 막 덤비는데요 뭐."

은경이도 그렇지만 옥경이도 거짓말을 하거나 진실을 왜곡할 아이가 아니었다. 그 아이의 말은 모두 사실이었다. 수진이와 아롱이 자매는 저희 애비 '빽'을 믿고 여간 날뛰는 것이 아니었다. 걔들은 이 세상에서 저희 아비가 가장 끗발 좋고 위대한 인물인 양 착각하고 있었다. 아무리 철이 없다고는 하지만 그 자매야말로 애당초 싹수가 노란 아이들이었다.

하기야 대통령 가족들이 대통령 행세하고 장관 마누라들이 장관 행세하는 세상인지라 판사 애새끼들이 판사 행세를 한다 한들 하등 이상할 것이 없었다. 아니, 윗놈들 떨거지들이 그따위로 놀아나니까 일개 조무래기 판사의 애새끼들까지 싸가지 없이 놀고 있었다.

승우는 언젠가도 이웃에 사는 다영이 아버지한테 그 집 계집애들의 이야기를 들은 적이 있었다. 바로 다영이가 수진이라는 아이한테 얻어맞고 돌아왔기 때문이었다. 수진이가 다른 왈패들과 작당하여 뭇매를 때리는 바람에 다영이는 속수무책으로 당할 수밖에 없었다고 했다.

다영이 아버지도 가난하기는 승우와 다를 바 없었다. 가진 것이라곤 이 비좁고 낡아빠진 연립주택 한 채뿐이었고, 배운 것 없고 병약한 그는 월명아파트 단지에 나가 경비원으로 일하며 어렵사리 생계를 꾸려 가고 있었다. 아무튼 이 광동주택 아이들은 학교에 가서도 동네북 노릇을 하지 않으면 안 되었다.

사내아이들이야 다른 동네 아이들보다 훨씬 드세어서 밖에 나가 다른 아이들을 때려주면 때려주었지 맞고 돌아오는 법이 없었다. 얼마 전에는 광동주택의 사내아이가 월명아파트에 사는 아이를 흉기로 찔러 중상을 입힌 적도 있었다.

하지만 여자아이들은 달랐다. 연약하기 짝이 없는 광동주택 여자아이들은 다른 동네 아이들의 '밥'이라 해도 과언이 아니었다.

서러웠다. 소위 끗발깨나 있다는 집구석의 아이들일수록 가난한 아이들의 힘없다는 약점을 파고들어 더 짓밟아 뭉갰다. 잘사는 집구석 아이들의 눈에는 정녕 금테를 두른 것일까, 못사는 집 아이들이 사람으로 보이지도 않는 모양이었다.

바로 그 버르장머리 없는 아이들의 중심에 수진이와 아롱이가 있었다. 고학년에서는 수진이가 왕초 노릇을 했고, 저학년에서는 아롱이가 다른 아이들을 휘어잡고 있었다. 그들 자매는 힘없고 못사는 아이들만 골라 행패를 부리곤 했다.

그런데도 학교 당국에서는 그들의 비행을 모르고 있었다. 아니, 알고서도 질끈 눈감아 주는지는 모르겠지만, 가난한 집 아이들치고 그들 두 계집애한테 손찌검 당하지 않은 아이들이 없었다.

다영이가 학교에서 매 맞고 돌아온 그날, 주간 근무를 마치고 돌아온 다영이 아버지는 술이 거나한 채 승우에게 찾아와 이것저것 눈물 섞인 하소연에다 신세 한탄까지 하다가 펄펄 뛰었다. 얼마나 분개했던지 그의 눈에는 핏발이 서 있었다. 그가 말했다.

"만물박사님. 나는 우리 다영이한테 회초리 한 번 든 적이 없습니다. 그런데 학교에 가서 몰매를 맞고 오다니 이게 말이나 됩니까. 내 더러워서 살 수가 없습니다. 못 배우고, 돈 없는 것도 억울한데 우리 다영이까지 학교에 가서 그렇게 매를 맞고 다니다니 이거 어디 살겠습니까?"

"정말 뭐라 드릴 말씀이 없군요."

"우리 다영이를 때린 애는 판사 딸년이랍니다. 내 곧장 학교로 찾아가 그 계집애 주리를 틀어놓고 싶지만, 학부모가 학교로 찾아가면 우리 다영이가 더 왕따 된다는군요. 그렇게 되면 학교에 발을 붙일 수도 없다지 뭡니까. 세상에 이런 일이 어디 있습니까. 그 아비라는 판사 놈도 그렇지요. 제 자식부터 똑바로 가르쳐야 할 것 아닙니까. 어떤 판사 놈인지는 몰라도 지금 당장 달려가 대가리부터 발가락까지 아득아득 씹어 먹고 싶은 심정입니다. 내가 마음만 먹으면 그놈이 월명아파트 몇 동 몇 호에 사는지 즉각 알 수 있습니다. 굳이 관리사무소에 알아보지 않더라도 우리 경비원들끼리 정보 교환을 하고 있으니까요. 하지만 법이 무서워서 차마 그럴 수도 없고……. 정말 세상이 뒤집히지 않는 한 우리 같은 영세민은 억울해서 어떻게 살라는 겁니까?"

그는 적개심에 불타고 있었다. 승우는 그런 다영이 아버지의 심정을 십분 이해할 수 있었다. 그것은 결코 남의 일이 아니라 그 자신의 일이기도 했다. 끗발 있고, 많이 가진 자들에게는 좋은 세상인지 몰라도 승우나 다영이 아버지처럼 힘없고 못 가진 자들은 이래저래 억눌려 살아갈 수밖에 없었다. 어쨌든 다영이 아버지는 늦게까지 울분을 토하다가 돌아갔다.

그런데 이번에는 은경이가 당하고 왔다. 한 치 걸러 두 치라는 말도 있지만 그 분노와 비통함이란 지난번 다영이가 매 맞고 왔을 때와는 비교할 바가 아니었다. 두 눈에서 불꽃이 확확 치솟았다.

다영이 아버지가 그랬던 것처럼 승우 역시 은경이한테 이날 입때껏 야단 한 번 친 적이 없었다. 은경이가 그만큼 착했고, 뒤도 제대로 밀어주지 못하는 주제에 아이들을 나무라고 자시고 할 입장이 못 되기 때문이었다.

도대체 그 계집애들 아비는 어떻게 생겨먹은 작자일까. 판사? 웃기네. 승우는 피식 콧방귀를 뀌었다. 명색이 판사라는 자식이 애새끼들을 그 모양 그 꼴로 가르쳤다면 그 집구석 사정은 더는 물어볼 필요도 없었다. 모름지기 법과 양심에 따라 남의 잘잘못을 심판하는 위치에 있는 놈이라면 제 자식들부터 잘 가르쳐야 하지 않을까. 승우가 물었다.

"혹시 걔 아버지 이름 아니?"

"전 잘 모르겠는데요."

"참, 기가 막히는구나."

아무리 도덕이 땅에 떨어진 세상이라고는 하지만 법관이라는 놈이 제 자식부터 문제아를 만들어 놓고 뭘 어쩌겠다는 것일까. 그런 놈이 법복을 입고 법대에 떠억 버티고 앉아 법을 운위하며 남의 잘잘못을 판정한다는 것은 지나가는 개가 웃을 일이었다. 옥경이가 말했다.

"걔들은 월명아파트에 살아요."

"월명아파트?"

"네. 60평짜리 아파트래요."

아, 그랬구나. 승우는 '60평'이란 말에 그만 입을 딱 벌리고 말았다. 일개 판사가 봉급을 받으면 얼마나 받는다고 그렇게 뻑적지근한 아파트에 살까. 물론 상속을 받았네, 처가의 도움을 받았네, 구구한 변명이나 자기

합리화가 있을 수 있겠지만 승우의 상식으로는 잘 납득이 안 가는 일이었다. 옥경이가 말했다.

"우리는 가난하잖아요. 그러니까 그 동네 아이들이 저희를 더 깔본다니까요."

그 순간, 승우는 실로 억장이 무너지는 듯한 아픔을 느껴야 했다. 못사는 것도 억울한데 아이들까지 가진 자들한테 업신여김을 당해야 하다니, 정말 뼈마디가 녹아나는 것만 같았다. 승우가 말했다.

"너희들이 아빠를 잘못 만난 죄로구나. 그래도 너희들은 용기를 잃어선 안 된다. 옛말에 이르기를 쥐구멍에도 볕들 날 있다고 했어. 어디 그뿐이냐? 양지가 음지 되고, 음지가 양지 된다고 했지. 우리도 언젠가는 힘 펴고 살아 볼 날이 있겠지. 아빠는 비록 이렇게 살지만 너희들을 믿는다. 아빠 엄마가 죽을 고생을 하면서 뭘 믿고 살겠니? 너희들을 믿고 사는 거야. 너희들은 우리 집의 희망이니까. 그래. 너희들이야말로 우리 집의 희망이지. 아빠가 못 이룬 꿈, 너희들은 이룰 수 있을 거야. 암, 그래야지. 너희들은 올곧게 자라서 훌륭한 사람이 되어야 해."

"그런데요……."

옥경이는 무슨 말인가를 하려다가 미처 끝을 맺지 않은 채 나머지 뒷말을 꼴깍 집어삼켰다. 차마 표현하기 힘든, 뭔가 말 못할 속내가 있는 듯했다. 승우가 물었다.

"뭔데? 무슨 말을 하려고 했지?"

"걔들 아빠가 성당에 다닌대요. 물론 걔들도 성당에 다니구요."

"그래서?"

"성당에 다닌다는 사람들이 어쩌면 그럴 수가 있어요?"

14

"글쎄. 그거야말로 어려운 질문이구나."

"작은아빠, 작은엄마는 그렇지 않잖아요?"

"그렇지. 너희들 작은아빠, 작은엄마야 천사 같은 사람들이니까. 하지만 수진이네 가족은 독특한 사람들인가 보구나. 하기야 성당에 다닌다고 해서 다 천사 같은 사람이라고 말할 수는 없겠지. 오죽하면 예수님 시대에도 유다 같은 사람이 있었으니까."

그 말을 하면서도 승우는 마음속으로 피눈물을 흘리고 있었다. 그까짓 판사 나부랭이가 뭐 대단하답시고 그 집 애새끼들까지 그렇게 행패를 부려 남의 가슴에 피못을 박는단 말인가. 다른 사람도 아닌, 모름지기 공직에 종사하는 법관이라면 제 자식부터 올바로 가르쳐 놓아야 할 텐데 그놈은 미상불 자식 농사를 망친 듯했다.

승우는 은경이를 따뜻이 위로한 뒤, 시신을 안치하는 관보다 별로 나을 것이 없는 오죽잖은 서재로 들어와 깊은 시름에 잠겼다. 정말 우리 사회가 어쩌다 이렇게 되었을까. 문제는 교육이 잘못되었기 때문이었다.

『명심보감(明心寶鑑)』「훈자(訓子)」편에 이르기를, '황금 한 궤짝이 자식에게 경서 한 권 가르침만 못하다(黃金滿不如敎子一經)' 했고, 민족의 영웅 안중근(安重根) 의사도 '황금 백만 냥도 자식 하나 가르침만 못하다(黃金百萬兩不如一敎子)'고 했건만, 소위 현대인들은 교육의 본질과 중요성을 망각하거나 오도하고 있었다.

무릇 교육이라면 가정교육·학교교육·사회교육이 제대로 되어야 하지 않을까. 그렇건만 우리 사회는 가정교육, 사회교육을 제쳐놓은 채 오직 학교교육에만 의존하고 있었다. 그것도 인간 중심의 교육이 아닌, 사지선다형 문제 풀기 중심의 대학 입시 기술자 만드는 엉터리 교육에만 치중하고 있었다.

이렇게 볼 때, 수진이 아비란 녀석은 그까짓 몇 가지 문제를 잘 풀어 법관이 되었는지는 몰라도 인생 자체는 실패한 듯했다. 놈은 제 자신부터 올바른 가정교육을 못 받았겠지만, 자식들에게 전혀 가정교육을 시키지 않는 모양이었다. 그렇지 않고서야 어떻게 그 슬하의 애새끼들이 학교에서 그처럼 버르장머리 없이 지랄발광을 하고 다닐까.

자고로 아이들은 부모를 닮게 마련이었다. 제 아비가 판사네 하고 오만 방자하게 구니까 애새끼들까지 그 아비를 닮아 있었다. 그 밥에 그 나물이라고나 할까, 아니면 그 아비에 그 새끼라고 할까, 그 집 계집애들은 저희 아비한테 못된 행실만 배운 듯했다.

사실은 학교교육도 별로 기대할 것이 없었다. 대부분의 일선 교직자들이 자라나는 새싹들을 제대로 가르치기 위해 애쓰고 있지만 정부의 교육 정책은 한마디로 개판 5분 전이었다.

정부 수립 이래 요랬다조랬다 조변석개(朝變夕改)를 되풀이해 온 입시제도. 교육시설의 증설이나 보강은 예산과 결부된 문제라 하지만, 정부 수립 이래 반세기가 지나도록 딱 부러진 입시제도 하나 제대로 마련하지 못한 현실을 생각한다면 이 나라가 과연 제대로 된 나라인지 의구심을 떨칠 길 없었다.

정권이 바뀌거나 장관이 바뀔 때마다 자기들 입맛대로 입시 제도를 바꾸면서 교육 당국은 개혁이니 뭐니 그럴듯한 말로 포장했다. 그러나 그때마다 개혁이나 개선보다는 개악(改惡)이 더 많았고, 그에 따르는 부작용과 손실은 고스란히 국민들의 몫으로 돌아왔다.

어디 그뿐인가. 대학 입시 때문에 날로 가중되는 사교육비 부담은 국민들의 가계(家計)를 파산 위기로 몰아넣고 있었다. 승우는 아직까지 아이들에게 사교육을 시켜 본 적이 없지만 교육비에 관한 한 배보다 배꼽이 더 크다는 것은 천하가 다 아는 사실이었다.

정부가 그것을 모를 리 없었다. 정부는 과연 누구 편인가. 학원업자들의 농간에 놀아나는 것일까, 아니면 정부 내부에 학원업자와 굳게 결탁한 특수 세력이 있는 것일까, 아무튼 공교육이 붕괴되고 사교육이 득세하는 현실을 돌아본다면 앞으로 학교가 졸업장만 발급해주는 기관으로 둔갑하지 말라는 보장도 없었다.

널리 알려진 일이지만 폭력, 집단 따돌림 등 학내 문제는 갈수록 심각해지고 있었다. 교육정책이 인성 교육보다는 입시 위주로 흐르기 때문에 아이들의 정서는 너 죽고 나 살기 식의 굴절된 경쟁 심리로만 치닫게 마련이었다. 신성해야 할 교실. 그러나 이제는 그 교실에까지 약육강식으로 대변되는 정글의 법칙이 뿌리내려 날로 심각한 양상을 보여주고 있었다.

그리하여 방귀깨나 뀌는 자들의 애새끼들은 힘없는 집 아이들을 얕잡아보고 시도 때도 없이 못살게 굴고 있었다. 개뿔이나 별것도 아닌 일개 판사 놈의 애새끼가 순진하기 짝이 없는 은경이를 그렇게 괴롭힐 때야 판사보다 더 끗발 좋은 놈들의 애새끼들은 얼마나 기고만장할까.

승우는 이 더러운 세상을 등지고 싶었다. 어차피 이 고르지 못한 세상을 확 뒤집어엎을 혁명가가 되지 못할 바에는 차라리 죽어버리는 것이 나을 듯했다. 하지만 불쌍한 아내와 어린것들을 생각하면 차마 그럴 수도 없는 노릇이었다.

고등학교를 졸업하던 그해, 고향 떠나 서울로 올라올 때 승우에게는 남모르는 비장한 각오와 청운의 꿈이 있었다. 뼈가 으스러지도록 일해서 조상 전래의 가난을 떨치고 신분을 바꾸어 보겠다는 야무진 꿈. 그러나 그는 서울에 첫발을 디디던 그 순간부터 피눈물 나는 고생을 하지 않으면 안 되었다.

발붙일 곳을 찾아 의지가지없는 서울 거리를 맨손으로 헤맬 때의 그 쓰라린 아픔은 그 자신만이 아는 비밀이었다. 지난 세월 그가 살아온 궤적을 책으로 쓴다면 수십 권도 더 될 것이며, 누군가가 그것을 동영상으로 옮겼다면 그야말로 눈물 없이는 감상할 수 없는 몇 편의 영화가 되고도 남았으리라.

남달리 총명과 예지로 빛났던 그의 눈동자는 어느 사이엔가 실의와 좌절로 변질되기 시작했고, 티 없이 맑고 비단결처럼 고왔던 그의 가슴에는 길바닥에 흘린 피눈물의 분량만큼 칼자국 같은 깊은 상처가 움푹움푹 파이곤 하였다. 정말이지 피도, 눈물도, 인정도 없는 이 삭막한 도시에 발을 붙이기란 낙타가 바늘구멍으로 들어가는 것보다 더 어렵게 느껴졌다.

끊임없이 따라오는 죽음에의 충동. 그래도 승우는 고향을 떠나올 때의 초심(初心)을 잃지 않으려고 몸부림쳤다. 아픈 상처를 달랠 때마다 그는 진주(珍珠)와 우황(牛黃)이 가르쳐주는 교훈을 되새기곤 했다.

중국의『본초강목(本草綱目)』「개보(開寶)」편에 나오는 진주. 그것이 조개의 몸속에서 만들어지는 원인에 관해서는 11세기경부터 많은 학자들이 여러 연구 결과를 발표하였다. 그러다가 17세기 초에 들어와 가장 설득력 있는 학설이 정립되었다. 즉, 조개 속에 이물질이 침입하면 그 자극으로 이상 분비가 생기고, 그 분비물이 이물질을 둘러싸게 되어 진주가 형성된다는 학설이 그것이었다.

그 후 19세기 중엽 폰 헤슬링은 진주의 주위에 상피세포(上皮細胞)로 된

주머니가 있는 것을 발견했다. 1903년에는 O.Z.스트라센에 의해 진일보한 학설이 나왔다. 그는 조개 외투막의 상피세포가 결합조직 안에 침입하여 진주주머니[珍珠袋]를 만들고, 그 속에 진주가 형성되는 것을 관찰하는 한편, 이 진주주머니가 곧 외투막의 상피세포라는 것을 밝혀냈다.

그런가 하면 L.부톤은 진주주머니는 외투막의 표면이 함입(陷入)하여 생긴다 했고, A.러벨은 진주주머니가 외투막의 상피세포에서 직접 유발된다는 것을 밝힌 바 있었다. 이러한 여러 연구 결과로 양식에 의한 인공진주까지 만들어 내게 되었지만, 어쨌든 조개가 상처를 입어야만 보석 중의 보석인 진주를 만들어낸다는 것은 거의 정설로 되어 있었다.

우황도 비슷했다. 소의 담낭에서 만들어지는 담석을 명약 중의 명약인 우황이라 했다. 상처 받은 조개가 진주를 만들어 내고 병든 소가 우황을 만들어 내듯 승우는 상처 입고 병들어도 그것을 보석과 명약으로 역전시키리라 다짐하며 그 죽을 고비를 넘겨 왔다.

하지만 그는 가난을 벗어날 길이 없었다. 물론 적수공권으로 낯선 거리를 헤맬 때에 비한다면 눈비 피할 수 있는 연립주택에 사랑하는 가족들을 거느린 지금이야 그래도 한결 나아진 편이었다. 그러나 찢어지는 가난을 대물림하며 못된 이웃 때문에 아이들에게까지 그 깊은 상처를 안겨준다고 생각하면 천불이 나서 견딜 수가 없었다.

승우는 가슴 저 깊은 곳에서부터 부글부글 끓어오르는 울분을 삭이면서 어제 오후 우편함에서 꺼내 온 잡지를 펼쳐들었다. 그것은 정부 당국에서 무작위로 추출한 불특정 다수에게 발송하는 정기간행물이었다. 바쁠 때 같으면 그것을 보고 자시고 할 틈도 없었겠지만 별로 할 일이 없는 데다 심기가 몹시 산란하여 그냥 무심코 펼쳐 보았다.

승우는 과거 박세진 국장의 부탁을 받아 ○○부의 정기간행물 《○○뉴스》 원고를 집필한 적이 있었다. 그 후 《○○뉴스》는 정부 각 부처 간행물의 모델이 되었지만, 승우는 그런 연고도 있고 해서 그 간행물을 대충 훑어보기로 했다.

그 간행물에는 정부의 여러 시책들이 백화점 상품처럼 나열돼 있었고, 양념처럼 중간중간 만화 이외에 가볍게 읽고 넘어갈 수 있는 시(詩)와 수필이 게재돼 있었다. 그래도 딱딱하기 짝이 없는 정부간행물에 시와 수필을 게재했다는 것은 불행 중 다행스런 일이었다.

승우는 책갈피를 획획 넘기다가 우연히 「은사시나무」라는 수필을 발견했다. 우선 독특한 제목도 제목이지만 글과 함께 인쇄된 은사시나무 사진이 얼른 눈에 띄었기 때문이었다. 사진 밑에는 사진 설명과 함께 친절하게도 '필자 제공'이라는 단서까지 붙어 있었다.

수필 「은사시나무」는 어느 여자대학의 영문과 교수 황문삼이 쓴 것인데, 황은 처음부터 끝까지 자기 연구실 창밖에 서 있는 은사시나무를 예찬하고 있었다. 그 글의 서두는 이렇게 시작하고 있었다.

내 연구실 창밖에는 은사시나무 한 그루가 서 있다. 나무껍질도 하얗고 나뭇잎 뒷면도 하얗다. 한여름, 시원한 바람이 불면 잎사귀들이 팔랑팔랑 뒤집히며 일제히 하얀 뒷면을 드러내며 장관을 이룬다.

은사시나무는 아주 오랜 옛날부터 우리 조상들의 사랑을 받아온 나무로서 조선 여인들의 절개를 상징하는 나무이기도 했다. 우리 학교가 여자대학인 점을 감안한다면 연구실 밖에 서 있는 은사시나무는 우리 여학생들에게 많은 의미를 가르쳐준다고 하겠다.

승우는 거기까지 읽다 말고 아연실색하지 않을 수 없었다. '필자 제공'이라는 단서까지 붙은 사진으로 보아 그의 연구실 창밖에 은사시나무가 서 있는 것은 분명한 모양인데, 사기를 쳐도 분수가 있지 황은 독자들, 아니 국민들을 향해 씨도 먹히지 않을 잡설을 늘어놓고 있었다.

웬만한 사람 같으면 그저 그런가보다 하고 넘어갈 수 있었겠지만, 승우한테는 어림도 없는 일이었다. 그는 황의 가당찮은 '썰'을 족집게처럼 집어냈다. 아니, 집어냈다기보다는 본능이라고 할까, 동물적 육감에 의해 황의 '썰'이 그대로 걸려들었다.

그러잖아도 승우는 언젠가 한국의 잡종식물 연구를 주제로 남의 논문을 대필해준 적이 있었다. 그런 승우가 황의 개소리를 그냥 웃어넘길 리 만무했다. 하기야 영문도 몰라 영문과, 범죄자의 목을 밧줄로 옭아 죽이는 것이 교수(絞首)라지만, 명색이 영문과 교수라는 작자가 그것도 수필이랍시고 괴발개발 엉터리 논설을 풀다니, 정말 어이가 없어서 말문이 막힐 지경이었다.

사진으로 보면 은사시나무가 틀림없었다. 차라리 사진이라도 제공하지 않았더라면 혹시 다른 나무를 은사시나무로 오인하여 그렇게 지껄이는지도 모른다고 좋게 봐줄 수도 있겠지만, 이 경우에는 그 자신이 제공했다는 사진까지 움직일 수 없는 은사시나무인지라 황은 빼지도 박지도 못할 형편에 놓여 있었다.

그가 아무리 외국에서 오래 공부한, 그리하여 우리나라 식물에 관해 어둡다 해도 은사시나무에 관해 그렇게 얼토당토않은 망발을 늘어놓을 수는 없었다. 일명 은수원사시라고도 하는 은사시나무는 1950년 미국산 은백양나무와 수원사시나무를 인공적으로 교접하여 만든 잡종이 아니던가. 따라서 그 이전에는 이 나무의 원조조차 존재하지 않았다.

그런데도 황은 은사시나무를 아주 오랜 옛날부터 우리 조상들이 사랑해 온 나무로 단정하고, 그것도 모자라 조선 여인들의 절개를 상징하는 나무였다고 말 같지도 않은 궤변을 늘어놓고 있었다. 다른 측면에서 고찰해 본다면, 사실은 은사시나무 자체가 뭐 그렇게 예찬받을 수종도 아니었다.

과거 우리나라 산이 헐벗었을 때 생장력 좋은 그 나무가 산림녹화에 일조한 것은 사실이었다. 그 나무는 조림용 이외에도 가로수·관상수 등으로도 널리 보급되었다. 그러나 그 나무를 켜서 나무도시락이나 성냥개비 같은 것을 만드는 데 썼고, 이 근래에는 조림 차원에서도 그보다 더 좋은 수종에게 밀려나고 있었다.

승우가 거의 매일 오르내리는 월명산 비탈에는 몇 해 전까지만 해도 은사시나무가 울창하게 우거져 있었다. 하지만 구청에서는 매년 그 나무를 베어 내고 그 자리에 소나무와 단풍나무들을 식재해 나가고 있었다.

가만히 있었더라면 중간이나 갈 것을, 황은 개뿔도 모르면서 아는 체하다가 무식을 여지없이 들통 내고 말았다. 그것도 엄청난 물량을 제작하여 각계각층으로 발송되는 정부간행물에 그런 무식을 들통 냈으니 얼마나 기막힌 일인가. 지난번에는 창조사에서 만난 심건래 교수가 장미전쟁을 설명하면서 영국의 국화인 장미꽃을 수호하기 위한 전쟁이라고 엉터리 논설을 풀더니, 이 간행물에서는 황이 은사시나무를 가지고 한 건 크게 '히트'한 셈이었다.

그렇다면 그 간행물을 편집한 사람은 누구일까. 필자가 그렇게 얼토당토않은 망발을 늘어놓았으면 마땅히 퇴짜를 놓았어야 할 간행물 담당자는 필경 황 교수 못지않게 무식하거나 그것도 아니라면 장님인 모양이었다. 문제의 황 교수와 간행물 편집 담당자는 무식이라는 측면에서 삼촌이나 사촌쯤 되는 셈이었다.

말이 나왔으니까 얘기지만, 사실 엉터리 교수들의 글을 읽다 보면 그런 사례는 얼마든지 찾아볼 수 있었다. 승우가 혀를 끌끌 차면서 개탄을 금치 못하고 있을 때 난데없이 전화벨이 울렸다. 이 밤중에 웬 전화일까. 승우는 몹시 의아해하면서 송수화기를 들었다. 전화를 걸어 온 사람은 천만뜻밖에도 창조사 정성모 사장이었다. 그가 물었다.

"뭐해?"

"그냥 앉아 있었어."

"조금 전 텔레비전 뉴스 봤어?"

"안 봤는데, 뭐 좋은 내용이라도 있었어?"

"있었지. 가짜 박사들이 꼬리를 잡혔다는 거야."

"그게 무슨 말이야?"

"거 왜 논문도 쓰지 않고 학위 받은 가짜 박사들 있잖아? 그놈들 이제 모두 작살나게 생겼지 뭔가. 하하하……. 정말 통쾌하군. 내 그놈들 꼴 보기 싫어서 죽을 지경이었는데 아주 잘됐어. 드디어 올 것이 온 거야. 이 기쁨을 함께 나누기 위해서 전화했다니까. 이따가 '마감 뉴스' 놓치지 말고 꼭 보라구."

학문당에서 독립한 뒤 창조사라는 간판을 내걸고 그동안 숱한 대학교수들을 접촉하며 꾸준히 논문 출판에 종사해 온 정 사장. 그는 뭐가 그렇게도 좋은지 계속 깔깔대고 웃었다. 승우가 말했다.

"그거야 큰 뉴스거리도 아닌데……."

통화를 마치고, 승우는 텔레비전 전원 스위치를 누른 다음 여기저기 채

널을 바꾸어 보았다. 이미 뉴스를 마친 공중파 채널에서는 드라마나 시답 잖은 코미디 프로그램을 방영하고 있었다. 대관절 텔레비전에 무슨 뉴스가 나왔을까. 그는 궁금증을 달래다 못해 인터넷에 들어가 공중파 방송의 뉴스들을 일일이 검색해 보았다.

아니나 다를까, 한 공중파 채널에서 가짜 박사 색출에 관한 뉴스가 나오고 있었다. 어느 기관에서 대학 교수들의 박사 학위 실태를 조사했는데 가짜 박사가 무더기로 적발되었다는 내용이었다. 뻔할 '뻔' 자라고나 할까, 그런 뉴스라면 승우에게는 전혀 새삼스러울 것이 없었다.

알 만한 사람들은 다 알고 있는 일이지만, 이 땅에는 논문 한 줄 쓰지 않고 박사 학위를 받은 사람이 지천으로 널려 있었다. 승우가 대필해준 논문으로 학위를 받은 사람은 그래도 양심적인 편이었다. 비록 남이 써준 것이긴 해도 그들은 일단 논문을 제출하여 소정의 절차를 밟았으니까. 그러나 주위를 좀 더 주의 깊게 살펴보면 아예 논문을 제출하지 않고 박사 학위를 받은 사람들도 수두룩했다.

그것은 약과였다. 가짜 박사들이 버젓이 대학교수랍시고 콩 치고 팥 치면서 다 말아먹는 현실을 어떻게 이해해야 할까. 그들 중에는 학장, 총장이 되어 큰소리 꽝꽝 치는 사람도 있었다. 아니, 가짜 박사가 양심도 없이 다른 사람의 박사 학위 논문을 심사하는 실정이니 참으로 놀라운 일이 아닐 수 없었다.

가령 얼마 전 대학원에 나오던 어느 여성을 추행한 사건으로 구속된 지방 국립대학의 주기범은 그 대표적 인물이었다. 유신 때 어느 관변 단체에서 얼찐거렸던 그는, 5공 정권의 끄나풀로 충견 노릇을 하다가 신설되는 지방 국립대학의 교수 자리를 잽싸게 꿰찬 저질 인간이었다.

유신체제에서 5공 정권으로 이어지는 동안 권력에 빌붙어 이른바 실세들의 주구(走狗) 노릇을 하기에 바빴던 그는 박사과정을 이수한 사실이 없었다. 박사과정을 이수한 적도 없는 사람이 어떻게 박사 학위를 취득했을까. 그는 공중에 뜬 새도 떨어뜨린다던 5공 정권의 막강한 권세를 등에 업고 논문도 쓰지 않은 채 간판뿐인 어느 대학에서 어물어물 박사 학위를 강탈해 냈다.

도둑이 제 발 저렸다고나 할까, 그 직후 그는 재빨리 다른 대학원에 등록하고는 형식적인 논문을 써서 또다시 박사 학위를 받았다. 이렇듯 그는 단시일에 두 개의 박사 학위를 거뜬히 취득했다. 정말이지 그이야말로 대동강 물 팔아먹은 봉이 김선달보다 훨씬 우위에 있었다.

그 반면, 조기성은 주기범을 뺨치고도 남을 국제 사기꾼이었다. 미국에 가 본 적도 없는 그놈은 미국의 모 대학 박사 학위를 소지하고 있었다. 미국의 그 대학은 미 연방 교육부의 인가도 받지 않은 사설 교육기관이었고, 조기성은 학위 취득 알선업자를 통해 가짜 박사 학위를 받아 냈다.

하지만 기는 놈 위에 뛰는 놈이 있고, 뛰는 놈 위에는 나는 놈이 있게 마련이었다. 주기범이 기는 놈이라면 조기성은 뛰는 놈이었고, 조기성이 뛰는 놈이라면 서울의 모 대학 국문과 교수인 정학성과 지방 모 대학의 총장으로 있는 박치호는 분명 하늘 높이 나는 놈들이었다.

자칭 원로로 행세하는 정학성은 미국에서 학위를 취득했는데 그의 경력 사항에 나오는 학위논문 제목은 「신라의 이두(吏讀)와 향가(鄕歌)에 관한 연구」였다. 나이 지긋한 그는 아직도 그 논문을 대외적으로 공표한 적이 없었다.

실지로 그런 논문이 존재하는지, 아니면 제목만 그럴싸하게 붙여 놓은 것인지 아직까지는 그것조차 확인되지 않고 있었다. 국내외 논문들을 두루 섭렵한 승우도 일찍이 그 논문의 실체를 확인한 적이 없었다. 그 논문이야말로 유령과 같은 셈이었다.

아니, 백 보를 양보해서 만약 그 논문이 실재(實在)하는 것이라면 과연 미국에서 어떤 사람이 그 논문을 지도하고 심사했는지 알다가도 모를 일이었다. 미국의 학자들이 이두와 향가에 관해 알면 얼마나 안답시고 그 논문을 심사하여 박사 학위까지 주었을까.

승우는 다시 컴퓨터 모니터를 통해 화재의 특집 뉴스를 시청했다. 방송사의 취재기자가 마이크를 들이대고는 백발까지 성성한 그에게 짓궂은 질문을 던졌다.

"정 교수님은 미국에서 「신라의 이두와 향가에 관한 연구」로 박사 학위를 받은 것으로 알고 있습니다. 미국에도 그런 주제를 심사할 만한 학자들이 있습니까?"

"그야 당연하죠."

"미국에도 신라의 이두와 향가에 대해 전문적으로 연구한 사람들이 있습니까?"

"물론입니다."

"그렇다면 그 학위를 심사한 분들 성함을 말씀해주실 수 있습니까?"

"그분들이야 오래전에 이미 다 고인이 됐죠."

"저는 지금 그분들의 생사가 아니라 성함을 알고자 하는데요……."

"죽은 사람들 이름을 알아서 뭐합니까?"

정학성이 신경질적으로 반문했다. 그는 자신의 구린 뒤를 숨기기 위해 질문의 핵심을 피해 미꾸라지처럼 요리조리 빠져나가고 있었다. 기자가 다시 물었다.

"그렇다면 그 학위논문을 어디에서 구해 볼 수 있습니까?"

"아마 지금은 없을 겁니다. 나도 이사 다니는 동안 그 논문을 잃어버렸거든요."

나이가 부끄럽지도 않은지 정은 입에 침도 바르지 않은 채 속이 훤히 드러나 보이는 거짓말을 술술 내뱉고 있었다. 그런 위인이 대학교수랍시고 강단에 서서 남의 집 귀한 자제들을 가르쳐 왔다.

그런가 하면, 러시아 모 대학의 명예교수이기도 한 박치호는 공개적으로 러시아 박사 학위 취득 희망자를 모집하여 이른바 학위 장사를 하고 있었다. 철학박사로 알려진 박은 돈으로 매수한 러시아 모 대학 총장을 국내로 초빙하여 자기가 모집한 희망자들에게 직접 박사 학위를 수여토록 함으로써 세인을 놀라게 하였다.

정말 그놈이야말로 사기꾼 중에서도 희대의 사기꾼이었다. 돈 놓고 돈 먹기. 아무튼 이 천민자본주의 사회에서는 돈이면 안 되는 것이 없었다. 학문당 박 사장이 잘 알고, 또 승우가 잘 아는 일이지만 그런 경우는 너무 허다해서 일일이 열거하기가 어려울 지경이었다.

그런 점에서 그 특집 뉴스는 하등 새로울 것이 없었다. 다만, 그 뉴스에 그 나름대로 의미를 부여한다면 이제까지 알려진 공공연한 비밀을 한 기관이 공식적으로 확인해주었다는 사실이었다. 말하자면 그 기관은 원님 행차 뒤에 나팔 불고 뒷북친 형국이었다.

그런데 더욱 불가해한 것은 정부의 대응이었다. 과거 어수룩했던 시절과는 달리, 조금만 잘 관리하면 대학 강단에서 가짜 박사를 얼마든지 추방할 수 있었다. 그것은 출신 대학의 박사 학위 인가 여부, 학위 과정, 수학 내용, 학위논문 언어, 외국 체류 기간만 확인하면 간단히 끝나는 문제였다.

그런데도 정부 당국은 강 건너 불 보듯 뒷짐만 지고 있었다. 사정이 이렇다 보니 일부 대학의 경우 재단 측에서 뭉칫돈을 받고 무자격 가짜 박사들을 임용하여 심심찮게 물의를 빚곤 했다.

더군다나 가짜 박사들이 실권을 쥐고 있는 대학일수록 또 다른 가짜를 더 선호하게 마련이었다. 만일 진짜 실력 있는 교수들을 초빙했다가는 자기들의 위상이 밑바닥부터 흔들릴 것이기 때문이었다. 가짜는 가짜끼리, 엉터리는 엉터리끼리……. 그것 또한 전혀 이상할 것이 없었고, 어떻게 보면 지극히 당연한 현상이기도 했다.

그런 놈들한테서 우리 젊은이들이 배우면 뭘 배울까. 더군다나 우리나라에서는 특별한 이변이 없는 한 대학교수들의 신분이 정년 때까지 보장되는지라 그들의 밥통은 철밥통이라고 말할 수 있었다. 그들은 가짜든 뭐든 일단 대학교수로 임용되었다 하면 정년 때까지 마르고 닳도록 그 자리를 지키게 되어 있었다.

교수들 중에는 10년이나 20년도 더 묵은 교안을 가지고 강의하는 자들도 수두룩했다. 세상이 확확 변하는데, 아니 학생들은 최첨단을 달리는데 교수라는 사람들이 보리밥 먹고 방귀 뀌던 시대의 학문을 가르치고 있으니 정말 한심하기 짝이 없었다. 이렇게 볼 때, 공부 않기로는 교수나 학생이나 도긴개긴인 셈이었다.

특히 가짜 박사들은 더 말할 나위가 없었다. 그들은 연구 따위에는 아예 관심조차 두지 않았고, 재단의 실세나 인사권자에게 빌붙어 갖은 뇌물 공세와 알랑방귀를 다 뀌며 자기 자리를 보전하기에만 혈안이 되어 있었다.

아무튼 그렇게 무식한 가짜 박사들도 대학교수랍시고 설쳐대는 판에 그들의 상투 꼭지를 쥐고 흔들어도 시원찮을 승우가 짓씹어야 하는 상대적 박탈감의 부피는 이루 헤아릴 길이 없었다. 하지만 그는 학내에서야 무슨 일이 일어나든 논문 대필을 천직으로 알고 살아왔을 뿐이었다.

　남이야 무슨 잔재주를 부리건 말건 구도자처럼 정직하게 살아야지. 청년 시절, 진주와 우황의 교훈을 가슴 깊이 새겨 왔던 그는 최근 사리(舍利)를 종종 생각하곤 했다. 고승대덕의 다비식장에서 거두어지는 영롱한 사리. 승우는 지난 세월 오직 한길로 얼마나 힘들게 살아왔는지 어쩌면 자신의 몸 어딘가에도 정녕 사리가 생성되고 있으리라 넘겨짚곤 했다.

　정말 그랬다. 불법을 닦아 높은 경지에 오른 고승대덕에 견줄 수는 없다 해도 승우야말로 이 험난한 시대의 한복판을 가로질러 뼈아픈 삶을 가파르게 살아왔다. 문득 뒤를 돌아다보면, 그가 살아온 인생의 뒤안길에는 한의 응어리가 피멍처럼 멍울멍울 맺혀 있었다.

　생활고가 숨통을 조여 오는 이 근래에는 불안해서 견딜 수가 없었다. 더군다나 온갖 부조리로 가득한, 원칙보다 변칙이 난무하는 사회에서는 어떻게 난관을 헤쳐 나갈 재간이 없었다. 이런 풍토 속에서 사람이 사람답게 살고, 사람이 사람을 사람으로 대접할 줄 아는 사회가 도래하기를 기대하기란 사실상 불가능한 일이었다.

　그는 견디다 못해 결국 종교를 갖기로 했다. 그것은 조금이라도 심적 위안을 얻으려는 최후의 선택이었다. 그런데 가던 날이 장날이라더니, 그는 하필이면 성당에 다녀온 첫날부터 은경이 문제로 또 다른 상처와 고통을 받지 않으면 안 되었다.

　더욱이 문제의 판사 놈과 그 애새끼들이 모두 성당에 다니는 신자라고 했다. 그렇다면 머지않아 성당에서 그 더러운 인간들을 만나게 될지도 몰랐다. 아니, 이미 만났는데도 피차 얼굴을 몰라 그냥 스쳤는지도 모를 일이었다.

어쨌거나 불교에서는 삶을 고해라 했지만, 한평생 짊어지고 가야 할 십자가가 이렇게도 무거운 것일까. 매사가 철저히 자본과 권력으로 결합된 사회. 미국의 은백양과 수원사시를 교접시켜 은사시나무라는 잡종을 만들었듯 돈과 끗발의 접합으로 이루어진 가짜와 잡종들이 판치는 이 치열한 생존경쟁의 틈바구니에서 살아남기란 그리 쉬운 일이 아니었다.

정부간행물을 한쪽 구석으로 집어던진 승우는 울분을 달래다가 성당에서 교리반 봉사자들로부터 얻어 온 교재를 펼쳐들었다. 그는 그 교재를 갈피갈피 넘기다가 정말 가슴에 들어와 화살처럼 콱 꽂히는 한 기도문을 발견했다.

나를 당신의 도구로 써주소서.
미움이 있는 곳에 사랑을
다툼이 있는 곳에 용서를
분열이 있는 곳에 일치를
의혹이 있는 곳에 신앙을
어두움에 빛을
슬픔이 있는 곳에 기쁨을 가져오는 자 되게 하소서.
위로받기보다는 위로하고
이해받기보다는 이해하며
사랑받기보다는 사랑하게 해주소서.

우리는 줌으로써 받고

용서함으로써 용서받으며

자기를 버리고 영생을 얻기 때문입니다.

그것은 저 유명한 프란치스코 성인의 「평화의 기도」전문(全文)이었다. 성당에서 그 좋은 인상으로 열심히 봉사하던 김택성이 프란치스코라는 세례명을 가지고 있었는데, 이 프란치스코 성인은 바로 그의 수호성인(守護聖人)이었다.

승우는 오래도록 그 기도문을 음미하다가 안방으로 들어가 은경이를 다시 위로하고는 금세 무너질 것 같은 책 더미 속에 일자로 누워 잠을 청했다. 그러나 그는 밤이 깊어 새벽이 되도록 잠을 이루지 못한 채 이리저리 몸을 뒤치고 있었다. (《역사와문학》 2004년 창간호)

싸리꽃

이번 여름은 정말 지루했다. 승우는 일찍이 이렇게 길고 따분한 여름을 겪어 보지 못했다. 사람이 살다 보면 별일이 다 있다고 하지만 날이면 날마다 가슴이 답답하고 짜증나서 미칠 지경이었다. 뭔가 희망을 가지고 위안을 찾으려 해도 그게 뜻대로 되지 않았다.

날씨는 잔뜩 흐려 있었다. 승우는 컴퓨터 자판을 두들기다가 목이 뻐근함을 느꼈다. 이상한 일이었다. 이 근래 시도 때도 없이 목이 뻐근하여 여간 괴로운 것이 아니었다. 그는 십중팔구 목 디스크가 발생한 모양이라고 짐작했다. 말하자면 자가진단인 셈이었다.

몸에 그런 이상한 현상이 나타나기 시작한 것은 지난봄이었다. 자고 일어나면 두 팔이 쩌릿쩌릿 저려왔고, 때로는 손이 부들부들 떨리기도 하면서 목이 뻣뻣했다.

손발 저림은 혈액순환과 밀접한 연관이 있었다. 대개 혈액순환이 제대로 안 될 경우 그런 현상이 나타나게 마련이었다. 그러나 손발 저림은 손목굴증후군을 비롯한 신경 질환일 수도 있었다. 이러한 질환을 방치하면 감각장애나 근력 약화를 초래할 수 있다는 것이 학계의 정설이었다.

병원에 가서 정밀 진단을 받아보고 싶은 마음이 굴뚝같았지만, 그러나 그는 현실적으로 병원에 갈 형편이 못 되었다. 이미 오래전 생활비마저 바닥난 터라 얼마가 들어갈지 모르는 진료비를 마련할 엄두가 나지 않기 때문이었다.

그는 컴퓨터에 매달려 살아 온, 그간의 여러 정황들을 종합하여 나름대로 목 디스크 때문에 그렇겠거니 짐작해 볼 따름이었다. 손이 저리고 목이 뻐근하다 한들 당장 죽을병은 아니라고 자위하면서 그럭저럭 버티고 있었다.

말이 나왔으니까 얘기지만, 승우는 언젠가 어느 의사의 박사 학위 논문을 대필해준 적이 있었다. 논문의 주제는「목 디스크의 발생 원인 분석과 효과적인 물리치료에 관한 연구」였다. 그때 승우는 목 디스크의 발생 원인을 비롯하여 증상, 효과적인 물리치료 방법 등을 종합적으로 연구하여 문제의 논문을 써냈다.

두말할 나위도 없이 승우는 의학과 무관한 사람이었다. 그는 의학을 전공한 적이 없었고, 더군다나 임상 경험 같은 것은 전무한 실정이었다. 하지만 그는 각종 서적과 연구 자료를 통해 이론만으로 목 디스크에 관해 통달해 있었다.

그 당시 논문 대필을 의뢰해 온 물주는 강남에 병원을 내고 있는 어느 정형외과 S원장이었다. 승우는 그때에도 학문당 박일기 사장을 통해 S를 만나게 되었다. 승우와 S는 학문당에서 만나 첫 인사를 나누었고, 그로부터 일주일 뒤 S가 이것저것 참고 자료들을 학문당으로 보내 왔다.

운전기사가 주차장에서 가지고 올라온 참고 자료는 의약품 상자로 두 상자 가득했다. 그때 승우는 S로부터 넘겨받은 참고 자료들을 집으로 가져와 검토하다가 자기도 모르게 무릎을 탁 치면서 탄성을 자아냈다. 그중에는 일찍이 승우가 대필하여 박사 학위를 받게 해준 H의 논문도 들어 있었기 때문이었다.

H는 현재 의학계에서 최고의 권위를 자랑하고 있었다. 그의 박사 학위 논문도 사실은 승우가 대필해준 것이었다. 재주는 곰이 넘고 돈은 되놈이 버는 형국이라고나 할까, 논문은 승우가 쓰고 박사 학위는 H가 받아 챙겼다.

H가 그 논문을 발표했을 때 학계가 떠들썩했고, 신문 방송까지 문제의 논문을 보기 드문 연구 성과로 평가했다. 말하자면 H가 어느 날 갑자기 매스컴을 타면서 의학계에서 가장 주목받는 학자로 떠올랐다.

물론 승우는 그때에도 쥐꼬리만 한 논문 대필료를 받았을 뿐이었다. 그러니까 승우는 돈 몇 푼에 H를 일약 유명 인사로 만들어준 셈이었다. H는 그 알량한 대필료를 지불한 뒤 입을 싸악 닦고 돌아서서 자기가 그 논문을 직접 집필한 것처럼 동네방네 자랑하며 나발을 불어대고 있었다.

어이가 없었다. 하지만 승우는 속으로 웃으면서 논문 대필의 비밀이 드러나지 않는 것을 다행으로 여겼다. 만약 논문 대필의 비밀이 탄로 나는 날에는 H가 큰 곤경에 처하는 것은 물론 끝까지 비밀을 지켜내지 못한 승우의 밥줄 자체가 끊길 것이기 때문이었다.

승우의 역할은 언제나 그런 식이었다. 생색도 나지 않고 별 보람도 없는, 비단옷 입고 밤길 걷듯 익명으로 살아온 승우. 그는 어느 누구도 측량할 수 없는, 어디를 가나 만물박사로 통할 만큼 무궁무진한 학식을 가지고 있으면서도 대학에 못 다닌 죄로 초야에 묻혀 그렇게 살아갈 수밖에 없었다.

아무튼 승우는 S의 논문을 대필할 때에도 모든 자료를 섭렵한 뒤 며칠씩 꼬박꼬박 밤을 지새우곤 했다. 의학의 '의' 자, 디스크의 '디' 자도 전공하지 않은 사람으로서 목 디스크의 연구에 관한 논문을 써낸다는 것은 피를 말리고 뼈를 깎는 노력 없이는 불가능한 일이었다.

승우는 특유의 탐구 정신과 끈기를 발휘하여 그 논문을 써냈다. 일단 일감을 손에 잡았다 하면 끝장을 볼 때까지 물고 늘어지는 집념. 승우의 그런 집념은 감히 어느 누구도 모방할 수가 없었다.

그는 약 두 달 만에 S의 논문을 써냈다. 그러자 S는 승우가 작성한 논문을 보고는 혀를 내둘렀다. 이를테면 의학에 '의' 자도 전공하지 않은 국외자가 유려한 문장을 바탕으로 너무 기막힌 논문을 써냈기 때문이었다. 그날 S가 승우에게 말했다.

"만물박사님, 정말 놀랍습니다. 하하하……. 어떻게 이런 논문을 쓰셨단 말입니까?"

"원장님이 환자를 치료하는 전문가이듯 저는 논문만 전문적으로 써 온 사람입니다."

"그래도 그렇지, 이 논문은 한 군데도 흠잡을 데가 없습니다. 전혀 임상 경험이 없으면서도 어쩌면 이런 논문을 쓰셨는지 정말 귀신이 곡할 노릇입니다."

"마음에 드십니까?"

"쏙 듭니다. 저는 만물박사님께 논문을 부탁드려 놓고서도 얼마간 걱정했던 게 사실입니다. 학문당 박 사장님을 통해 만물박사님의 명성은 잘 듣고 있었습니다만 임상 경험이 없으신 분이기 때문이었죠. 그런데 의료 현장에서 수십 년 근무한 현역 의사들을 찜 쪄 먹을 정도로 의학에 조예가 깊으시군요. 저희들이 쓰는 전문용어까지 한 군데도 틀린 데가 없습니다. 아, 어쩌면 이럴 수가 있단 말입니까? 역시 만물박사님은 논문을 쓰기 위해 태어나신 분 같군요. 전에도 목 디스크에 관한 논문을 쓰신 적이 있습니까?"

"물론이죠. 하지만 그때는 주제가 달랐습니다. 지금까지 쓴 논문 중에는 목 디스크의 발병과 증상에 관한 연구가 주류를 이루었죠."

"아무튼 대단하십니다."

S는 입에 침이 마르도록 칭송을 아끼지 않았다. 하기야 비전공자가 그런 논문을 써냈으니 놀라고도 남을 만한 일이었다. 물론 승우가 대필해준 그 논문은 학위 심사를 무난히 통과했고, S는 의학박사가 되어 그야말로 목에 힘을 주고 다녔다.

승우는 그때 그 일을 회상하면서 어린아이 도리질하듯 목을 좌우로 돌려보았다. 아무래도 목이 예전 같지 않았다. 그전에는 이런 일이 없었는데 어쩌다 목까지 고장 나서 숨통을 죄는 것일까. 불안, 불안……. 그는 이래저래 갈수록 어려워지는 불안한 삶을 걱정하면서 기구한 운명을 한탄했다.

그때 난데없이 전화벨이 울렸다. 이 답답하고 무료한 날, 전화라도 걸려왔다는 것은 그나마 다행스런 일이었다. 승우는 목 운동을 잠시 중단하고는 송수화기를 들었다. 그런데 이게 웬일일까, 전화를 걸어준 사람은 천만 뜻밖에도 충남 홍성에 사는 K선생이었다. 승우가 말했다.

"아이구, 이거 얼마 만입니까? 그동안 전화도 못 드리고 정말 죽을죄를 지었습니다."

"하하하……. 만물박사님께서 그렇게 말씀하시니까 도리어 몸 둘 바를 모르겠군요. 그동안 잘 지내셨습니까?"

"저야 물론 잘 지냈습니다만, 제가 먼저 안부를 여쭈었어야 되는 건데 일이 거꾸로 되었군요."

"사실은 제가 지금 서울에 올라와 있습니다."

"아, 그러세요?"

"사실은 만물박사님을 한 번 찾아뵙고 싶어서 전화 드렸습니다. 박사님을 뵈려면 어디로 어떻게 가야 합니까? 저는 서울 지리를 잘 몰라서……. 하하하……. 아침부터 지금까지 얼마나 더듬고 돌아다녔는지 모릅니다."

"그러시겠죠. 서울이라는 곳이 워낙 복잡하니까요. 저희 집에 오시겠다면 얼마든지 환영합니다. 하지만 그렇게 어려운 일을 하실 필요가 없습니다. 제가 그쪽으로 나가겠습니다. 지금 계신 곳이 어딥니까?"

"파고다공원입니다."

"아, 그러시군요. 그럼 제가 이 통화 마치는 즉시 파고다공원으로 가겠습니다. 여기서 한 30분쯤 걸릴 겁니다. 그때까지만 기다려주실 수 있겠습니까? 근데 파고다공원 어디쯤인지 말씀 좀 해주시죠."

"지금은 공원 안에 들어와 있습니다만 곧 정문 앞으로 나가 있겠습니다. 제 휴대폰 번호 알려 드릴까요?"

"아, 아닙니다. 제 수첩에 기록돼 있습니다. 자, 그럼 잠시 후에 뵙겠습니다."

전화를 끊고, 승우는 부랴부랴 옷을 갈아입고 외출을 서둘렀다. 그는 단숨에 월명아파트 버스정류장으로 갔고, 마을버스를 탄 뒤 전철역에서 전동열차로 갈아탔다. 시내로 나갈 때에는 뭐니 뭐니 해도 가장 빠른 전동열

차. 길이 막혀 버스 안에서 울화증을 앓는 것보다는 전동열차를 타면 그만큼 스트레스 덜 받고 시간도 줄일 수 있었다.

양반 중에서도 양반인 K선생. 승우는 달려가는 전동열차 안에서도 줄곧 그의 인품을 되새겨 보지 않을 수 없었다. K선생은 충남 홍성의 한 고등학교에 근무하는 평범한 교사일 따름이었다. 하지만 그는 인간의 원형을 고스란히 간직한, 말하자면 전혀 세태에 오염되지 않은 무공해 인간이라고 말할 수 있었다.

K선생은 교육자이면서 동시에 시인으로도 널리 알려져 있었다. 승우는 수십 년 전부터 여러 지면을 통해 K선생의 작품을 접하곤 했는데 그의 시편들은 유리알처럼 맑고 고와서 청정한 감동으로 다가왔다.

몇 해 전이던가, 승우는 고향인 충남 부여에 갔다가 친구들과 함께 청소년수련원에서 열린 한 문학축제에 참석한 적이 있었다. K선생은 그 행사를 주관한 책임자이자 주역이었다. 그는 행사 개최지인 부여를 비롯하여 천안·공주·연기·논산·금산·청양·홍성·당진·서천·보령·아산·예산·서산·태안 등 충남 일원에 거주하는 문학인들을 한자리로 불러 모아 친목 도모 겸 축제의 한마당을 벌여 놓고 있다.

승우는 고향 친구들의 소개로 K선생과 첫 인사를 나누었는데, 그의 인상은 매우 깔끔하고 단정한 데다 아무런 욕심이 없어 보였다. 이를테면 달관한 수도자 같다고나 할까, 지천명을 바라보는 나이에 걸맞지 않을 만큼 순수한 느낌을 자아내고 있었다.

이 혼탁한 시대에도 이런 때 묻지 않은 사람이 있었구나. 그를 처음 대하는 순간 승우는 인간 천연기념물을 만난 듯한 인상을 받았다. 그날, 공식 행사가 성공적으로 끝난 뒤 승우는 방에 들어가 그와 이런저런 사담(私

談)을 나누었다. 그가 말했다.

"만물박사님의 명성은 일찍부터 듣고 있었습니다. 그런데 여기에서 이렇게 뵙게 될 줄은 몰랐습니다. 정말 영광스럽습니다. 저도 사실은 언젠가 한 번은 만물박사님을 뵈올 날이 있으리라 기대했습니다. 일찍이 만물박사님께서 쓰신 다큐멘터리 「충무로 25시」를 지금도 생생히 기억하고 있습니다. 그 작품이야말로 우리나라 다큐멘터리의 출발점이라 해도 과언이 아니었죠. 이곳 부여 명사들한테 들으니까 학창 시절부터 천재로 명성을 드날리셨다고 하더군요."

"과찬의 말씀입니다. 저는 배운 것도 없는 사람입니다. 근근이 고등학교를 졸업한 뒤 서울 올라가서 고생만 하고 있습니다."

"가정환경이 너무 어려웠다는 말씀을 들었습니다. 그때 가정환경만 좀 좋았더라면 지금보다 훨씬 대성하셨을 텐데……. 물론 지금도 고향 분들이 칭송을 아끼지 않고 있습니다만, 그분들이 이구동성으로 말씀하시는데 어렸을 때부터 재주가 비상했다고 하더군요."

"낯이 뜨겁습니다."

"아닙니다. 부여 사람들이 뭐라는지 아십니까? 두뇌가 좋고 도량이 넓어서 국회의원이나 장관은 말할 것도 없고 대통령도 바라볼 수 있었던 인물이라는 겁니다."

그 대목에서 승우는 그만 쓰디쓴 웃음을 머금지 않을 수 없었다. 아직도 고향 사람들이 그렇게 칭송해주는 것은 고맙지만, 사람을 평가하는 기준이 국회의원이나 장관 또는 대통령으로 귀착되는 데에는 참으로 고소를 금할 길 없었다. 승우가 말했다.

"제가 어떻게 감히 국회의원이나 장관, 대통령을 넘볼 수 있겠습니까.

그런 고위층이야 전부 하늘이 낸 분들 아닙니까? 저는 그저 초야에 묻혀 이름 없는 일개 서민으로 살아갈 뿐입니다."

"그렇지 않습니다. 제가 볼 때 만물박사님은 분명 시대를 잘못 타고나 신 것 같습니다. 실력도 없는 것들이 고위직에 앉아 사복이나 채우는 현 실을 돌아본다면 만물박사님처럼 훌륭한 인물은 애석하게도 뒷전으로 밀 려날 수밖에 없습니다. 좀 더 정직하고 투명한 시대라면 몰라도 썩은 놈 들이 엉뚱한 짓거리만 하는 이 시대에서는 실력이나 양심은 그늘 속으로 묻힐 수밖에 없죠. 제가 괜히 주제넘은 소리를 지껄이는지 모르겠습니다 만, 대통령부터 장관이며 국회의원에 이르기까지 고위직에 앉아 있는 작 자들치고 어디 존경할 만한 인물이 있습니까? 막말로 얘기해서 그 밥에 그 나물이죠. 지금 정치권을 보십시오. 썩는 냄새가 진동하잖아요? 국민 들이야 죽건 말건 당리당략에만 눈이 멀어 추악한 정쟁이나 벌이는 정상 배들. 그런 놈들이 득세하는 마당에 정신 똑바로 박힌 사람들은 배척당할 수밖에 없죠."

맞는 말이었다. 정치권으로 대변되는 지배계층의 전횡은 비단 어제오 늘의 문제가 아니지만 정부 수립 이후 정치권에서 벌여 온 일련의 작태를 생각할라치면 가난한 서민으로 태어난 것이 너무 억울하기만 했다. 승우 가 말했다.

"국민 수준의 문제겠죠. 수준 높은 국민은 수준 높은 정부를 갖게 되지 만, 그 반대로 수준 낮은 국민은 수준 낮은 정부를 가질 수밖에 없으니까 요. 어쩌면 우리 국민의 운명이, 더 나아가 우리나라의 국운이 거기까지만 허용되는지도 모를 일입니다. 하늘의 뜻이라고나 할까, 아무튼 우리 같은 서민들이 불쌍할 따름입니다."

승우는 정치인들을 싸잡아 비난할 마음이 없었다. 정치인들 중에는 개별적으로 볼 때 괜찮은 인물이 꽤 있고, 또 그들은 그들대로 비판 세력을 향해 그 나름의 항변할 말이 있을 것이기 때문이었다. 아니, 정치인이라고 해서 반드시 도매금으로 욕을 먹어야 할 이유도 없었다.

문제의 본질은 정치인들의 인간성이나 실력이 아니라 국리민복에 입각한 대의와 명분을 망각한 채 자신들의 이익만 좇는 그들의 행태에 있었다. 때문에 아무리 깨끗하고 실력 있는 사람일지라도 그 바닥에 들어갔다 하면 대부분 구린내를 풍기게 마련이었다. K선생이 말했다.

"그렇습니다. 혈세는 우리가 내고, 그 혈세는 특권층 입맛대로 낭비되고…… . 지금 농촌은 완전히 붕괴되었습니다. 농민들은 전부 빚더미에 올라앉아 파산 직전입니다. 농약 마시고 자살하는 농민들이 어디 한둘입니까? 저는 교단에 서서 아이들 가르치고 봉급 받아 생활하니까 그래도 나은 편입니다만 학부모들, 아니 우리 이웃들의 사정을 들어보면 정말 입이 열 개라도 할 말이 없습니다. 저는 농촌에서 태어났고, 또 농촌에서 살고 있으니까 농촌 현실을 누구보다도 잘 알고 있습니다. 만물박사님께서도 더 잘 알고 계시리라 믿습니다만, 옛날에는 농자천하지대본(農者天下之大本)이라 했습니다. 물론 산업구조가 개편된 것은 사실입니다만, 농민도 국민인 이상 살게끔 해줘야 할 것 아닙니까. 그러나 지금 농촌 현실을 돌아본다면 농자천하지대본이 아니라 농자천하지대말(農者天下之大末)입니다."

K선생은 정부와 농정 당국을 도마 위에 올려놓고 무자비하게 난도질을 해대느라 계속 비판의 칼날을 세웠다. 사실 승우도 누구 못지않게 우리나라의 농촌 현실을 잘 알고 있었다. 그 자신 가난한 농부의 아들이기도 했지만, 그동안 종종 농촌 관련 논문을 쓰면서 이 나라 농업의 실상을 속속

들이 파악할 수 있었다. 승우가 말했다.

"저도 이 나라 농정은 완전히 실패했다고 생각합니다."

정부는 그동안 농업을 헌신짝 버리듯 홀대해 온 것이 사실이었다. 위정자들은 농업을 경쟁력 있는 산업으로 육성하려고 노력하지도 않았을 뿐만 아니라 식량 안보조차 생각하지 않았다. 그들은 농산물 수입 개방에도 적절한 대처 방안을 마련하지 못한 터라 각종 국제 협상에서 질질 끌려 다니기만 하였다. K선생이 말했다.

"개새끼들. 우리는 지금 그런 놈들에게 나랏일을 맡기고 있습니다. 저는 아이들을 가르칠 때, 그리고 봉급을 받을 때마다 가난한 우리 이웃들을 먼저 생각합니다. 하지만 소위 높은 놈들은 저희들 잇속 챙기기에만 급급하지 않습니까. 한 번 정치권 비리가 터졌다 하면 보통 몇십억, 몇백억이니 민초들은 살맛을 잃을 수밖에 없죠. 새봄에 논밭 갈아엎듯이 정치권을 싹 갈아엎었으면 합니다. 그래야 부정부패가 사라질 것 아닙니까. 국민들이 똘똘 뭉쳐 지배계층을 사그리 뒤집어엎고 새판을 짜야만 진정한 민주주의가 구현될 텐데 우리 국민들의 역량이 아직은 그 단계에 이르지 못한 것 같습니다."

"정말 불행한 일입니다."

대통령이다 장관이다 국회의원이다 뭐다 해서 소위 방귀깨나 뀐다는 작자들의 비리를 들먹이자면 승우도 할 말이 많은 사람이었다. 아니, 승우는 어느 누구보다도 수천 년 동안 누적돼 온 지배계층의 전횡과 대대손손 억눌려 살아온 민중의 서러움을 잘 알고 있었다. 하지만 그는 K선생이 워낙 비분강개하는지라 시종 온건하게 응수했다. K선생이 뜬금없이 물었다.

"혹시 조기성이라고 아십니까."

"왜요?"

"그놈이 우리 충청도 사람 망신을 다 시키고 다니거든요."

승우도 조기성에 대해서는 알 만큼 알고 있었다. 조기성은 전형적인 인간쓰레기였다. 하지만 승우는 생생한 현지 여론도 들어볼 겸 자신의 깊은 속내를 드러내지 않은 채 일부러 건성건성 소극적으로 응수했다. 승우가 되물었다.

"그렇습니까?"

"말도 마세요. 한 번 내려왔다 하면 홍성 · 예산 · 아산 · 서산 · 천안 · 조치원, 여기저기 얼마나 휘젓고 다니는지 몰라요. 어디 그뿐인가요. 이 사람 저 사람에게 접근해 가지고는 온갖 감언이설로 못된 짓은 다 하고 다니지 뭡니까."

"못된 짓이라니요?"

"말씀을 드리자면 한이 없어요. 그놈이 가짜 박사라는 건 잘 아시죠? 물론 표절 전문가라는 것도 잘 아실 겁니다. 그놈이 남의 논문을 베껴 먹은 게 수두룩합니다. 그런데도 그놈이 권력 실세들의 이름을 팔아 가며 빳빳이 고개 쳐들고 다니는 걸 보면 가관이거든요. 어디 그뿐인가요. 지금까지 우리 고장 후배들한테 갈취해 간 금품만 해도 수억 원은 될 겁니다."

"금품을 갈취하다니, 그건 또 무슨 말씀입니까?"

"너무 더러워서 차마 입에 담기도 싫습니다. 공직자들에게 접근해서 뭐라는지 아십니까. 이놈 저놈 권력 실세들의 이름을 들먹거리며, 누구에게 부탁해서 승진을 시켜준다고 큰소리를 꽝꽝 칩니다. 그런가 하면 실업자들에게는 취직시켜주겠다고 호언장담합니다. 천하의 날강도, 사기꾼도 그런 사기꾼이 없어요. 심지어 문학 지망생들에게는 무슨 책을 출판해줍네,

무슨 상을 타게 해줍네, 하면서 손을 벌리는 겁니다. 오죽하면 번듯한 문학비를 세워주겠다고 미끼를 던지기도 하니까요. 그러면 순진한 사람들이 거기 꼴깍 넘어가요."

"그게 정말입니까."

"그럼요. 조기성 같은 놈은 더도 말고 석 달 열흘간 가둬 놓고 주리를 틀어야 합니다. 망둥이가 뛰면 꼴뚜기까지 뛴다고 윗물이 썩으니까 별 볼일 없는 조기성 따위까지 그렇게 놀아나는 겁니다. 말도 마십시오. 도처에서 썩는 냄새가 등천합니다. 눈 좀 뜬 놈이라면 도둑질 해먹기에 혈안이 되어 있습니다. 그런 줄도 모르고 우직하게 철 따라 씨 뿌리고 가꾸는 농민들만 불쌍한 세상입니다. 지금 죽지 못해 사는 중소 상공인들도 한둘이 아닙니다. 우리 고장의 현실이 그렇다는 뜻입니다. 그런데도 위정자들은 민초들이야 죽건 말건 입만 열었다 하면 탱탱 배부른 소리만 늘어놓으니 이거 원 원통하고 서러워서 어떻게 살겠습니까."

"그렇습니다. 그 말씀이 다 맞습니다."

승우는 고개를 끄덕였다. K선생의 말마따나 승우는 원통하고 서러워서 살 수가 없었다. 위정자들의 안중에는 돈 없고 끗발 없는 밑바닥 인생들쯤이야 사람으로 보이지도 않는 듯했다. 아니, 그들은 민초들을 국민으로 여기지 않는 모양이었다. 위정자들은 힘없는 국민들이야 죽거나 말거나 저희들끼리만 잘살면 그만이라는 인식뿐이었다. 그러니까 조기성 같은 인간쓰레기까지 권력에 빌붙어 덩달아 활개를 치고 있었다.

아무튼 그날 K선생은 밤이 깊어 가는 줄도 모르고 계속 위정자들을 성토했다. 아니, 그것은 성토라기보다 이 시대를 살아가는 한 지식인으로서 고뇌에 찬 울부짖음이었다. 더욱이 그는 주로 농민들과 중소 상공인 자녀들을 가르치는 현직 교사로서 농민들의 딱한 사정을 두 눈 질끈 감고 그냥 보아 넘길 수 없는 듯했다.

승우는 그날 K선생한테 많은 것을 느꼈다. 외모로 보았을 때에는 순한 양이었지만 그의 내면에는 언제 분출할지 모르는 용암과도 같은 통렬한 저항 의식이 부글거리고 있었다. 그처럼 세태에 때 묻지 않은 인물이 핏대를 올릴 정도라면 이 나라 농정, 더 나아가 민생을 외면한 모든 정치권은 갈 데까지 갔다 해도 과언이 아니었다.

아무튼 그날 이후 승우는 종종 K선생과 안부를 물으며 지내왔다. 전화도 전화지만 쌍방 간에 잊을 만하면 한 번씩 이메일을 통해 안부를 묻곤 했다.

더군다나 작년 여름방학 때에는 K선생이 승우를 홍성으로 초청했다. 마침 논문 한 편을 탈고했던 터라 승우는 머리도 식힐 겸 기꺼이 홍성에 내려가 K선생과 즐거운 시간을 가졌다. 그때 승우는 K선생의 안내를 받아 홍주성(洪州城)·홍주아문(洪州衙門)은 물론이려니와 의사총(義士塚)이며 성삼문(成三問) 유허비(遺墟碑), 백야(白冶) 김좌진(金佐鎭) 장군 생가, 만해(卍海) 한용운(韓龍雲) 선생 생가, 천수만(淺水灣) 등을 두루두루 답사했다.

K선생은 그곳 고등학교에서 학생들에게 국어를 가르치고 있었다. 그는 역사와 지리에도 해박했고, 특히 화제가 이름 없이 살다간 민중들의 삶으로 이어질라치면 한층 언성을 높이곤 했다. 그날, 의사총 앞에 이르렀을 때 K선생이 승우에게 물었다.

"만물박사님. 이 의사총에 누가 묻히셨는지 잘 아시죠?"

"물론입니다. 홍주성 의병 전쟁이 독립기념관에 디오라마(diorama)로 재현돼 있다는 것까지 알고 있습니다."

"아, 역시 만물박사님은 다르십니다."

K선생은 입을 딱 벌리며 탄복을 아끼지 않았다. 만물박사인 승우가 홍주성 의병 전쟁을 모를 리 없겠지만 독립기념관에 재현돼 있는 디오라마까지 거론하는 데는 더는 할 말이 없기 때문이었다.

중학교라도 제대로 다닌 사람이라면 다 아는 일이지만 홍주성 의병 전쟁은 역사적으로 아주 중요한 의미를 가지고 있었다. 승우는 그동안 의병 전쟁에 관한 논문을 여러 편 대필했는데, 두말할 나위도 없이 홍주 의사총은 항일투쟁에 나섰다가 산화한 이 고장 의병들의 유해를 모신 무덤이었다. 승우가 말했다.

"저 자신 그 시대에 태어났더라면 의병이 됐겠죠."

매미들이 떼거리로 울고 있었다. 맴맴, 매앰, 매앰, 쏴르르 쏴와……. 귀청이 떨어져 나갈 듯한 매미들의 합창. 그 소리는 마치 무덤에서 뛰어나온 의병들의 함성인 양 의사총 일대를 뒤흔들고 있었다. K선생이 말했다.

"물론 그러셨겠죠. 저도 당연히 의병으로 나가 한목숨 바쳤을 겁니다. 저는 홍성에 와서 살게 된 이후 하루도 빠지지 않고 이 의사총을 참배했습니다. 물론 외지로 출장이나 여행을 가게 될 때에는 어쩔 수 없었습니다만 그런 특별한 경우를 제외하고는 눈이 오나 비가 오나 매일 의사총에 와서 참배를 하고 담배꽁초 한 개, 쓰레기 한 점이라도 주워냈습니다."

"네에? 학교 일도 바쁘실 텐데 어떻게 그런 일을 하신단 말씀입니까?"

"아침 일찍 집에서 나와 의사총부터 참배한 뒤 출근합니다. 그러면 하루 일이 아주 편안하거든요. 이제 의사총을 참배하는 것이 하루 일과의 시작처럼 몸에 뱄다고나 할까요. 제 제자들 몇몇은 아예 의사총 참배 동아리를 만들기도 했죠."

"정말 대단하십니다."

"조국을 위해 싸우다가 이름 없이 전몰하신 선조들……. 얼마나 자랑스럽습니까? 소위 왕족과 벼슬아치들을 비롯한 지배계층은 국난이 일어날 때마다 저희들 목숨만 건지려고 달아나기 바빴습니다. 하지만 여기 묻히신 분들은 역사에 이름 한 자 남기지 못한 채 기꺼이 신명을 바쳤습니다. 만물박사님, 그동안 왕족과 벼슬아치들의 무덤도 많이 보셨겠죠?"

"그렇습니다."

"저도 어쩌다 지배계층의 무덤을 찾을 때가 있었습니다. 하지만 그때마다 구역질이 나서 견딜 수가 없었습니다. 호화찬란하게 꾸민 무덤도 무덤이지만 비문에 새긴 찬양 일색의 미사여구(美辭麗句)는 차마 눈뜨고 봐줄 수가 없더군요. 차라리 현직에 있을 때 민초의 고혈을 얼마나 빨아먹었는지 반성문을 써놓았으면 더 감동적으로 다가올 텐데 그놈들은 죽은 뒤에까지 개나발을 불고 있더라구요. 물론 비문이야 그 유족이나 졸개들이 작성했겠지만 말입니다."

어쨌든 승우는 그때 K선생의 승용차 편으로 여러 곳을 순례하는 동안 역사 유적지에서 많은 것을 느꼈다. 민중들의 땀과 눈물, 그리고 삶과 죽음이 무상으로 교차하며 대대손손 전해져 내려온 향토. 평화롭기 짝이 없는 그 산야에서는 그러나 아직도 이름 없이 살다 간 민중의 아우성이 활화산처럼 솟구쳐 나오는 듯했다.

어디선가 소쩍새와 뻐꾸기가 울고 있었다. 소쩍, 소쩍, 소쩍쩍……. 뻐꾹, 뻐꾹, 뻑뻑꾹……. 승우는 이곳저곳으로 이동하면서 길가에 피어난 무수한 야생화들을 눈여겨보았다. 이름도 없는 잡초, 잡초들……. 그런 잡초들이 몸을 맞댄 채 어우러져 한바탕 그들먹한 꽃 잔치를 벌여놓고 있었다.

어느 길목에선가 승우는 도로변에 무더기로 피어난 자줏빛 싸리꽃을 발견하고는 가슴이 아려오는 쩌릿한 아픔을 느꼈다. 따지고 보면 싸리는 전국 어디에나 흔해빠진, 별것 아닌 낙엽관목에 지나지 않았다. 그의 고향인 백마강 남쪽 안장말 산과 들에도 싸리나무는 지천으로 널려 있었다.

지금 이 순간 싸리나무가 예사로 보이지 않는 것은 이름 없는 민초로 살다가 이 세상을 떠난 선친의 삶이 떠올랐기 때문이었다. 승우 선친은 남달리 손재주가 비상했다. 본래 열두 가지 재주 가진 사람이 밥 빌어먹는다는 속설이 있지만, 승우 선친은 그 기막힌 손재주를 가지고 있으면서도 농토가 없어 한평생 가난에 시달리지 않으면 안 되었다.

아무튼 그분은 해마다 여름이면 산이나 들에 나가 잘 여문 싸리나무 가지를 쪄 왔고, 싸리비는 물론이려니와 그것을 곱게 결어 지게 발채나 삼태기, 바구니 등을 만들곤 하였다. 그분이 만든 물건들은 얼마나 정교했던지함부로 쓰기가 아까울 정도였다. 승우 부친은 여름 내내 정성 들여 만든지게 발채, 삼태기, 바구니 등을 이웃에게 나누어주곤 했다.

살아생전 찢어지는 가난 속에 시달리며 죽을 고생만 하다가 돌아가신 선친. 팔방미인이었던 그분은 그러나 남달리 특출했던 꿈과 이상을 마음껏 펼쳐보지도 못한 채 그토록 힘겨운 삶을 살다가 속절없이 일기를 마쳤다.

싸리나무에 얽힌 사연은 그것만이 아니었다. 초등학교 다닐 때, 승우는 매년 가을 산으로 풀씨를 훑으러 다니곤 하였다. 산림녹화가 국가적 과제로 떠올랐던 그 시절, 학교에서는 매년 가을 학생들을 동원하여 풀씨를 거둬들였다. 담임교사의 인솔로 풀씨 수집에 나선 학생들은 산으로 가서 솔새·개솔새·비수리 같은 풀씨와 함께 싸리나무 씨앗을 훑곤 했다.

끼닛거리가 없어 초근목피로 연명하지 않으면 안 되었던 그때 승우네 가족들은 안장말 안팎에서 가장 빈한하게 살았다. 승우는 지금도 그 험악했던 시절을 생각하며 뼈마디가 녹아나는 듯한 아픔을 짓씹지 않을 수 없었다. 아니, 어떤 때는 자다가도 그 시절이 꿈에 떠올라 벌떡벌떡 잠자리에서 깨어나곤 했다.

승우는 그날 홍성의 산과 들에 피어난 싸리꽃 무더기를 접하고는 그곳에서 그리 멀지 않은 고향 안장말을 그리워했다. 마음만 먹으면 언제라도 달려갈 수 있는 고향. 그러나 그는 왕복 교통비라든가 아무튼 지갑 사정이 여의치 못해 고향을 멀리할 수밖에 없었다.

꿩 대신 닭이라고나 할까, 승우는 그날 K선생의 안내로 홍성 땅 곳곳을 돌아다니는 동안 고향에 온 것이나 마찬가지라고 위안을 삼으려 했다. 그런데 승우는 그날 K선생과 함께 이곳저곳 돌아다니면서 자연이 마구 훼손되는 현장을 목도하고는 큰 우려를 금할 길 없었다.

서울에서 홍성까지 오는 동안에도 느낀 일이지만, 도처에 절개지가 맨살을 드러낸 데다 여기저기 토석채취장(土石採取場)이 널려 있었다. 환경단체가 끊임없이 자연 훼손에 대한 문제점을 지적해 왔는데도 중앙정부의 묵인 아래 지방 자치단체들이 앞다투어 토석채취 허가를 내주는 바람에 전국 각지에서 민간업체들이 산을 마구 깎아 내고 있었다.

이미 언론에도 대대적으로 보도된 바 있지만 이 근래 서해안 일대의 야산은 온전한 곳을 찾아보기 힘든 실정이었다. 서해안 간척공사, 서해안 고속도로 건설공사를 위해 그 일대에서 막대한 물량의 토석을 파냈기 때문이었다.

여기에 기존의 채석장, 레미콘공장에서도 계속 산을 뭉텅뭉텅 갉아먹고 있었다. 물론 뭔가 필요에 의해 산을 파헤치고 있겠지만, 이렇듯 마구

잡이로 자연을 훼손하다가 언제 무슨 재앙을 불러오게 될지 정말 걱정스럽기만 했다.

그것은 비단 홍성이나 몇몇 특정 지역에 국한된 문제가 아니었다. 지금 전 국토는 몸살의 차원을 넘어 중병을 앓고 있었다. 사회 인프라 구축을 위해 일부 자연을 훼손할 수밖에 없는 것이 불가피한 선택이라고는 하지만 승우가 볼 때에는 해도 너무한다는 생각이었다.

오죽하면 뭉뚝뭉뚝 떨어져 나간 산비탈에서는 비명이 터져 나오는 듯했다. 부득이 야산에서 토석을 채취할 수밖에 없는 실정이라면 뒷마무리를 잘해야 할 텐데 대부분의 야산은 공사가 끝난 뒤에도 그대로 방치돼 있었다.

해마다 여름이면 연례행사처럼 전국 각지에서 홍수와 산사태가 일어나는 것도 우연한 일이 아니었다. 산을 그토록 깎아 뭉갰는데도 산사태가 일어나지 않는다면 도리어 이상한 일이 아니고 무엇인가. 인간들이 자연을 마구 훼손하니까 자연은 인간에게 재앙을 되돌려주는 것이었다.

더군다나 한 번 훼손된 자연은 원상대로 회복될 수 없다는 데 문제의 심각성을 더해주고 있었다. 그런데도 행정 당국에서는 충분한 검토 없이 토석 채취 허가를 내줌으로써 전국의 산들이 사라지는 실정이었다.

물론 행정 당국은 행정 당국대로 충분한 검토뿐만 아니라 전문가의 자문까지 받았다고 강변하겠지만 그것은 손바닥으로 하늘을 가리는 처사와 다를 바 없었다. 본래 공직자들은 단기적인 문제 발생에 대비하여 자기가 빠져나갈 구멍을 만들어 놓는 데 도통한 반면 국가 백년대계 같은 것은 생각지도 않는 사람들이었다.

더군다나 그들 중에는 허가를 내주는 과정에서 특정 업자로부터 뇌물을 챙겨 먹은 놈도 있었다. 물론 청렴한 공무원들이 들으면 서운하겠지만, 지금까지 각종 인허가와 관련하여 뇌물을 먹다가 구속된 공직자들은 한둘이 아니었다.

미꾸라지 한 마리가 온 강물을 다 더럽히듯 그런 부패한 공직자들이 있음으로 해서 모든 공직 사회가 부패 집단으로 매도되게 마련이었다. 그런 공직자들이 없었다면 뇌물 수수 따위를 논의할 여지도 없었다. 하지만 엄연히 공직자의 부정부패가 잇따라 불거져 나오는 터라 선량한 공직자들까지 욕을 얻어먹는 것이었다.

대통령과 그 아들들이 부정에 연루되어 줄줄이 감옥에 가는 나라. 역대 대통령과 그 자제들부터 검은돈을 밝히다가 구속되는 이 나라에서 그 졸개들이야 더 물어볼 필요도 없지 없었다.

국민들은 누가 알려주지 않더라도 권력층을 비롯한 공직 사회의 내부 사정을 속속들이 꿰뚫고 있었다. 언필칭 국민을 위해 일한다는 공직자들. 그러나 그들은 제 직속상관 앞에서만 발발 길 뿐 힘없는 국민들 앞에서는 괜히 위세를 부리며 오만하게 굴지 않는가. 그래야만 급행료니 뭐니 해서 국물이 나오기 때문이었다.

민원부서 등 대민업무를 맡고 있는 공직자들은 더 말할 나위가 없었다. 그들은 이것저것 복잡하고 까다롭기 짝이 없는 각종 법령과 규정을 들먹이며 까탈을 부리곤 했다. 그 이유는 간단했다. 까탈을 부리면 부릴수록 민원인들한테서 더 많은 금품이 슬슬 기어 나오게 마련이었다.

똥이 무서워서 피하나, 더러워서 피하지. 힘없는 국민들은 그들이 무서워서가 아니라 더러워서 쥐약 같은 뇌물을 바치지 않을 수 없었다. 예나 지금이나 뇌물만 잘 쓰면 아무리 왝왝대던 놈이라도 쥐 죽은 듯이 잠잠해지는 것은 물론이려니와 안 될 것 같던 일도 술술 풀리게 마련이었다.

현재 승우가 살고 있는 월명4동은 서울 시내에서도 가장 낙후된 동네라고 말할 수 있었다. 오죽하면 월명4동에는 번듯한 건물 하나 존재하지 않았고, 기껏 재래시장과 좁고 긴 골목을 따라 올망졸망한 영세점포들이 있을 뿐이었다.

그런 영세점포의 주인들에게도 노골적으로 손을 벌리는 공직자들이 있었다. 아니, 일부 공직자들은 끗발 없는 그들을 좋은 먹잇감 정도로 인식하고 있었다. 문둥이 콧구멍의 마늘을 빼먹어도 분수가 있지, 그놈들은 하루 벌어 하루 먹기도 힘든 그 영세 상인들을 사정없이 등쳐 먹고 있었다.

승우는 월명초등학교 일대가 호박밭이었을 때부터 월명4동에 살아왔으므로 누구 못지않게 동네 사정을 잘 알고 있었다. 더욱이 그 자신 시장통의 영세민과는 격의 없이 살 비비며 살아온 터라 동네 돌아가는 사정을 훤히 알고 있었다.

빈촌 중의 빈촌인 월명4동. 그런 동네에서도 공직자들이 영세민들을 울리는 실정이라면 다른 동네, 좀 먹을 것이 풍부한 동네에서는 얼마나 국민들의 고혈을 빨아먹을 것인가. 승우는 몇 번인가 결정적인 물증을 확보한 뒤 부정한 공직자 몇 사람을 사직 당국에 고발하여 본때를 보여줄까 생각한 적도 있었다.

그러나 정의감도 정의감이지만 그 일을 강행했다가는 공직자에게 금품을 뜯긴 누군가가 함께 다칠 것이 분명했다. 그렇게 될 경우 빈대 한 마리 잡으려다 초가삼간까지 태우는 결과를 초래할 수도 있었다. 만약 공직자들이 보복에 나설 경우 제보자나 관련자는 그나마 장사도 못 해 먹고 이 동네를 떠나 어디론가 잠적해야 하지 않을까.

승우는 그런 후환이 두려워 지금까지 입을 꾹 다물고 살아왔다. 승우 자신이야 어떻게 되든 하등 두려울 것이 없었지만 보복의 파편이 선의의 피해자에게 튈 경우 그 뒷일을 감당할 대책이 없기 때문이었다. 사실은 승우뿐만 아니라 다른 사람들도 영세 상인들까지 싸잡아 다칠까 봐 일부 공직자들의 비리를 고발하지 않고 있을 따름이었다.

하긴 영세 상인들의 코 묻은 돈이나 갈취하는 피라미 몇 마리 솎아낸다고 해서 이 사회에 흥건하게 넘쳐나는 흙탕물이 맑아질 것도 아니었다. 정작 부정부패의 굵고 큰 뿌리는 위로 높이 올라갈수록 심각했다. 부패공화국이라 해도 좋을 만큼 언론을 통해 연일 불거져 나오는 간 큰 고위공직자들의 대형 비리를 접할라치면 정말 이 나라의 미래가 너무 암담하게 느껴졌다.

요컨대 일부 썩어빠진 공직자들이 청렴한 공직자들의 명예와 자존심을 더럽히며 영세 상인들에게도 공공연히 손을 벌리거늘 하물며 토석채취장 같은 이권 사업의 인허가 과정에서 손을 벌리지 않는다면 도리어 이상한 일이 될 수도 있었다. 아무튼 홍성의 여러 유적지를 일순하는 동안 K선생도 마구잡이식 환경 파괴에 깊은 우려를 나타내고 있었다. 무엇보다도 그는 고향의 모습이 하루가 다르게 급변해 가는 것을 안타까워했다. 어느 채석장 앞을 지나면서 승우가 말했다.

"저 산도 곧 없어지겠군요?"

"그렇겠죠. 아주 오래된 채석장인데 장차 저 산을 송두리째 파먹을 모양입니다."

"그래도 제가 볼 때 홍성은 다른 지역에 비해 훨씬 덜한 것 같군요."

"그럴 수도 있죠. 홍성은 소위 발전이 늦은 곳이니까요. 정확히 조사해 보지는 않았지만 천안·공주·논산·예산 같은 곳은 더 많이 파헤쳐지는 것 같습니다. 저도 주말마다 꽤 돌아다니는 편이거든요. 그런데 한 군데도 성한 데가 없다니까요. 후손들에게 물려줘야 할 국토를 이렇게 파헤쳐도 괜찮은지 정말 안타깝습니다."

"지금은 주머니 사정이 얄팍해져서 잘 돌아다니지 못하는 실정이지만 저도 왕년에는 꽤 돌아다녔습니다. 방에 틀어박혀 고된 작업을 마치고 나면 어디론가 훌쩍 떠나 머리를 식히곤 했었죠. 전국 어디를 가든 아름다운 산천이 마구 파헤쳐지는 것을 보면 참으로 가슴이 아프더라구요."

"그렇습니다. 저는 사범대학 다닐 때를 제외하고는 줄곧 홍성에서만 살았습니다. 홍성 토박이라고 말할 수 있죠. 저는 이 땅을 사랑합니다. 제 조상들이 잠드신 땅, 저와 제 자식들이 살아가는 땅, 또 언젠가는 제가 묻혀야 할 땅……. 저렇게 산이 마구 파헤쳐지는 것을 보면 이만저만 가슴 아픈 것이 아닙니다."

그 대목에 이르러 승우는 K선생에게 한없는 부러움을 느끼지 않을 수 없었다. 고향을 지키며 고향과 함께 살아가는 사람. 그렇게 살아갈 수만 있다면 얼마나 행복할까. 그러나 승우는 젊은 나이에 고향을 떠나야 했고, 객지로 나간 뒤에는 스스로 앞길을 개척하느라 피눈물 나는 고생을 하지 않으면 안 되었다. 승우가 물었다.

"정말 부럽습니다. 저는 언제 고향에 돌아가 살게 될지 기약도 없습니다."

"만물박사님이야 이제 서울에서 튼튼한 기반을 잡았잖습니까?"

"기반은 무슨 기반. 제 고향 사람들은 저를 과대평가하는 경향이 있습니다. 저 자신 어린 시절 너무 가난해서 웬만한 사람 같으면 살아남지도 못했을 겁니다. 하지만 객지에 나가 못된 짓 하지 않고 밥이라도 먹고사니까 그렇게 평가하는 것 같습니다. 하기야 고향에 살던 그 옛날에 비하면 성공했다고 말할 수도 있겠죠. 하지만 저는 이날 입때껏 하루도 마음 편히 살아보지 못했습니다. 일에 시달리고, 아이들 학비에 쪼들리고……. 문어가 제 다리 잘라먹듯 건강을 해쳐 가며 죽을 둥 살 둥 목숨 걸고 앞만 보고 달려왔습니다. 그런데도 이 나이 먹도록 뭘 했는지 날이 갈수록 살기가 힘들어진다는 생각입니다."

"알고도 남습니다. 이 사회가 잘못돼 있기 때문이죠. 아무리 자본주의 사회라고는 하지만 우리나라에는 병폐가 너무 많습니다. 죽도록 일을 하면서도 노동에 대한 대가조차 제대로 못 받는 사람이 있는가 하면 어떤 놈은 손가락 하나 까딱하지 않고서도 돈방석에 앉아 띵가띵가 하면서 살잖습니까? 권력을 가진 자들은 말할 것도 없고, 각종 투기로 한탕씩 해먹는 졸부들까지 별별 인간들이 우글거리니까요. 이름하여 천민자본주의……. 정말 우리 사회에는 과감히 개혁해야 할 요소가 너무나 많습니다. 권력이나 재물에 오염되지 않은 깨끗한 사람들이 사람대접을 받는 시대가 와야 할 텐데 이 사회는 아무래도 권력이든 재물이든 끗발깨나 가진 놈들의 천국인 것 같습니다. 단 한 번도 시민혁명의 역사를 갖지 못한 나라……. 역사적으로 물갈이를 해 본 적이 없기 때문에 사회가 더 썩을 수밖에 없죠. 지배계층이 제 놈들 배를 채우기 위해 기를 쓰는 동안 서민들은 더 고통을 받을 수밖에 없지 뭡니까."

K선생은 거침없이 이 사회의 모순과 부조리를 꼬집고 있었다. 승우가 들을 때에도 그의 주장 중에는 귀담아 들을 대목이 많았다. 특히 그가 우리 사회를 천민자본주의로 진단했을 때에는 냅다 박수라도 쳐주고 싶었다.

승우야말로 이제까지 천민자본주의의 한복판을 가로질러 살아온 셈이었다. 돈으로 학위논문까지 팔고 사는 사회. 그나마 자본을 가진 자들은 눈곱만 한 돈을 내놓고 지상 최고의 논문을 요구했다.

승우가 그 숱한 논문을 써냈으면서도 가난에서 벗어날 수 없었던 것은 그 엄청난 노력에 비해 논문 대필료가 워낙 형편없기 때문이었다. 낱낱 돈푼이나 가졌다는 작자들 치고 어찌나 인색하게 구는지 실로 상대하기조차 더러웠다. 그들은 자기들 필요에 의해 그 힘든 일을 시켜놓고서도 정당한 대가조차 주지 않으려 들었다.

지난 십수 년간 물가는 다락같이 올랐다. 하지만 논문 대필료 인상은 물가상승률에서 크게 밑돌고 있었다. 아니, 논문 대필료는 물가상승률 따위와는 관계없이 계속 제자리걸음을 해 왔다. 물론 학문당 박일기 사장이 논문 대필료를 올려 보려고 무진 노력했지만, 논문 대필을 의뢰하는 물주들의 경우 열이면 열, 백이면 백 모두가 털도 뜯지 않은 채 거저먹으려 들었다.

학문당 박 사장이나 승우는 수단과 방법을 가리지 않고 돈을 긁어모은 물주들처럼 악착스럽지 못했다. 그들의 흥정은 항상 물주들에게 밀릴 수밖에 없었다. 더군다나 논문 대필의 경우 무슨 공산품처럼 생산 원가를 계량적으로 산출할 수도 있는 것도 아니었다.

대필료를 흥정하는 과정에서 박 사장이 한 푼이라도 더 받아 내려고 하면 그들은 탱탱 배짱을 튀기곤 했다. 하지만 몇몇 업자들이 사이버 공간에 광고까지 띄워 놓고 덤핑 공세를 퍼붓고 있는지라 박 사장은 어떻게 해볼 방도가 없었다.

승우 역시 헐값에라도 일을 하지 않을 수 없었다. 한 달이라도 놀면 그만큼 생계가 곤란해지기 때문이었다. 말하자면 목마른 사람이 샘 파는 형국이라고나 할까, 승우는 우선 당장 발등에 떨어진 불을 끄기 위해서라도 끝까지 합당한 대필료를 요구할 수가 없었다.

조금이라도 양심이 살아 있는 사회라면 최소한 수고에 대한 대가는 보장해주어야 하지 않을까. 그러나 그것은 어림도 없는 노릇이었다. 물주란 놈들은 어느 누구를 가릴 것 없이 논문 대필료를 한 푼이라도 더 깎아 내리지 못해 두 눈에 불을 켜고 덤볐다.

그러다 보니 논문 대필료는 노상 제자리걸음을 할 수밖에 없었고, 그나마 최근에는 일감 자체가 급격히 줄어든 터라 찬밥 더운밥을 가릴 계제가 아니었다. 승우는 벌써 몇 달째 놀고 있었다. 정말 이대로 나가다간 전 가족이 굶어 죽을 수밖에 없는 실정이었다.

불안했다. 하루하루가 마치 시퍼런 칼날 위를 걷는 것 같았다. 며칠 전 학문당 박 사장이 얼마간 생활비를 보태주어 급한 불을 끄긴 했지만 이제는 그 어디 하소연할 데도 없었다.

이렇듯 생활이 각박하다 보니, 이 근자에는 K선생한테 이메일 한 통 보낼 만한 마음의 여유가 없었다. 그런데 천만뜻밖에도 그 고마운 K선생으로부터 전화가 걸려왔다. 마음 같아서는 K선생을 융숭하게 접대하고 싶었지만 주머니 사정이 워낙 얄팍한 터라 과연 어떻게 대처해야 할지 난감하기만 했다.

승우는 종각역에서 내렸고, 출구를 나서자마자 속눈썹이 바람에 휘날릴 정도로 파고다공원 정문 앞으로 달려갔다. 아니나 다를까, K선생은 삼일문 앞에서 기다리고 있었다. 그를 만나는 순간, 승우는 하도 반가워 하마터면 뜨거운 눈물을 쏟을 뻔했다. 승우가 말했다.

"반갑습니다. 오래 기다리셨죠?"

"아, 아닙니다. 바쁘실 텐데 나오시게 해서 죄송합니다."

"웬걸요. 당연히 나와야지요. 자, 어디 조용한 데 가서 차라도 한잔 하실까요?"

그들은 횡단보도를 건넜고, 어느 커피전문점으로 들어가 자리를 정하고 앉았다. 언제 보아도 천생 시골 사람일 수밖에 없는 K선생. 승우는 그런 K선생한테서 뭉클뭉클 풍겨 나오는 고향의 정취를 느꼈다. 의례적인 인사를 나눈 뒤 K선생이 말했다.

"대학 선배 집에 혼사가 있어 잠깐 서울에 왔습니다. 근데 모처럼 서울에 와 보니까 이만저만 복잡한 게 아니군요. 어디가 어딘지 분간하기도 어려운 데다 사람이며 자동차가 얼마나 많은지 어지럽습니다. 저 같은 촌놈은 그저 농촌에 처박혀 조용히 살아야 제격이라니까요. 하하하……."

"아무튼 제게 전화 주셔서 감사합니다. 만약 그냥 내려가셨더라면 제가 무척 섭섭했을 겁니다. 혹시 오늘 나머지 일정은 어떻게 되십니까?"

"서울에서 볼 일은 다 봤습니다."

"그렇다면 하룻밤 주무시고 내려가면 어떻겠습니까?"

"아, 아닙니다. 곧 내려가야죠. 내일 아침 학교에 중요한 일이 있거든요. 방학 중이라 학생들을 가르칠 일은 없지만 내일 아침 교직원과 학부모 대표 연석회의가 있습니다. 제가 그분들 앞에서 업무 보고를 해야 하는데 마침 교육장까지 온다는군요. 바쁘시겠지만 시간 내서 홍성에 놀러 오십시오. 아무 때나 좋습니다. 이번 여름방학이 끝나기 전에 꼭 오셨으면 합니다. 지금 홍성의 산천에는 온갖 야생화가 한창 만발해 있습니다."

"제가 하룻밤이라도 모시고 싶은데……. 제 집이야 너무 누추하지만 여관에서라도 하룻밤 주무시면 안 되겠습니까?"

"말씀은 고맙습니다만 그럴 시간이 없습니다. 집에 내려가서 내일 보고할 자료를 보완해야 합니다. 벌써 열차표까지 사 놓았는 걸요. 만물박사님께서 이렇게 나와주신 것만으로도 얼마나 고마운지 모릅니다. 오늘은 그냥 내려가야 할 형편이니까 봐주십시오."

K선생이 양복 안주머니에 넣어 두었던 열차표까지 꺼내 보이는 터라 승우는 그를 더는 어떻게 붙잡을 수가 없었다. 그들은 커피전문점에서 한담을 나누다가 열차 시간에 맞춰 어쩔 수 없이 일어났다. 서울역으로 가는 전동열차 안에서도 K선생은 계속 홍성의 아름다운 자연과 넉넉한 인심을 끊임없이 자랑하였다.

승우는 서울역 대합실에서 K선생과 아쉬운 석별의 정을 나누었다. 손을 흔들며 개찰구로 빨려 들어가는 K선생. 비록 주머니 사정이 넉넉지는 못하지만 하룻밤만이라도 잘 모시려 했었는데 그를 그렇게 떠나보내야 하다니 정말 여간 섭섭한 것이 아니었다.

승우는 얼마 동안 K선생이 떠난 개찰구 쪽을 바라보다가 쓸쓸히 돌아섰다. 어느 사이엔가 승우의 눈앞에는 소쩍새와 뻐꾸기가 울고 싸리꽃 흐드러지게 핀, 순박한 사람들이 땅을 일구면서 오순도순 살아가는 홍성의 산천이 그림처럼 쫙 펼쳐지고 있었다. 《문학저널》 2003년 11·12월호)

오리나무

그날 해 질 무렵이었다. 승우는 어쩐지 허전함을 달랠 길이 없었다. 무엇보다도 멀리 시골에서 올라온 K선생을 제대로 접대하지 못한 것이 여간 가슴에 걸리지 않았다. 충남 홍성에서 향토를 지키며 꿈나무들을 가르치는 K선생. 그가 모처럼 서울에 왔건만 따뜻한 식사 한 끼 대접하지 못한 것이 못내 아쉬웠다.

그에게 시간만 있었다면 하다못해 외상카드를 긁어 자장면이라도 한 그릇 대접했겠지만 그의 일정이 워낙 촉박하여 어쩔 도리가 없었다. 뒷맛이 여간 씁쓸하지 않았다. 그는 다소 울적한 심사를 달래기 위해 월명산에나 올라갈 요량으로 연립주택을 나섰다.

승우는 낙서투성이의 담벼락을 따라 우편취급소 쪽으로 나아갔다. 게딱지처럼 닥지닥지 붙어 있는 불량 주택들 사이로 양아치 같은 행상이 뭣뭣을 사라고 고래고래 외치며 지나가고 있었다. 그의 목소리는 쉬어 있었고, 손수레에는 시들부들 말라 가는 몇몇 푸성귀가 실려 있었다.

승우는 우편취급소를 지나쳐 청룡사(靑龍寺) 옆으로 들어섰다. 청룡사는 명산에서 볼 수 있는 전통 사찰이 아니라 동네 구석에 있는 일종의 점쟁이 집이었다. 그곳 출입문 쪽 장대에는 흰 깃발이 걸려 있었고, 붉은 벽돌로 쌓은 담장에는 '卍' 자와 함께 '청룡사'라는 간판이 붙어 있었다.

월명4동 주민들은 통상 그 집을 '점집'이라 불렀다. 무당이 살고 있는 그 집 안방에는 이른바 법당이 차려져 있었고, 무당은 그 법당에서 점을 치거나 치성을 드리곤 했다. 동네 주민들, 특히 온갖 풍파에 시달리는 사람들일수록 그 집을 자주 출입하면서 점을 보거나 푸닥거리를 벌임으로써 내면의 위안을 얻곤 했다.

그런 청룡사 뒤꼍 비탈에는 맵시 있게 구부려져 올라간 오리나무 한 그루가 있었다. 그 오리나무에는 새끼줄이 걸려 있었고, 그 새끼줄에는 한지가 치렁치렁 꿰여 있었다. 삶에 지친, 가진 것이라곤 몸뚱이밖에 없는 이 동네 영세민들은 푸닥거리를 벌일 때마다 그 오리나무 새끼줄에 떡이며 북어대가리 같은 것을 매달아 놓곤 했다.

가자가자 감나무, 오자오자 옻나무, 십 리도 못 가서 오리나무……. 승우는 어렸을 때 즐겨 부르던 동요를 떠올리면서 습관적으로 그 오리나무를 올려다보았다. 아니나 다를까, 그 오리나무 새끼줄에는 떡과 북어대가리가 치렁치렁 매달려 있었다. 미상불 이 근래 누군가가 또 한차례 푸닥거리를 벌인 모양이었다.

승우는 토속신앙에 관해서도 모르는 것이 없었다. 그는 일찍이 토속신앙과 무속을 깊이 연구했고, 그 주제와 관련한 수십 편의 논문을 대필한 바 있었다. 그 논문들로 여러 사람이 석사 학위, 박사 학위를 받아 지금 그 계통에서 명성을 날리고 있었다.

그런데 청룡사 오리나무를 바라볼 때마다 승우는 남다른 감회에 젖곤 했다. 이를테면 조건반사라고나 할까, 그 오리나무를 바라보노라면 거의 자동적으로 임관영 부장의 옛 모습이 떠올랐다. 어디 그뿐인가 임 부장을 생각할라치면 저 춥고 어두웠던 70년대 초의 쓰라린 아픔들이 떠올라 저절로 가슴이 저려왔다.

서울에 올라와 밑바닥을 박박 기던 승우. 그는 어느 날이던가 서울역 대합실 한구석에 나뒹굴던 신문 쪼가리에서 코딱지만 한, 그러나 어쩐지 눈에 확 들어오는 직원채용 광고를 발견했다. 《○○잡지》수습기자 모집 광고가 그것이었다. 그 광고를 발견한 순간, 승우는 이상하게도 온몸이 쩌릿쩌릿 하는 전율을 느꼈다.

더군다나 그 잡지사에서는 지원 자격으로 고졸 이상의 학력을 제시하고 있었다. 웬만한 회사들이 예외 없이 전부 대졸자를 뽑고 있는 반면, 그 잡지사에서는 극히 이례적으로 고등학교 졸업자에게도 문호를 개방해 놓고 있었다.

승우는 절호의 기회라 생각했다. 그동안 학력의 장벽에 걸려 웬만한 회사에는 응시 원서조차 낼 수가 없었는데 이번에는 고졸자에게까지 기회를 준 터라 한 번 덤벼 보고 싶었다. 그는 밑져야 본전이라는 생각으로 부랴부랴 고향의 모교에 찾아가 졸업증명서와 성적증명서를 발급받은 뒤 이력서를 들고 그 회사를 찾아갔다.

지금 생각해 보면 무모한 도전이었다. 남의 회사에 취직하려면 복장이라도 단정하게 갖추었어야 할 텐데, 승우는 그 흔한 양복 한 벌 없었으므로 허름한 점퍼 차림으로 나선 것이었다.

잡지사 규모는 별게 아니었다. 열댓 평 될까 말까 한, 엉성한 사무실에 책상 몇 개가 놓여 있었는데 직원들 서너 사람이 자리를 지키고 있었다. 당시 시중에서 불티나게 팔려나가던 《ㅇㅇ잡지》의 명성에 비해 회사는 매우 초라한 편이었다.

승우는 사무실 입구 쪽에 앉아 있는 앳된 여직원에게 방문하게 된 동기를 이야기하면서 이력서 등 각종 서류가 든 봉투를 내밀었다. 그러자 그녀는 저 안쪽 정면, 큼지막한 오리나무 사진 아래 앉아 있는 곱상한 남자를 가리키며 그쪽으로 가 보라 하였다.

일출을 배경으로 멋진 자태를 드러낸 오리나무. 가자가자 감나무, 오자오자 옻나무, 십 리도 못 가서 오리나무……. 승우는 문득 어린 시절에 즐겨 불렀던 동요를 생각하며 그 남자 앞으로 다가갔다. 나중에 알게 된 일이지만, 오리나무 사진을 등에 지고 뭔가 열심히 일하던 그 곱상한 남자가 바로 편집부의 데스크를 맡고 있는 임관영 부장이었다.

승우는 그쪽으로 가서 공손히 인사한 뒤 다시 서류 봉투를 내밀었다. 그러자 임 부장은 아무런 표정도 없이 그것을 받았고, 곁에 있는 빈 의자를 끌어다가 앉으라고 권했다. 아직 촌놈 티를 벗지 못했던 승우는 쭈뼛거리며 그 의자에 앉았다.

그때까지만 해도 승우는 일이 어떻게 돌아가는지 종잡을 수가 없었다. 첫날에는 일단 서류만 접수해 놓고 응모자들을 한자리에 불러 모아 별도의 시험을 치르게 하는 줄 알았는데 그 잡지사의 직원 채용 방식은 그게 아닌 모양이었다. 임 부장이 봉투 속의 서류를 꺼내 보면서 승우에게 물었다.

"고향은 충남이고 나이는 스물두 살이구만. 서울에는 언제 올라왔어?"

"재작년에 왔습니다."

"그렇다면 서울 지리는 조금 알겠구만."

초면에 불알을 잡아도 분수가 있지, 임 부장은 담배 필터를 질경질경 씹으면서 계속 반말로 내리깠다. 하지만 승우는 그에게 조금이라도 잘 보이기 위하여 아무런 내색도 하지 않은 채 다소곳이 앉아 고분고분 답변만 했다.

"아직은 모르는 곳이 더 많습니다."

"그렇겠지. 혹시 우리 잡지를 본 일 있어?"

"있습니다."

"오, 그렇군. 잡지사에서 일하려면 기사를 잘 써야 하는데 자신 있나?"

"학교 다닐 때 교지 만든 경험을 잘 살린다면 해 낼 수 있을 것 같습니다."

"그래? 그럼 이 자리에서 기사 한 꼭지 써 볼까. 인기 가수 이미자에 대해 아는 대로 써 봐."

임 부장은 자기 책상 위에 놓여 있던 원고지 몇 장을 덥석 떼어주었다. 아닌 밤중에 홍두깨라고나 할까, 전혀 준비도 안 된 상태에서 불쑥 가수 이미자에 대해 아는 대로 쓰라니 황당하기 짝이 없었다.

세상에 이런 요상한 시험문제가 어디 있담? 필력에는 어느 정도 자신이 있었지만 임 부장이 너무 황당한 문제를 내놓는 터라 여간 난감한 것이 아니었다. 그러나 승우는 호락호락 물러설 사람이 아니었다. 그는 죽기 아니면 까무러치기라는 심정으로 한 번 써 보리라 작심했다.

그는 일단 숨을 고른 뒤 볼펜을 들었고, 데뷔곡 〈열아홉 순정〉부터 시작하여 〈섬마을 선생님〉, 〈동백 아가씨〉 등 이미자가 불러 크게 히트한 노래들을 중심으로 그녀의 독특한 창법에 초점을 맞추어 기사 아닌 시험 답안을 써 내려갔다. 그는 파지(破紙) 한 장 내지 않고 단숨에 원고지 열다섯

64

장을 메워 임 부장 앞에 내놓았다. 승우가 말했다.

"여기 다 썼습니다."

"그래? 생각보다 빨리 썼군."

그는 꽤 심각한 표정으로 승우가 쓴 원고를 꼼꼼히 읽고 있었다. 그때 승우는 낯이 후끈거려 견딜 수가 없었다. 합격 여부는 둘째 치고 때 묻은 속곳까지 홀랑 까뒤집어 드러내 보이는 듯한 기분. 승우는 마치 가시방석에 앉은 심정으로 죽치고 앉아 임 부장의 처분만 기다리고 있었다. 승우가 물었다.

"잠깐 화장실에 다녀와도 되겠습니까?"

"그렇게 하지. 밖으로 나가면 왼쪽에 화장실이 있어."

"잘 알겠습니다. 그럼 잠시 후 다시 뵙겠습니다."

승우는 밖으로 나왔고, 화장실로 들어가 소변을 보았다. 참을 만큼 참았던 소변을 쫄쫄 내갈기자 이내 속이 후련했다. 그는 바지 괴춤을 올리고 앞단추를 잘 채운 다음 다시 사무실로 들어서서 임 부장 앞에 앉았다. 그때 임 부장이 말했다.

"이만하면 됐어. 우리 함께 일해 볼까."

"그게 정말입니까? 일할 기회만 주신다면 무슨 일이든 다 하겠습니다."

"좋아. 그런데 앞으로 3개월간은 수습 기간이야. 나도 잡지계에 처음 들여놓을 때 3개월 동안 수습기자를 거쳤어. 그건 일종의 관행이라고 말할 수 있지. 그럼 내일부터 출근할 수 있겠어?"

수습이면 어떻고 임시직원이면 또 어떤가. 승우는 육신을 파는 노동판이 아닌, 정신을 파는 잡지사에 일자리를 얻게 됐다는 것만으로도 눈이 훤해 옴을 느꼈다. 그가 말했다.

"좋습니다."

"우리 회사 출근시간은 아홉 시야. 그럼 내일 아침에 다시 만나기로 하고 오늘은 이만 돌아가도록 하지. 내일 아침에 늦지 않도록 특별히 신경써. 사장님과 전 직원에게 인사도 드려야 하니까."

"네, 잘 알겠습니다."

승우는 인사를 마친 뒤 사무실을 나왔다. 일단 서류를 제출해 놓고 당연히 회사 측의 하회를 기다려야 하는 줄 알았는데 이미자 관련 원고 한 건으로 즉석에서 모든 것이 판가름 난 셈이었다.

이게 정녕 꿈인가 생시인가, 그는 근처 공원으로 가서 하늘을 올려다보며 미친 듯이 웃었다. 하하하……. 우, 하하하……. 이제 그 힘겨운 막노동에서 벗어나 드디어 펜대를 잡고 먹고 살 수 있게 되었다 생각하니 너무 기뻐서 울컥 뜨거운 눈물이 솟구쳤다.

날아갈 듯이 기뻤다. 그리고 세상이 달라져 보였다. 어제까지만 해도 힘든 막노동을 감당할 길 없어 그 어디 조용한 데 가서 스스로 목숨을 끊고 싶었지만 이제는 어떻게 해서라도 살아야겠다는 강력한 욕구가 분출했다.

알 만한 사람은 다 알고 있는 사실이지만 승우의 청소년기는 너무 불우했다. 그의 집안에는 송곳 꽂을 땅뙈기 한 뼘 없었고, 그럼으로 해서 그의 부모님과 동기간들은 늘 허기진 가난에 쪼들리지 않으면 안 되었다.

가난 구제는 나라도 못한다는 말이 있지만 연로하신 그의 부모님은 이미 노동력을 상실한 터라 무슨 벌이가 있을 리 만무했다. 물론, 소작 등 남의 농토라도 경작할 수 있는 길이 전혀 없었던 것은 아니었다. 그런가 하면 남의 집에 가서 머슴을 살거나 날품팔이라도 할 수 있었다. 하지만 그것도 몸 건강하고 농사 잘 짓는 사람들에게만 해당되는 얘기일 뿐이었다.

승우네 집은 안장말뿐만 아니라 근동에서 가장 빈한했다. 농촌에 살면서도 농토가 없는 데다 노동력을 가진 가족이 없는 터라 곤궁을 면할 길이 없었다. 그중에서도 가장 고통스러운 것은 간단없는 굶주림이었다. 하루 세 끼를 해결하지 못해 쫄쫄 굶어야 할 때의 그 고통이란 이루 말할 수가 없었다.

초등학교 시절부터 안팎에서 수재로 이름을 날려 온 승우. 그러나 그는 집안 환경이 워낙 비참했던 터라 상급학교 진학은 언감생심 꿈도 꿀 수 없었고, 연로하신 부모님을 부양하기 위해서라도 뭔가 생계 수단을 찾지 않으면 안 되었다.

그러나 농업 이외에는 이렇다 할 산업이 없었던 농촌에서 승우가 발붙이고 할 일이라곤 아무것도 없었다. 일찍부터 지게 목발이나 두들겼더라면 어느 부잣집에 들어가 애머슴이라도 할 수 있었겠지만 학교에 다니는 동안 별로 농사일을 해보지 않은 터라 사실은 이것도 저것도 아닌 반 쭉정이 같은 인생이 되어 있었다.

정말 앞이 보이지 않았다. 집안 형편만 웬만하면 사관학교 등 국비(國費)로 다닐 수 있는 상급학교에 들어갈 수 있었다. 하지만 당장 가족들을 부양하지 않으면 안 될 절실한 현실이 그의 숨통을 조여 왔다.

그 절박한 상황에서 승우는 고등학교를 졸업하던 그해 청운의 꿈을 안고 서울행을 결행했다. 서울만 가면 뭔가 기회를 얻을 수 있으리라는 막연한 기대. 아니, 앞길을 개척하기 위해서는 달리 어떻게 해 볼 수 없는 현실이 그로 하여금 객지로 나서도록 등을 떠민 형국이었다.

고향을 떠날 때 그의 결의는 비장했다. 남아입지출향관(男兒立志出鄕貫)이면 학약불성사불환(學若不成死不還)이란 말도 있지만, 이미 학업을 포기한 그는 학문 대신 작은 소망이라도 이루지 못하는 한 고향에 다시 돌아오지 않으리라 다짐했다. 그런 점에서 그는 학약불성사불환 대신 소망불성갱불환(所望不成更不還)을 작정한 셈이었다.

그의 소망이란 너무 단순하고 간단했다. 그것은 절대빈곤에서 벗어나는 일이었다. 최소한 하루 세 끼 굶지 않을 수 있는 생활. 그것이 고향을 떠나올 때 승우가 설정한 기본목표라고 말할 수 있었다.

그러나 의지가지없는, 사돈의 팔촌도 살지 않는 서울은 그렇게 만만한 곳이 아니었다. 실의와 좌절의 연속. 그는 영등포에 첫발을 디딘 이래 땀과 눈물과 피로 얼룩진, 참으로 상상을 초월하는 고난의 가시밭길을 걷지 않으면 안 되었다.

지난 이태 동안 그는 소름이 끼칠 정도의 살인적인 중노동에 시달리며 밑바닥을 박박 기었다. 아주 유년 시절부터 노동을 배웠더라면 그나마 한결 나았을 텐데, 몸을 막 굴려야 하는 노동판에서는 고등학교라도 다닌 것이 도리어 걸림돌로 작용했다.

계집애 손처럼 곱고 깔끔했던 그의 손은 몇 번씩 여기저기 까지고 찢어지고 부어터지기를 되풀이해서 이제 성한 데가 한 군데도 없었다. 그뿐 아니라 정강이며 무릎도 만신창이가 되어 있었고, 어깻죽지와 허리뼈가 물러난 데다 근육까지 늘어나서 이제는 몸 전체가 망가질 대로 망가져 있었다.

힘이 없었다. 어린 시절 이후 배를 많이 곯아서 그런 것일까 온종일 중노동을 하기에는 체력이 부쳤다. 한창 힘을 써야 할 나이인데도 오후만 되면 저절로 헉헉거렸다. 동료들이 히죽히죽 비웃었다.

젊은 놈이 너는 왜 그렇게 빌빌거리냐. 야, 인마 힘써. 네 나이 때라면 황

소도 때려잡겠다. 노가다는 아무나 하는 줄 아냐. 노가다 판에는 먹물 먹은 놈이 필요 없어. 이 바닥에서는 힘 좋은 놈이 왕이야. 알았어? 막노동 판의 고참들은 승우를 신통찮게 여겼다.

승우는 중노동에 한계를 느끼고 있었다. 무엇보다도 체력이 달려 금세 지쳤다. 체력만 뒷받침된다면 이 바닥에서 십장까지도 해먹을 수 있었다. 하지만 그의 체력으로는 중노동을 감당할 수가 없었다. 오전에는 그런대로 잘 버텼지만 해가 설핏해질 때면 어김없이 헉헉거리는지라 도저히 배겨날 수가 없었다.

그런데 마침내 펜대 굴리는 잡지사에서 일하게 되다니……. 일확천금을 했다 한들 그보다 더 기쁠 수가 있을까. 승우는 이 기회를 잘 살리면 좀 더 나은 앞길을 열어 갈 수 있으리라는 기대에 부풀어 있었다. 그리고 그 이튿날, 잡지사에 첫 출근하여 사장 이하 선배 직원들과 인사를 나눈 뒤 이른바 잡지 인생을 시작하였다.

뼈마디가 물러나는 막노동에 비한다면 잡지사 근무는 아주 수월한 편이었다. 무엇보다 뭔가 읽을거리를 써낸다는 것이 적성에 맞는 편이었다. 비록 본격적인 학문과는 거리가 멀다 할지라도 이것저것 기사를 써서 독자들로부터 호평을 받을 때에는 이만저만 기쁜 것이 아니었다.

수습기자로 일하는 동안 임 부장은 승우에게 각별한 애정을 베풀어주었다. 언젠가 그는 승우에게 자기가 입던 양복 한 벌을 주기도 했다. 결혼을 거부한 채 독신으로 살고 있던 그는 정장보다 캐주얼을 즐겨 입는 편이었는데 변변한 옷 한 벌 없는 승우가 딱하게 보인 모양이었다.

아무튼 임 부장은 물심양면으로 승우에게 큰 도움을 주었다. 그는 승우를 채용해준 당사자이기도 했지만 승우를 직접 취재 현장으로 데리고 다니며 많은 사람들을 소개해주었다. 그 과정에서 승우는 당대 최고의 인기 연예인들을 비롯하여 권투선수들에 이르기까지 숱한 사람들과 사귈 수 있었다.

그러던 어느 날이었다. 그날도 승우는 임 부장을 따라 충무로로 취재를 나갔다가 여러 연예인들을 만났다. 서울에 올라온 뒤 막노동을 생업으로 삼고 풍찬노숙(風餐露宿)으로 살아온 승우가 이렇듯 유명 연예인들만 상대하게 되리라곤 정말 꿈에도 예측 못 한 일이었다.

신분 상승이란 다른 것이 아니었다. 양아치나 다름없던 승우는 잡지사에 취직함으로써 하급 노동자에서 일약 잡지사 기자로 신분을 바꾸게 되었다. 더욱이 그는 임 부장처럼 발 넓고 유능한 데스크를 만나 단기간에 유명 연예인들을 많이 알게 되고 일도 쉽게 배울 수 있었다.

그날도 승우는 적지 않은 기삿거리를 건질 수 있었다. 어쨌든 연예인들을 만났다 하면 뭐가 됐든 기삿거리가 나오게 마련이었다. 그들의 입에서 튀어나오는 이야기를 독자들의 취향에 맞도록 잘 가공하면 저절로 대중잡지 기사가 되었다. 취재를 마치고 돌아오는 길에 승우가 말했다.

"부장님, 그전부터 궁금한 게 있었는데 여쭤 봐도 되겠습니까?"

"뭔데?"

"회사에는 사장님, 전무님도 계신데 저를 채용할 때 어떻게 부장님이 혼자 즉석에서 결정하였습니까?"

"하하하……. 그게 그렇게도 궁금했어? 그거야 미리 양해를 구해 놨었지. 사장님이나 전무님은 그전부터 편집부 문제를 전적으로 나한테 전적으로 맡겨주고 있거든."

"그러셨군요. 근데 부장님은 잡지사에 얼마나 근무하셨어요?"

"한 10년 됐나. 이 잡지, 저 잡지 여러 군데 돌아다녔지. 그게 그렇게도 궁금했어?"

"네. 그리고 한 가지 더 여쭤볼 것이 있는데요, 부장님 자리에 있는 오리나무 사진은 누가 찍은 거예요?"

"음, 그거, 내가 직접 찍은 거야. 언젠가 양평에 갈 일이 있었지. 그곳에서 찍었는데 사진콘테스트에 출품해서 금상 받은 작품이야. 직장을 옮길 때마다 그 사진을 가지고 다녔지. 잡지사 사무실이 좀 삭막하잖아. 그 사진이라도 한 장 걸어 놓으면 사무실 분위기가 달라진단 말야. 하하하……."

"너무 인상적이더군요."

"사진을 볼 줄 아는군. 그래 봬도 내 딴에는 힘들여 찍은 작품이야. 다른 작품도 많이 있지만 내가 찍은 사진 중에서는 그 작품이 가장 마음에 들어. 김 기자도 사진 잘 찍어?"

"아직은 자신 없습니다."

"그래? 앞으로 더 유능한 기자가 되려면 사진도 잘 찍을 수 있어야 돼. 지금 우리 잡지에 들어가는 사진은 사진부에서 책임지고 있지만 때로는 편집부에서 직접 사진을 찍어야 할 때도 있거든. 그야 차츰 생각하기로 하고, 일단은 연예계 인사들을 많이 알아둬. 우리 잡지의 특성상 연예 관련 기사가 많은 비중을 차지하기 때문이지."

정말 대중잡지 데스크는 아무나 하는 것이 아니었다. 임 부장은 영화계·가요계·권투계 등 각계에 모르는 사람이 없었다. 대중잡지 편집의 귀재로 알려졌던 그는 특히 연예계의 대부라 해도 과언이 아니었다. 그는 영화사나 레코드사의 중역들에게도 막강한 영향력을 행사하고 있었다.

남들이 볼 때에는 대중잡지가 별것 아닌 것 같지만 그 잡지를 만드는 데는 엄청난 노하우가 필요했다. 임 부장은 그 많은 지인들을 통해 연예계의 동향을 손금 들여다보듯 훤히 들여다보고 있을 뿐만 아니라 오죽하면 몇몇 연예인들과는 친형제 이상으로 절친하게 지내고 있었다.

잡지사에 들어간 지 두어 달쯤 되었을까, 승우는 일개 수습기자이면서도 충무로 일대에서 유명한 기자가 되어 있었다. 당시 《○○잡지》의 발행 부수가 부쩍부쩍 늘어나는 데다 임 부장의 후광이 작용한 덕택이었다.

승우는 거칠 것이 없었다. 그는 A호텔, D호텔은 물론 그 일대에 산재해 있는 영화사와 레코드사를 드나들며 열심히 취재를 벌였고, 승우는 다른 선배 기자들보다도 훨씬 많은 기사를 써냈다.

그런데 승우가 쓴 기사는 충무로 일대에서 항상 가장 정확하게 잘 쓴 기사라는 정평을 얻었다. 오죽하면 어떤 방송과 신문은 승우가 이미 《○○잡지》에 보도한 연예계 뉴스를 베껴 뒷북을 치기도 했다.

가장 신속해야 할, 촌각을 다투어 생생한 뉴스를 전해주어야 할 방송과 신문이 도리어 월간지의 뒷북이나 치던 시대. 승우는 지금도 종종 그 어수룩했던 시절을 회상하고는 하도 어이가 없어 실없는 미소를 머금곤 했다. 아무튼 그 시절에는 대중잡지가 어느 매체 못지않게 각광을 받았고, 《○○잡지》는 전국 각지의 서점과 열차 안에서 날개 돋친 듯 불티나게 팔려나갔다.

한창 팔팔했던 승우는 매월 세상이 깜짝 놀랄 특종을 터뜨렸고, 가슴 뻑적지근한 수기를 써서 독자들의 심금을 울리곤 했다. 본래 수기란 실제로 겪은 일을 기록한 글이지만 대중잡지에는 그럴싸하게 꾸민, 실제로 있을 법한 소설 같은 이야기를 수기라는 명목으로 게재하곤 했다.

정말 수기의 인기는 대단했다. 수기는 연예인 관련 기사 못지않게 잡지의 부수를 끌어올리는 데 중요한 몫을 하고 있었다. 그러니까 연예인 관련 기사와 수기는 대중잡지의 지면을 장식하는 양대 축이라고 말할 수 있었다.

승우는 수기에서도 특출한 재능을 발휘했다. 동료 기자들은 승우를 수기의 황제라 불러주기도 했다. 그가 눈물 어린 수기를 썼다 하면 독자들의 격려 편지가 쇄도했고, 때로는 수기의 주인공에게 전해달라면서 편집부에 소액환 등 일종의 성금이 도착하기도 했다.

아무튼 승우는 수습기자 딱지를 떼기도 전에 일약 기자 중의 기자, 일꾼 중의 일꾼으로 떠올랐다. 나이로 보나 경력으로 보나 그는 선배 기자들에 비해 애송이라고 말할 수밖에 없었다. 하지만 그의 이름은 벌써 경쟁지의 편집부에까지 널리 알려지고 있었다.

하지만 대중잡지 기자의 봉급이란 말이 아니었다. 빛 좋은 개살구라고나 할까, 대중잡지가 불티나게 팔리는데도 기자들의 봉급은 겨우 입에 풀칠할 정도에 지나지 않았다. 그나마 취재하느라 교통비에다 찻값 쓰고 나면 개뿔이나 손에 들어오는 것이 없었다.

회사에서 주는 취재비라는 것이 있기는 있었다. 하지만 그것은 없는 것보다 나을 뿐 생계유지에는 별로 보탬이 되지 않았다. 이 사람 저 사람 만나면서 기삿거리를 물어 나르다 보면 주머니에서는 언제나 먼지만 풀풀 날릴 뿐이었다.

당시 《○○잡지》에는 전남 강진에서 잠시 교편을 잡다가 결혼과 함께 서울로 올라와 신혼살림을 차린 신태학이라는 선배 기자가 있었다. 승우는 그 선배의 주선으로 중랑천 뚝방 무허가 판잣집 쪽방에 거처를 마련할 수 있었다. 그 선배는 중랑천 뚝방 밑에 전세방을 얻어 살림하고 있었

는데 승우에게 그 동네에서 가장 싼 판잣집 쪽방을 보증금도 없는 월세로
구해주었다.

맨 처음 서울에 올라왔을 때, 승우는 주로 서울역이나 영등포역 대합실
에서 잠을 자곤 했다. 어느 해 늦가을에는 구로동의 야산에서 잠을 자다가
얼어 죽을 뻔한 적도 있었는데 그나마 판잣집 쪽방이라도 마련한 것은 큰
행운이라고 말할 수 있었다.

가난하기는 신 기자나 승우나 도긴개긴이었다. 그래도 승우는 그런 선
배와 한동네에서 살게 된 것을 무척 다행스럽게 생각하고 있었다. 동서남
북 어디를 돌아봐도 낯선 사람뿐인 서울. 이 삭막하고 각박한 서울에서 정
신적으로라도 의지할 대상이 있다는 것은 큰 힘이 되었다.

신 기자와 승우는 회사에서 하루 일과를 마치고 퇴근할 때마다 같은 버
스를 이용하곤 했다. 비록 가진 것은 없지만 신 기자는 인정이 많은 사람
이었다. 그는 일요일이나 국경일처럼 회사에 나가지 않는 날 종종 승우의
쪽방에 와서 한참씩 놀다가곤 했다.

어느 일요일이던가, 그날은 신 기자가 작은 플라스틱 통에 김치를 담가
가지고 와서 밤늦게까지 놀았다. 당시 그의 부인은 아기를 가져 몸이 무거
워오고 있었는데 이런저런 이야기를 나누다 보니 시간 가는 줄도 몰랐다.
자정이 임박해 올 무렵 그가 말했다.

"이제 그만 일어나야겠군. 너무 놀았네. 내일은 인쇄소에 나가 교정을
봐야 할 텐데……."

"내일 밤에는 철야를 해야겠죠?"

"물론이지."

신 기자가 돌아간 뒤 승우도 곧 잠자리에 들었다. 그 이튿날이었다. 임

부장과 신 기자, 그리고 승우는 인쇄 교정을 보기 위해 서부역 건너편 중림동에 있는 대명인쇄소로 나갔다. 언제나 그랬던 것처럼 신 기자와 승우는 온종일 교정을 보았고, 임 부장은 한 대씩 대수(臺數)를 맞춰서 책임 오케이(OK)를 놓았다.

지하실에서는 인쇄기가 신바람 나게 돌아가고 있었다. 철크덕철크덕, 철크덕철크덕…… 임 부장은 수시로 지하실을 오르락내리락하면서 인쇄물을 점검하고 있었다. 인쇄가 잘 되고 있는지, 동판은 제자리에 붙었는지 그런 것을 점검하는 것이었다.

만약 인쇄가 잘못 되는 날에는 용지 손실뿐만 아니라 잘못된 부분을 다시 찍을 경우 발행 날짜를 지킬 수 없게 돼 있었다. 때문에 인쇄 교정을 볼 때에는 편집부의 전 직원이 촉각을 곤두세운 채 밤을 지새우지 않을 수 없었다. 독신이었던 임 부장은 그렇다 치고 신혼생활에 깨가 쏟아질 신 기자도 집에 들어갈 수가 없었다. 그들은 밤이 깊도록 인쇄기 곁에 서서 인쇄물 돌아가는 것을 주시하고 있었다.

그러다가 졸음이 쏟아질라치면 잠시 밖에 나와 바람을 쐬었고, 한 대분 인쇄를 마치고 다른 한 대를 새로 얹어 판갈이를 할 때에는 다시 지하실로 내려가 교정을 보곤 했다. 밤은 점점 더 깊어가고 있었다. 주머니 사정만 넉넉하다면 근처 여관에 방이라도 잡아 놓고 세 사람이 번갈아 가며 교정을 볼 수 있었을 텐데 그들은 그럴 처지가 못 되었다.

자정이 지날 무렵, 그들은 인쇄기 옆에 쓰러져 마구 내버린 수북한 파지 북데기를 뒤집어쓰고는 잠깐씩 눈을 붙이곤 하였다. 그때는 자정부터 새벽 네 시까지 통행금지가 시행되고 있었던 시절이라 일단 밤 열두 시가 지나면 멋대로 나돌아 다닐 수도 없었다.

인쇄기는 돌아가고, 누우려야 누울 곳은 없고……. 북데기 속에서 그런 식으로 밤을 지새울라치면 얼굴에는 인쇄잉크와 온갖 먼지가 시커멓게 묻어났다. 그래도 그들은 실수 없이 잡지를 잘 만들어야 한다는 책임감이랄까 사명감으로 매달 그런 고된 일을 되풀이했다.

그해 가을 뜻하지 않은 사건이 터졌다. 소위 필화사건이 발생했다. 임 부장이 인기 가수 W와 영화배우 M의 염문을 특종기사로 내보냈는데, 하루는 정체를 알 수 없는 폭력배들이 충무로에서 떼거리로 달려들어 임 부장을 집단 폭행했다.

그 사건으로 임 부장은 중상을 입고 장기간 병원 신세를 지지 않으면 안 되었다. 본래 가수 W는 당시 최고 권력층에 있던, 공중에 나는 새도 떨어뜨린다는 어느 고관의 아들이었다. W는 자신의 염문이 《○○잡지》에 기사화되자 부친의 권세를 등에 업고 깡패들을 동원하여 보복에 나섰던 것이다.

정말 끗발은 무서웠다. W가 누구의 아들인지 잘 알고 있던 경찰은 이중적인 태도를 보였다. 그들은 수사를 서두르는 척하면서 다른 한편으로는 W의 염문이 더 번져 나가지 않도록 쉬쉬했다.

W가 부친을 통해 외압을 넣었는지, 아니면 자기들이 먼저 알아서 기는 것인지 좌우간 경찰은 그 사건을 축소 은폐하기에 바빴다. 그들은 임 부장에게 온갖 온정을 다 베풀면서도 가해자 추적에 매우 미온적이었다.

《○○잡지》의 사장과 전무, 그리고 전 직원은 경찰서로 찾아가 신속한 범인 검거를 촉구하는 한편 다시는 이런 일이 일어나지 않도록 힘써줄 것을 요청했다. 그러나 경찰은 표면상 잘 알겠다고 하면서도 범인 검거에 별다른 열의를 보이지 않았다.

상식적으로 생각할 때에도 임 부장에 대한 집단 폭행은 W가 동원한 깡패들의 소행이라는 것을 쉽게 짐작할 수 있었다. 하지만 경찰은 아무런 단서가 없다는 이유로 W로부터 참고인 진술조차 받지 않았다. 그때 광고부장으로 있던 박일기가 수사과장을 만나 이번 사건이 발생하게 된 배경에는 W와 밀접한 관련이 있다고 주장했지만 경찰은 정체를 알 수 없는 떠돌이 불량배들의 단순 폭행 정도로 가볍게 처리했다.

결국 그 사건은 유야무야 끝나고 말았다. 하지만 임 부장이 받은 상처와 타격은 이루 말할 수가 없었다. 그는 병원에서 퇴원한 뒤에도 두어 달 동안 다리를 쩔룩쩔룩 절었는데 결국 누군가의 외압에 의해 회사를 사직하고 말았다. 그러니까 《ㅇㅇ잡지》는 유능한 편집부장을 잃은 셈이었다.

회사를 떠나던 날, 임 부장은 서랍 속의 몇몇 사물(私物)과 벽에 걸려 있던 오리나무 사진을 떼어 가지고 나갔다. 오리나무 사진이 사라진 사무실은 어딘지 허전하고 쓸쓸하게 느껴졌다. 그리고 임 부장이 떠나자 편집부의 분위기도 어쩐지 썰렁하기만 했다.

결국 신 기자가 편집부장 대행을 맡았는데 취재원 확보 등 임 부장이 데스크를 맡았을 때보다는 훨씬 더 어려움이 많았다. 승우가 매월 쇼킹한 기사를 터뜨려 잡지의 판매 부수는 도리어 올라가고 있었지만 내용의 다양성이라는 측면에서는 그전보다 훨씬 떨어지는 것이 사실이었다.

신 부장은 사장에게 건의하여 편집부 인력을 보강했다. 그러나 새로 채용한 기자들은 아무리 좋은 기삿거리를 주어도 한두 꼭지조차 제대로 소화해 내지 못했다. 명색 대학을 졸업했다는 사람들. 하지만 그들은 취재할 줄도 몰랐고, 기사를 써내는 솜씨도 영 서툴기만 했다.

정말 임 부장이 비운 자리는 너무 컸다. 그가 있을 때에는 별로 힘들이지 않고서도 좋은 잡지를 만들어 낼 수 있었는데 승우는 몇 사람 몫을 하느라 죽을 맛이 아닐 수 없었다. 그러던 어느 날, 하루는 승우가 신 부장에게 조용히 말했다.

"경력 기자를 뽑아오면 어떻겠습니까?"

"글쎄, 아무래도 이대로는 안 되겠어. 뭔가 획기적인 대책을 마련해야겠는데……. 사람을 구할 수가 있어야지. 나는 수습기자들이 제 몫을 해낼 줄 알았어. 근데 새로 온 기자들은 필력이 너무 딸려. 일부러 국문과 출신을 뽑았는데 기사를 제대로 쓸 줄 아나, 교정을 제대로 볼 줄 아나……. 실망이 너무 크다니까. 우리나라 대학 교육 수준이 그것밖에 안 되는 걸까. 그걸 보면 김 기자가 얼마나 대단한지 알겠어. 고등학교 졸업자이면서도 대졸자 뺨칠 정도로 일을 해 내니 정말 놀랍다니까. 회사를 떠나던 날 임 부장이 뭐랬는지 알아? 지금까지 자기가 뽑은 사람 중 김승우 기자가 가장 뛰어난 사람이었다는 거야. 그거야 의심할 나위가 없지. 김 기자는 남들 두 몫, 세 몫을 해 왔으니까. 그런데 새로 들어온 사람들은 학력만 번드르르할 뿐 모두 맹탕이야. 아, 참, 임 부장 소식 들었어?"

"아뇨."

"신문사로 갔대."

"네에? 무슨 신문사로 갔단 말씀입니까?"

"그 신문사에서 주간지를 창간한다는군. 이제 각 신문사에서 주간지가 우후죽순처럼 쏟아져 나올 모양이야. 그렇게 되면 대중잡지들은 치명적인 타격을 받게 될 텐데 정말 큰일이군."

아니나 다를까, 그 직후 신문사들이 앞다투어 주간지를 창간하기 시작했고, 임관영 부장은 대중잡지에서 쌓은 명성과 노하우를 바탕으로 멋진

주간지를 만들어 냈다. 두말할 나위도 없이 그 주간지는 시중에서 일대 돌풍을 일으키는 가운데 폭발적인 판매 실적을 기록하고 있었다.

그 직후 신 부장도 다른 신문사에서 창간하는 주간지로 자리를 옮겨갔다. 그때 승우도 당연히 스카우트 대상이 되어 있었다. 임 부장이나 신 부장은 주간지에 자리를 마련해 놓고 승우를 불러들이기 위해 안간힘을 썼다. 한때 《ㅇㅇ잡지》에서 한솥밥을 먹었던, 그리하여 승우의 능력을 잘 알고 있었던 그들은 승우를 스카우트 할 경우 백만 원군을 얻는 셈이라 굳게 믿고 있었다.

그러나 승우는 최종 인사 발령 과정에서 인사권자에 의해 번번이 미역국을 먹지 않으면 안 되었다. 학력이 겨우 고졸이기 때문이었다. 그 반면, 대중잡지 기사조차 제대로 쓸 줄 모르는 국문과 출신 신출내기 기자들은 모두 신문사로 팔려나갔다. 그것이 현실이었다.

주간지 기자와 대중잡지 기자는 처우라는 측면에서 비교할 수가 없었다. 신문사의 주간지 기자들은 파격적인 급여를 보장받는 데 비해 대중잡지 기자들은 겨우 입에 풀칠이나 할 수 있을 정도의 쥐꼬리만 한 급료를 받아야 했다.

더군다나 호화로운 주간지가 본격적으로 시중에 나와 전대미문의 인기몰이를 하면서 대중잡지는 뒷전으로 밀려날 수밖에 없었다. 한때 서민들과 청춘 남녀의 친근한 벗으로 호황을 누렸던 대중잡지. 그러나 대중잡지는 호화판 주간지에 밀려 사양길로 들어서지 않으면 안 되었다.

세상은 무섭게 변하고 있었다. 광고부장이었던 박일기는 여명인쇄사를 창업하는 등 변신을 거듭하여 학문당 사장이 되었고, 《ㅇㅇ잡지》를 떠난 승우는 박 사장의 권유로 논문 대필을 생업으로 삼아 만물박사라는 칭호를 얻게 되었다. 한때 시중의 용지 파동까지 불러일으키며 호황을 누리던 주간지의 영화도 세상의 변화와 함께 서서히 시중에서 도태되기 시작했다.

대중잡지에서 주간지로 옮긴 뒤 연예계에 더욱 막강한 영향력을 행사했던 임 부장. 아니, 그는 연예계를 쥐락펴락 하는 언론 권력 그 자체라고 말할 수 있었다. 그러나 그는 얼마 후 주간지의 쇠락과 함께 그 바닥에서 밀려났고, 그 뒤로는 양평으로 낙향하여 사진 찍고 그림 그리며 조용히 살아가고 있었다.

몇 해 전 여름이었다. 승우는 그를 만나기 위해 일부러 양평에 내려간 적이 있었다. 산 좋고 물 좋은 양평. 그는 양평읍에서도 한참 들어간 한적한 산골에서 평화롭게 살고 있었다. 그의 집 뒤에는 오리나무가 서 있었는데, 임 부장과 오리나무는 전생부터 무슨 특별한 인연을 가지고 있는 듯했다.

승우가 찾아갔을 때, 임 부장은 오리나무 밑에 앉아 그림을 그리고 있었다. 밀짚모자를 비스듬히 눌러쓴 그는 마치 세속을 떠난 수도자처럼 느껴졌다. 승우가 다가가자 그는 붓을 멈추며 여간 반가워하는 것이 아니었다. 그가 말했다.

"어서 오게. 참 반갑군."

"그동안 어떻게 지내셨습니까?"

"나야 잘 지냈지? 김 기자는 만물박사가 됐다고 하더군."

"하하하……. 그거야 남들이 붙여준 별명일 뿐인데요 뭐."

"그래도 그렇지. 내가 볼 때에도 딱 어울리는 별명이야. 내가 김 기자를 처음 만났을 때 보통 사람이 아니라는 것을 직감했어. 고졸이라는 학력이 마음에 걸리기는 했지만 기사 쓰는 것을 보고는 확실하게 낙점할 수 있었지. 내가 이미자에 관해 아는 대로 기사를 작성해 보라고 했을 거야."

"아직도 그걸 기억하십니까?"

"물론이지. 맞춤법, 띄어쓰기, 어느 것 하나 틀리지 않고 정확하게 썼더군. 더군다나 열다섯 장짜리 원고를 단숨에 써냈고……. 사실은 그때 여러 사람들이 이력서를 가지고 찾아왔었어. 하지만 마음에 안 들어 그냥 돌려보내곤 했지. 그러던 차에 김 기자 같은 천재를 만났던 거야."

"천재라니요. 그건 당치도 않은 말씀입니다."

"아, 아니야. 본래 천재는 자기가 천재라는 사실을 모르는 법이지. 내가 볼 때 김 기자는 천재야. 아직 수습 딱지도 떼기 전에 경력 기자 뺨칠 정도로 일을 해냈잖아? 김 기자가 기사를 잘 썼기 때문에 잡지 발행 부수가 부쩍부쩍 늘었어. 어디 그뿐인가. 내가 아는 연예인들도 지금까지 김 기자를 높이 평가하고 있어. 대중잡지 기자로 썩기에는 너무 아까운 인재였다는 거지. 그런 점에서 김 기자는 시대를 잘못 타고난 거야. 좀 더 나은 시대에 태어났더라면 계속 공부해서 더 큰 일을 할 수 있었을 텐데 말이야."

"자꾸 그런 말씀만 하시니까 몸 둘 바를 모르겠습니다."

"우리가 오래전에 현직에서 떠났으니까 이런 말을 할 수 있는 거야. 나도 대중잡지, 주간지를 만드는 동안 여러 사람들과 일했거든. 아마 그 계통에 종사하는 사람들을 거의 모두 접촉했다 해도 과언이 아닐 거야. 그런데 내가 만났던 사람들 중에 김 기자가 단연 최고였어."

임 부장은 입에 침이 마르도록 승우를 추켜세웠다. 그것은 결코 입에 발린 소리가 아니었다. 사실 승우는 잡지사에 몸담고 있는 동안 어느 누구 못지않게 탁월한 능력을 발휘하여 천재 소리를 들었다. 화제를 바꾸기 위해 승우가 물었다.

"이렇게 혼자 사시면 외롭지 않습니까?"

"외롭기는 뭘……. 나야 본래 혼자 사는 사람 아닌가. 조용히 살고 싶어서 이렇게 외딴 곳에 집을 지었지. 얼마나 편한지 몰라."

"혹시 병이라도 나면 어쩝니까?"

"아직은 건강하니까 괜찮아. 급한 일이 생기면 저 아래 사는 이장한테 연락을 취하곤 하지. 서울에서도 가끔 손님이 다녀가곤 하니까 심심하진 않아."

"연예인들도 많이 옵니까?"

"물론이지. 연예인들도 가끔 와서 하룻밤 묵어가곤 하지. 아, 참, 지난번에는 신 부장이 다녀갔어."

"신태학 선배 말씀입니까?"

"그렇지. 분당에서 살고 있다더군."

"네, 그렇습니다."

"나는 여기 와서 사니까 아주 편해."

"혹시 이곳 양평이 고향이십니까?"

"아니. 양평과는 아무런 연고도 없었어. 아주 젊었을 때 한 번 놀러온 뒤 그냥 마음에 들어서 이곳에 자리를 잡게 됐지. 본래 내가 태어난 곳은 영등포야. 부모님이 일찍 돌아가시는 바람에 고생깨나 했지. 대학까지 내 힘으로 다녔으니까. 어쩌다 대중잡지에 들어가게 되었는데 돌이켜보면 그런대로 보람 있는 세월이었어. 대중잡지, 주간지, 원도 없이 만들었지."

그랬다. 임 부장은 대중잡지, 주간지의 산 역사라 해도 과언이 아니었다. 그런 점에서 그는 어쩌면 대중잡지와 주간지를 만들기 위해 태어난 사람인지도 몰랐다. 그러나 그 매체들이 사라짐으로써 언제부턴가 그의 역할도 자동적으로 소멸하게 된 셈이었다.

사람이 시대를 만드는 것일까, 시대가 사람을 만드는 것일까. 그것은 마치 달걀과 닭의 관계와도 같아서 뭐라고 꼭 집어 말할 수는 없지만 어쨌든 한 시대를 주름잡았던 임 부장은 이제 자연으로 돌아가 조용히 살고 있었다.

승우는 임 부장이야말로 가장 인간답게 사는 사람이 아닐까 생각했다. 딸린 가족도 없겠다, 모든 걸 훌훌 떨쳐버리고 그렇게 자연 속에서 자유인으로 살아가는 그가 내심 부럽기도 하였다.

하지만 그 뒤로 승우는 한 번도 양평을 방문하지 못했다. 마음 같아서는 자주 찾아가고 싶지만 그게 마음대로 안 되었다. 작년 봄이었다. 승우는 논문 대필 문제를 의논하기 위해 학문당에 들렀다가 박 사장으로부터 아주 놀라운 소식을 들어야 했다. 박 사장이 말했다.

"혹시 임관영 부장 소식 들었어?"

"무슨 소식?"

"그 사람이 지난겨울에 죽었다는 거야."

그 말을 듣는 순간 승우는 하마터면 기절할 뻔했다. 은인이나 다름없는 임관영 부장. 평소 지병이나 있었다면 모를까, 비교적 건강하게 살아 온 그가 죽었다는 것은 도저히 납득할 수가 없었다. 승우가 되물었다.

"죽다니……? 밑도 끝도 없이 그게 무슨 말이야?"

"나도 오늘 아침에야 알았어."

"근데 그 소식을 누구한테 들었어?"

"오늘 아침 신태학 씨가 전화를 걸어왔더군. 어제 양평에 놀러갔다가 동네 이장한테 그 이야기를 듣고 깜짝 놀랐다는 거야."

"아, 저런! 그럴 수가……. 멀쩡한 사람이 왜 죽었을까?"

"사인은 심장마비로 밝혀졌나 봐. 혼자 사는 사람이니까 언제 어떻게 죽었는지도 잘 모른다는군. 이장이 무슨 고지서를 전달하려고 그 집에 갔다가 뻣뻣하게 죽어 있는 것을 발견하고 경찰에 신고했다는 거야."

"세상에 별일이 다 있었군. 그럼 장례는 어떻게 치렀을까?"

"경찰이 사인 조사를 한 뒤 화장했다는데 자세한 내용은 나도 모르겠어. 아무튼 임 부장이 죽은 것은 분명해. 신태학 씨가 거짓말할 사람도 아니잖아."

"그야 그렇지. 하지만 아무래도 믿어지지 않는군."

승우는 연신 고개를 내저었다. 하지만 임관영 부장이 죽은 것은 어느 모로 보나 움직일 수 없는 사실이었다. 박 사장이 혼잣말처럼 중얼거렸다.

"우리가 너무 무심하게 살았어. 그동안 자주 연락이라도 취했어야 하는 건데 말이야."

"나야말로 그분에게 큰 죄를 지었군."

승우는 임 부장에 대해 크나큰 죄책감을 느끼지 않을 수 없었다. 잡지사에 첫발을 들여놓을 때 인기가수 이미자에 관한 기사를 쓰라고 했던 대중잡지 편집의 귀재 임 부장. 그리고 즉석에서 채용을 결정해주었던 그 고마운 분이 죽었는데도 이제야 그 비극적인 소식을 듣게 되다니 사람 노릇을 못하고 살아왔다는 생각뿐이었다. 박 사장이 말했다.

"어쩔 수 없지 뭐. 임 부장이 혼자 사는 사람인 데다 갑작스런 죽음이어서 아무한테도 연락조차 할 수가 없었다는 거야."

"그랬겠지. 하지만 며칠 안으로 양평에 가봐야겠군. 이장을 만나서 자초지종이라도 알아봐야겠어."

"알아본들 무슨 소용이 있을까. 어차피 빈손으로 왔다 빈손으로 가는 인생……. 신태학 씨한테 전화를 받고 이것저것 곰곰이 생각해 보니까 역시 가장 임 부장다운 죽음이었다는 생각이 들어. 애당초 결혼조차 거부했던 사람이 아닌가. 이 세상에 태어나서 혼자 살다가 혼자 조용히 떠난 사람……."

그 말을 듣고 보니 그럴듯했다. 하지만 임 부장은 나이로 보나 건강으로 보나 아직 죽어야 할 아무런 이유가 없었다. 아무리 인명(人命)은 재천(在天)이라 하지만, 승우는 그의 죽음을 현실로 받아들이고 싶지 않았다.

그 직후 승우는 양평에 가서 그 동네 이장을 만났고, 임 부장이 진짜로 사망했는지의 여부를 직접 확인했다. 그때 이장은 임 부장이 주검으로 발견돼 화장할 때까지의 과정을 소상히 설명해주었다. 참으로 허망한 일이 아닐 수 없었다.

승우는 며칠 동안 비탄에 잠겨 식음을 전폐했다. 임 부장의 죽음 이후 밥이고 뭐고 아무런 생각이 없었다. 그의 죽음은 충격 그 자체였다. 일찍이 사마천(司馬遷)이 말하기를 '여자는 사랑하는 사람을 위해 화장을 하고, 남자는 인정해주는 사람을 위해 목숨을 건다'고 했다.

승우는 이 세상에 태어난 이후 사람들로부터 인정을 받아 왔다. 안장말 동네 사람들은 승우를 신동이라 했고, 초등학교에서부터 고등학교를 졸업할 때까지 선생님들로부터 극진한 사랑을 받았다. 승우 또한 깃발을 날렸다. 선생님들은 장차 승우가 큰 재목으로 성장할 것이라고 확신했다. 사실 승우가 오늘날 요 모양 요 꼴로 핍진한 삶을 살게 되리라고 예견한 사람은 아무도 없었다.

가난이 원수였다. 한 맺힌 가난. 최소한 입에 풀칠할 것이라도 있었으면 국비 장학생이건, 아니면 가정교사를 해서라도 충분히 대학에 다닐 수가 있었다. 하지만 연로하신 부모님, 줄줄이 목을 매달고 쳐다보는 어린 동생들을 먹여 살리려면 생활 전선에 뛰어들지 않을 수 없었다.

생일날 먹자고 이레를 굶을 수는 없었다. 먼 훗날의 큰 성공을 위해 가족들을 쫄쫄 굶겨 죽일 수는 없었다. 당장 발등에 떨어진 불을 끄기가 더 시급했다. 마음 같아서는 일류 대학에 들어가 보란 듯이 깃발을 날리고, 그리하여 그럴싸한 한자리를 차지한 뒤에는 개천에서 용 났다는 말을 듣고 싶었다.

하지만 현실은 그런 이상을 허용하지 않았다. 낮이나 밤이나 숨통을 옥죄었다. 세상이 원망스러웠고, 무작정 서울로 올라온 뒤에는 밑바닥을 박박 기지 않으면 안 되었다. 그때 수습기자로나마 《○○잡지》에 취직할 수 있었던 것은 적지 않은 행운이었다. 만일 그 당시 《○○잡지》에 취직하지 못했다면 승우는 막노동판을 벗어나지 못한 채 어디에선가 비명 객사했을 가능성이 높았다.

더군다나 임 부장은 승우를 직접 발탁해준 고마운 은인이었다. 그 인연으로 승우는 박일기 사장이며 김영호라든가 아무튼 숱한 사람들을 알게 되었다. 《○○잡지》의 취직으로 결국 승우의 비참한 운명이 결정된 셈이었다. 하지만 거꾸로 뒤집어 놓고 생각할 때, 지금까지 굶어 죽지 않고 살아남은 것만 해도 다행이라면 다행이라고 말할 수 있었다.

지난 세월은 울분의 연속이었다. 삭이고 싶어도 삭일 수 없는 울분. 집안 좋고 학벌 좋은 놈들은 돌대가리도 출세하는 마당에, 승우는 세인이 다 인정할 만큼 그 좋은 두뇌를 가지고 태어났으면서도 겨우 입에 풀칠하기 위하여 쓸개를 씹지 않으면 안 되었다. 세상이 더럽고 야박했다.

임관영 부장은 일찍이 승우를 천재로 인정해주었다. 역시 천재는 천재를 알아보게 마련이었다. 아닌 게 아니라 임 부장은 대중잡지를 만드는 데 천재적 재능을 발휘했다. 어느 누구도 감히 그를 필적할 사람이 없었다. 그런 점에서 그는 한 시대를 풍미한 잡지 편집의 달인이었다. 그 역시 학벌만 좋았더라면 더 큰물에서 놀았을 텐데, 학력이라는 장벽에 막혀 잡지계에서만 맴돌다가 세상을 떠나고 말았다.

아까운 사람, 고마운 사람…… 승우는 혼잣말로 중얼거렸다. 구름처럼 왔다가 또 구름처럼 사라지는 것이 인생이라지만 임 부장의 죽음은 허망하기 짝이 없었다.

승우는 다시 청룡사 뒤꼍에 있는 오리나무를 올려다보았다. 아니나 다를까, 짙푸른 오리나무 사이로 임 부장의 환영(幻影)이 보이고 있었다. 그때 마침 청룡사로부터 어느 망자(亡者)의 원혼을 달래는 듯 쿵덕쿵덕 쿵덕쿵 쿵덕쿵덕 쿵쿵쿵…… 꽹꽹 꽹꽈꽹꽈 꽹꽈꽹꽈 꽹깨꽹…… 북 치고 꽹과리 치며 푸닥거리하는 소리가 들려왔다. 《문학시대》 2004년 신년호)

접시꽃

그날도 땡볕이 쏟아지고 있었다. 일각(一刻)이 여삼추(如三秋)라는 말도 있지만, 하릴없이 빈둥빈둥 논다는 것은 그야말로 죽을 맛이 아닐 수 없었다. 벌어 놓은 돈이라도 있다면 모를까, 이미 오래전에 생활비까지 바닥나서 감당할 수 없는 빚만 늘어가는 터라 더욱 숨이 막혔다.

대관절 감옥에 갇힌 수형자(受刑者)들은 어떻게 살까. 비록 인신(人身)이야 자유롭다지만 하릴없이 빈둥빈둥 놀지 않으면 안 되는 이 현실이야말로 죽을 맛이 아닐 수 없었다. 창살 없는 감옥이라고나 할까, 아무튼 벌써 몇 달째 일손을 놓은 채 죽치고 지내기란 이만저만 힘든 것이 아니었다.

실업자 아닌 실업자. 승우는 좋게 말해서 프리랜서였고, 나쁘게 말하자면 천하 백수건달에 지나지 않았다. 배운 도둑질이라는 말도 있지만, 그가 할 수 있는 일이라곤 이제까지 해 온 남의 논문 대필 이외에는 달리 할 것이 없었다.

일감은 오래전에 끊겼고, 미구에 일감이 들어오리라는 보장도 없었다.

삶이 지겹고 답답하기만 했다. 승우는 아침부터 울화증을 앓다가 닭장 같은 광동주택을 벗어나 월명산으로 올라갔다. 목이며 등짝에서 끈적끈적 땀이 배어 나왔다. 가진 것 없는 영세민들은 벌이가 없어 너도나도 죽겠다고 아우성인데 날씨마저 왜 이렇게 푹푹 삶아대는 것일까.

언제나 인근 주민들로 북적대는 월명산. 그러나 그날은 다른 날보다 주민들의 발길이 뜸한 편이었다. 다만, 노인들 몇몇만 올라와 월명정이나 그늘집에서 하릴없이 가는 세월을 죽이고 있었다.

승우는 화장실 앞을 지나 비둘기집 쪽으로 방향을 잡았다. 그쪽은 나무한 그루 없는 터라 다른 데보다 더욱 강렬한 땡볕이 쏟아지고 있었다. 그뿐 아니라 콘크리트로 뒤죽박죽 칠갑한 길바닥에서는 복사열까지 후끈후끈 치솟아 올랐다. 그가 막 비둘기집 밑으로 다가가고 있을 때 누군가가 등 뒤에서 그를 불렀다.

"만물박사님."

승우는 얼른 뒤를 돌아보았다. 그런데 이게 웬일일까, 화장실 출입구 쪽에 무골호인(無骨好人)인 홍씨가 서 있었다. 법 없이도 살 수 있는 홍씨. 그는 승우와 비교적 가깝게 지내는 이웃이었다. 서로 이웃에 살면서도 이렇듯 월명산에서 마주치기는 이번이 처음이었다. 승우는 뒤로 돌아서서 그에게 다가갔다.

"아이구, 어쩐 일이십니까?"

"하도 답답해서 올라왔습니다. 오늘은 새벽에 교대하고 왔거든요. 만물박사님은 어쩐 일이십니까?"

"저야 거의 매일 올라옵니다. 어떤 날에는 하루에도 몇 차례씩 올라오기도 하죠."

"아, 그러셨군요. 저는 모처럼 올라왔습니다. 마음만 먹으면 언제라도 올라올 수 있건만 그게 마음대로 안 되더군요. 아무튼 반갑습니다. 만물박사님께서는 바쁘실 텐데 열심히 산에 오시는군요."

"저야 요즘 백수인 걸요 뭐."

"아이구, 백수라니요? 우리 광동주택에서 가장 유명한 분이신데 무슨 말씀을 그렇게 하십니까. 저는 만물박사님과 이웃에 사는 것만으로도 늘 자랑스럽게 생각하고 있습니다. 혹시 시간 좀 있으십니까?"

"아, 물론이죠."

"그럼 저쪽으로 가실까요?"

홍씨는 약수터 쪽을 가리켰다. 그쪽은 참나무가 빼곡하게 우거져서 짙은 그늘을 드리우고 있었다. 그들은 굽이치는 오솔길을 따라 약수터로 다가갔고, 누가 먼저랄 것도 없이 바윗돌 위에 얹혀 있는 플라스틱 바가지로 약수를 떠서 한 모금씩 마셨다. 승우가 말했다.

"날씨가 워낙 더우니까 물을 마셔도 시원한 줄을 모르겠군요."

"누가 아니랍니까. 먹고살 것도 없는데 날씨마저 더욱 짜증나게 합니다."

그들은 곧 약수터를 벗어나 참나무 숲 속으로 들어갔고, 몇 해 전 구청에서 만들어 놓은 벤치에 나란히 앉았다. 그 앞에 어린이 놀이터가 있었고, 약수터에서 흘러내린 물이 놀이터 언덕 밑 도랑으로 찌질찌질 흘러가고 있었다.

시궁창이나 다름없는 도랑 가장자리에는 건축물 폐자재에다 깨진 화분 조각이며 사금파리라든가 어쨌든 무단으로 내다 버린 쓰레기더미가 수북하게 쌓여 있었다. 어둠이 짙으면 빛이 더 찬란한 광채를 발휘하는 것일까, 그런 쓰레기더미 언저리에는 접시꽃이 군락을 이루어 화사하게 피어나 있었다.

접시꽃은 싱싱했다. 비록 박토에 뿌리를 내리고 있지만 조금도 휘거나 뒤틀리지 않은 채 미끈미끈하게 쭉쭉 뻗어 올라간 튼실한 꽃대에는 활짝 핀 꽃송이 이외에도 앙증스럽고 야무진 꽃봉오리가 필까 말까 망설이면서 층층이 맺혀 있었다. 승우가 말했다.

"저기 저 접시꽃이 참 보기 좋습니다."

"그렇군요. 만물박사님 고향에도 지금쯤 접시꽃이 활짝 피었겠죠?"

"그렇겠지요. 저희 옛집 장독대 모퉁이와 두엄자리 귀퉁이에는 해마다 이맘때쯤 접시꽃이 피어나곤 했습니다. 피고 지고……. 접시꽃은 여름 내내 아름다운 자태를 뽐내곤 했죠."

승우는 고향이 그리워 콧날이 시큰해짐을 느꼈다. 인심 좋고 경치 좋은 백마강 남쪽 안장말. 농토만 있었다면 고향을 지키며 죽이 되든 밥이 되든 마음 편히 살 수 있었을 텐데 객지로 떠나온 이후 그는 이날 이때까지 죽도록 고생만 하며 살아야 했다. 홍씨가 말했다.

"저는 온실에서 가꾼 비싼 꽃보다 저런 야생화를 더 좋아합니다. 누가 가꾸지 않아도 저렇게 좋은 꽃을 피우다니……. 정말 기가 막히잖아요?"

그때 승우는 서민 중의 서민인 홍씨한테서 친근한 인간의 냄새를 맡고 있었다. 언제 보아도 털털한 홍씨한테서는 영세민 특유의 인간다운 체취가 뭉클뭉클 배어나고 있었다.

승우와 홍씨는 피차 가진 것 없는 영세민이었다. 승우가 별 볼 일 없는 영세민이면서도 만물박사라는 거창한 별명을 가지고 있는 반면, 홍씨는 부촌 중의 부촌인 월명아파트의 경비원으로 근무하면서 가족들을 부양하고 있었다.

그의 부인은 파출부로 나가고 있었다. 그러니까 그들 내외는 맞벌이 부부인 셈이었다. 소위 돈깨나 있다는 놈들이 볼 때에는 경비원 봉급에다 파출부 벌이를 합쳐 봤자 아이들 껌값 정도에 불과했다.

하지만 광동주택 주민들의 입장에서 본다면 홍씨네야말로 살림살이가 그런대로 괜찮은 편이었다. 다른 가정의 경우 세대주 혼자서 막노동을 하거나 시장 바닥에 노점을 벌여 어렵사리 생계를 꾸려 가는 데 비해 그들 부부는 맞벌이를 하기 때문에 그 나름대로 여유가 있는 편이었다.

똥 싸는 소리 요란하면 개 먹을 것 없듯 승우도 별명만 번드르르했지 사실은 별로 실속 없이 살아가고 있었다. 다른 주민들도 예외가 아니었다. 그들 역시 벌이가 신통치 못한지라 입에 풀칠하기도 바쁜 실정이었다. 빈민굴이나 다름없는 연립주택조차 건사하기 어려운 사람들. 그들이 바로 광동주택 주민들이었다.

그래도 그들은 이웃끼리 따뜻한 정을 나누며 살아가고 있었다. 그중에서도 승우와 홍씨는 격의 없이 지내온 터였다. 피차 같은 연립주택에 오래 살기도 했지만 그들 두 사람 사이에는 굳이 말하지 않더라도 뭔가 통하는 데가 있었다.

승우의 맏딸 은경이와 그 집의 막내 다영이는 나이도 동갑인 데다 현재 같은 고등학교 3학년에 재학 중이었다. 동병상련이라고나 할까, 승우와 홍씨는 그 아이들 교육문제로 몹시 힘들어하고 있었다. 대학 입시를 앞둔 고3이라는 현실도 그렇지만, 은경이와 다영이가 학교 친구 가운데 수진이라는 아이로부터 말할 수 없는 시달림을 받고 있기 때문이었다. 승우가 말했다.

"저도 야생화를 좋아합니다. 어떻게 보면 제 인생이 잡초 아니면 야생화

같기 때문일까요. 아무튼 값비싼 화초보다 야생화에 더 정감이 가는 겁니다. 우리 은경이나 다영이는 내일을 준비하는 야생화 꽃봉오리라고 말할 수 있겠죠. 수진이라는 그 계집애가 아비 잘 만나 호의호식하면서 우리 아이들을 못살게 굴지만, 가난 속에서 자란 우리 아이들도 언젠가는 저렇듯 아름다운 꽃을 피울 날이 있을 겁니다. 온실에서 자란 꽃은 밖에 나오면 맥을 못 추게 마련입니다. 하지만 야생화는 어떤 조건에서도 잘 견딥니다. 저 접시꽃을 보십시오. 쓰레기 폐기장이나 다를 바 없는 허드레 땅에서도 훤칠하게 자라 아름다운 꽃을 피웠잖습니까?"

승우는 다시 도랑 건너 접시꽃 무더기로 눈길을 던졌다. 붉은 색, 연한 홍색, 노란색, 흰색……. 접시꽃은 촉규(蜀葵)·촉규화(蜀葵花)·촉계화(蜀葵花)·덕두화·둑두화·접중화·단오금·어승어 등 그 숱한 이름만큼이나 형형색색으로 한바탕 화려한 꽃 잔치를 벌여 놓고 있었다.

지방에 따라 여러 이름으로 부르는 꽃. 승우네 고향에서는 흔히 접시꽃을 '체키화'라고 불렀다. 물론 촉규화 또는 촉계화라는 이름에 충남 남부 지방 특유의 발음이 가미된 독특한 와음(訛音)이라고 할까, 백발노인에서부터 어린아이들까지 거의 모든 사람들이 그 꽃을 체키화라 부르고 있었다.

승우도 어린 시절 아무 생각 없이 어른들이 일러준 대로 그 꽃을 체키화라 불렀다. 그러다가 각종 논문을 쓰느라 본격적인 공부를 시작한 뒤로 그 꽃의 이름이며 특성에 대해 정확히 알게 되었다. 말하자면 정통 학문 이외에도 그런 소소한 야생식물에 이르기까지 깊이 연구해 일가를 이룸으로써 그는 언제부턴가 만물박사라는 애칭을 얻게 되었다.

승우는 물론 접시꽃에 관해서도 누구 못지않은 전문 지식을 가지고 있었다. 본래 중국 원산인 접시꽃은 쌍떡잎식물로 아욱목 아욱과에 속하는 두해살이풀이었다. 원줄기가 자라면 그 높이가 약 2.5미터에 이르는 식물. 원기둥 모양으로 곧게 선 줄기에는 뽀송뽀송한 잔털이 솟아 있고, 한 층씩 어긋나면서 돋아난 잎은 심장형으로 가장자리가 갈라져 5~7개의 톱니를 이루고 있었다.

6월경 잎겨드랑이에서 짧은 자루가 있는 꽃이 피기 시작하여 전체적으로 총상꽃차례를 이루는 접시꽃. 작은 포는 7~8개로서 밑부분이 서로 붙고, 꽃받침은 5개로 갈라지며 꽃잎 5개가 나선형으로 붙어 나팔 모양을 이룬 꽃. 언뜻 보면 무궁화와 비슷한 모양을 하고 있지만 꽃 자체가 무궁화보다는 훨씬 크고 실팍했다.

수술은 서로 합쳐져서 암술을 둘러싸고 암술머리는 여러 개로 갈라져 있는데 9월에 열매를 맺는 꽃. 그 열매는 편평한 원형으로 심피가 수레바퀴처럼 돌려붙는데, 뿌리에 점액(粘液)이 있는지라 민간에서는 오랜 세월 점활제(粘滑劑)로 사용해 왔고, 잎·줄기·뿌리 등을 약용으로 쓰기도 했다.

승우의 고향 주민들은 아주 옛날부터 그 꽃을 뜨락으로 옮겨와 관상용 화초로 가꾸곤 했다. 하지만 그 꽃은 장독대 모퉁이 아니면 밭둑이나 두엄자리 귀퉁이 같은 자투리땅 또는 각종 오물이 수북하게 쌓인 허드레 땅에 피어나야 제격이었다.

그의 뇌리에는 지금도 부잣집 뜨락이 아닌, 옛 시골집 장독대 모퉁이와 두엄자리 귀퉁이에 피어나던 접시꽃이 가장 선명하게 각인돼 있었다. 그중에서도 그는 장독대 모퉁이에 피어나던, 새 각시 같은 분홍 꽃은 두고두고 잊을 길이 없었다. 언젠가 그는 그 접시꽃을 바라보며 누구의 작품인지도 모르는 동요를 부르기도 하였다.

장독간에 접시꽃은

어제 온 새 각신가

분홍 치마 감싸 쥐고

나를 보고 방끗방끗

아무튼 접시꽃은 한 번 심었다 하면 그 뿌리에서 매년 튼실한 줄기가 돋아나는 숙근초(宿根草)인지라 특별히 거름 주어 가꿀 필요도 없었다. 온실에서 자라는 식물의 경우 가꾸고 매만지고 잔손질을 해야 하지만 접시꽃은 그냥 내버려두어도 저 홀로 잘 자라 저렇듯 미치도록 예쁜 꽃을 피우고 있었다.

옛 어느 문헌에는 접시꽃을 무당의 상징으로 표현하였다. 그 꽃과 무당의 연관성에 관해서는 아직 정확히 알려진 것이 없지만, 접시꽃은 다른 야생초와 달리 키가 훌쩍 큰 데다 줄기가 지팡이처럼 꼿꼿하여 예로부터 일장홍(一丈紅)이란 별칭까지 가지고 있었다.

아주 오랜 옛날부터 우리 조상들의 사랑을 받아왔던 접시꽃. 그리하여 그 꽃을 노래한 문학작품이나 관련 문헌도 수를 헤아릴 수 없을 정도로 많았다. 그중에서도 승우는 신라의 선인(仙人)이었던 고운(孤雲) 최치원(崔致遠)의 「촉규화(蜀葵花)」를 가장 감명 깊게 기억하고 있었다.

寂寞荒田畔(거친 밭두렁은 쓸쓸하건만)

繁花壓柔枝(무성한 꽃은 연한 가지 눌렀구나)

香經梅雨歇(궂은 비 맞아 향기 그치나)

影帶麥風欹(보리 바람에 그림자 수굿한데)

車馬誰見賞(수레타고 찾은 이는 누구인가)

蜂蝶徒相窺(벌과 나비 무리 지어 서로 엿볼 뿐)

自慚生賤地(천한 땅에 태어난 것도 내 탓이거늘)

敢恨人棄遺(남들이 저버린들 어찌 탓하리)

특히 마지막 구절은 승우의 삶을 대변해주는 듯했다. 지지리도 가난한 환경에서 태어난 승우. 집안 환경만 웬만했더라면 그는 세상을 주름잡고도 남을 재목이었다. 홍씨도 예외가 아니었다. 그도 학창 시절에는 깃발을 날리던 사람이었다. 하지만 빈한한 가정에서 태어난 죄로 고등학교를 중동무이한 채 생업 전선에 나서지 않으면 안 되었다. 그는 구두닦이·신문팔이·노점상에서부터 막노동에 이르기까지 밑바닥 일이라면 안 해 본 것이 없었다.

그런 점에서 승우와 홍씨는 공통점이 많았다. 그리고 그들의 내면에는 밑바닥 인생만이 느낄 수 있는 고통과 울분이 자리 잡고 있었다. 홍씨가 물었다.

"성현이는 잘 놀지요?"

"그러믄요."

"그 녀석 볼 때마다 어찌나 귀여운지……. 아무튼 잘하셨습니다. 늦게라도 아들을 낳았으니 얼마나 좋은 일입니까? 아무리 아들딸 가리지 않는 세상이라고는 하지만 그래도 어느 집이나 아들이 있어야 하거든요."

홍씨는 언젠가 아우 승환이가 하던 말과 똑같은 말을 하고 있었다. 사실 늦둥이 아들인 성현이는 승우네 집안의 보배인 셈이었다. 승우는 실의에 젖어 있다가도 그 녀석을 생각하면서 새로운 힘을 얻곤 했다. 자식사랑은 내리사랑이란 말도 있지만 새록새록 자라나는 성현이를 볼라치면 그렇게 귀여울 수가 없었다. 승우가 말했다.

"다영이는 공부를 잘한다고 들었습니다."

"그저 보통이지요 뭐. 공부를 잘하기로 말하면 어떻게 은경이를 따르겠습니까. 근데 수진이라나 뭐라나 그 판사 딸년 때문에 여간 시달림을 받는 게 아닌 모양입니다. 우리…… 내친 김에 학교로 쳐들어가서 확 뒤집어 엎어버릴까요. 저는 그동안 월명아파트에 근무하면서 다른 경비원들을 통해 그 집구석이 어떤 집구석인지 은밀히 알아보았습니다. 근데 그 계집애 애비 에미도 아주 싸가지 없는 인간들이라는군요. 저는 그 판사 놈 이름도 알아냈습니다. 고재만이랍니다. 그놈은 어른 애도 몰라볼 정도로 오만하기 짝이 없고, 꼭 여우 같은 그놈 여편네는 제 서방 '빽'만 믿고 이웃집 주부들 알기를 저희 집 민며느리 정도로 얕잡아 본다는군요. 그런 연놈들이니 애새끼들한테 가정교육인들 제대로 시켰을 리 없죠. 개새끼. 마음 같아서는 고재만이라는 그 개자식을 만나 모가지를 확 비틀어버리고 싶습니다만 차마 그럴 수도 없고……. 씨팔 놈. 그 돼먹지 못한 판사 놈 눈깔에 우리 같은 아파트 경비원 따위가 인간으로 보이겠습니까. 더군다나 그놈은 60평짜리 아파트에 살고 있잖아요? 우리 광동주택이야 다 쓰러져 가는 연립주택 아닙니까. 그놈 눈깔에는 광동주택이 닭장이나 돼지우리 정도로 보이겠죠. 어디 그뿐입니까. 그놈한테는 우리 같은 무지렁이 따위야 사람으로 보이지도 않겠죠. 그러니까 그놈 애새끼들까지 우리 아이들을 무시하고 시도 때도 없이 두들겨 패는 겁니다. 내 정말 더러워서……. 세상이 사그리 뒤집어져야 그런 놈들 버르장머리를 확 고쳐놓을 텐데……. 다른 사람들 앞에서는 이런 말을 한 적이 없습니다. 누구보다도 우리 사정을 잘 이해하시는 만물박사님이시니까 이런 이야기까지 서슴없이 하는 겁니다."

"알고 있습니다. 지난번에도 다영이 아빠가 말씀하신 것처럼 우리가 학교에 찾아 갔다간 아이들이 무슨 보복을 당할지 모르잖아요? 저도 마음 같아서는 학교에 찾아가 강력히 항의하고 싶습니다. 하지만 우리 아이들이 더 큰 상처를 받을까 봐 자제하고 있습니다. 섣불리 잘못 건드렸다간 나서지 아니함만 못하다는 생각. 그 생각이 저로 하여금 발길을 멈추게 하는군요."

"우리 다영이 얘기를 들어보면 학교에서 별일이 다 있는 모양입니다. 수진이라는 그 계집애가……."

지난번 시험 때 부정행위를 하다가 발각되었다. 그 아이는 시험 첫날 곁에 앉은 다른 아이한테 정답을 일러달라고 조르는 것은 물론, 소위 커닝페이퍼를 준비해 놓고 있다가 선생 몰래 슬쩍슬쩍 끼내보면서 답안을 작성하다가 외통으로 적발되었다.

그때 시험 감독을 하던 수학 선생은 수진이가 작성하던 답안지를 압수한 뒤 교실 밖으로 추방했다. 그렇잖아도 그 아이 등쌀에 시달리던 다른 학생들은 무척 고소하게 생각하고 있었다. 그리고 대부분의 선량한 학생들은 이번에야말로 수진이의 콧대가 부러져서 좀 얌전해지리라 기대했다.

하지만 교실 밖으로 쫓겨난 수진이는 복도에 서서 히죽히죽 웃고 있었다. 그 계집애는 제 애비의 끗발만 믿고 세상 무서운 줄 모르고 있었다. 약이 바짝 오른 수학 선생은 그 아이를 다시 교실로 불러들여 뺨을 때리면서 학칙에 의해 무기정학 등 엄벌을 내리겠다고 공언했다.

그리하여 그 계집애에 대한 처벌은 움직일 수 없는 기정사실로 굳어졌다. 그런데 이게 웬일까, 그날 오후 늦게 꼭 여우처럼 생긴 그 계집애의

에미가 학교로 찾아와서 담임교사는 물론 예의 수학 선생을 만났다. 승우가 말했다.

"저도 그 이야기를 들었습니다. 어쩌면 그럴 수가 있는지……."

"말도 마십시오. 판사 여편네, 수진이라는 그 계집애 에미가 선생들을 만나 몇백만 원을 썼답니다. 세상에 비밀이 없는 줄 알지만 천만의 말씀입니다. 요즘 애들이 얼마나 명석한데요. 결국 부정행위를 하다 들킨 그 계집애 처벌 문제는 없었던 일로 돌렸다지 뭡니까? 여편네를 시켜 돈을 보낸 판사 놈이나, 또 그 돈을 먹고 눈감아 준 선생 놈이나 결국은 그놈이 그놈 아닙니까? 죽일 놈들. 그런 놈들을 당장 잡아 죽여야 합니다. 그래야만 우리 같은 하층민도 기를 펴고 살 것 아닙니까."

홍씨는 핏대를 올리며 입에 거품을 물었다. 그것은 차라리 지배계층을 향한 기층 민중의 절규라고 말할 수 있었다. 하기야 그 일을 생각할라치면 승우도 피가 역류하는 듯한 울분을 느끼지 않을 수 없었다. 승우가 말했다.

"저도 처음에는 아이들이 지어낸 말일 수도 있다고 생각했습니다. 그런데……."

여러 경로를 통해 알아본 결과 수진이를 싸고도는 일련의 소문은 모두가 사실이었다. 그 아이가 부정행위를 한 것도 사실이었고, 수학 선생이 학생들 앞에서 그 아이의 처벌을 공언한 것도 사실이었으며, 더욱이 그 아이 엄마가 학교에 찾아가 봉투를 건넨 뒤 사건 자체를 무마시킨 것도 틀림없는 사실이었다. 홍씨가 말했다.

"그런데 더욱 웃기는 일이 있습니다. 그것들이 명색 천주교 신자라지 뭡니까. 신자라는 작자들이 그래도 되는 겁니까?"

"글쎄요. 그 이야기는 우리 아이들한테도 들었습니다. 하긴 뭐 예수님 제자 중에도 유다 같은 사람이 있긴 했습니다만, 모름지기 하느님을 믿고 따르는 신자라면 그런 일을 하지 말아야겠죠. 저도 천주교에 입교하기로 마음먹고 예비자 교리반에 들어가 공부하고 있습니다. 종교를 가졌다는 그 자체는 좋은 일이겠죠. 하지만 모름지기 신앙을 가졌다는 사람이라면 하느님 앞에 부끄러운 줄을 알아야 할 텐데 그놈 가족들은 그게 아닌 모양입니다."

"그러니까 제가 더 열을 올리는 겁니다. 하느님을 믿는다는 자식, 그런 놈이 하느님 무서운 줄 모른다니 말이나 됩니까. 모르긴 해도 한없이 크고 높으신 하느님께서 보실 때에는 판사 따위야 모래밭의 개미 새끼도 못 될 겁니다."

"그야 물론이죠. 하느님 앞에 높고 낮은 사람이 어디 있겠습니까. 아니, 하느님께서는 우리처럼 힘없는 사람을 더 긍휼히 여기실 겁니다. 제 놈은 판사가 뭐 대단한 권세인 줄 알지만 천만의 말씀이죠. 하기야 저도 고위 법조계 인사들을 꽤 압니다만 그렇게 더러운 놈은 거의 없습니다. 진짜로 법의 가치, 법의 정신을 아는 사람들은 오만하지 않거든요."

일찍이 성문법(成文法)이 생겨나기 전에 윤리와 도덕이 있었다. 본래 '法'이란 글자는 물[水]처럼 흘러가야[去] 한다는 데에서 유래되었다. 따라서 법이 존중되는 사회에서는 모든 인간사가 자연스럽게 전개되는 반면, 위법이나 탈법이 판치는 사회에서는 인간의 모든 질서가 무너지게 마련이었다.

승우는 직간접으로 법조계의 거두들을 꽤 알고 있었다. 그중에는 대법원장 출신을 비롯하여 전직 법무부 장관·대법관·검찰총장 등 요직을 거친 인사들이 두루 망라돼 있었다. 그분들은 쟁쟁한 실력 못지않게 대부분 존경받아 마땅한 인품과 덕망을 가지고 있었다.

그뿐 아니라 승우는 그동안 법학 관련 논문도 수없이 대필했다. 그에게 논문 대필을 의뢰한 물주들 중에는 현직 대학교수도 있었고, 전직 판사와 검사는 물론 변호사도 여러 명 포함돼 있었다. 그들은 승우의 머리와 손끝에서 나온 논문으로 법학박사 학위를 받았다.

기왕에 그가 대필한 일련의 논문들이 말해주듯 승우는 사법고시만 치르지 않았을 뿐 육법전서(六法全書)에다 법리(法理)하며 각종 판례(判例)라든가 어쨌든 그 분야에도 통달해 있었다. 아무튼 그 논문들을 대필하는 과정에서 법조인들이 이구동성으로 한 말이지만, 승우는 법조계로 나갔어도 능히 대성할 만한 자질을 갖추고 있었다.

오죽하면 지금까지 승우가 만난 법조인들은 그의 해박하고 심오한 법률지식에 한결같이 혀를 내두르곤 했다. 더욱이 승우는 법률 이외의 다른 분야에서도 단연 최고의 실력을 갖추고 있었으므로 다른 법조인들보다는 훨씬 넓은 안목으로 세상을 바라볼 수 있었다.

그뿐 아니라 그는 인권운동가들의 저서·논문·칼럼 등을 거의 모조리 섭렵했고, 굵직굵직한 사회적 이슈가 불거져 나올 때마다 민주사회를 지향하는 법조인들의 성명에 이르기까지 논문 쓰는 데 자료가 될 만한 것이면 무엇이든 다 머릿속에 챙겨 놓고 있었다.

그는 그동안 국내외 법조계에서 일어난 각종 사건사고는 물론 자잘한 야화까지 모두 기억하고 있었다. 아무튼 그는 컴퓨터의 저장 기능이 무색할 정도로 무궁무진한 기억력을 가지고 있었다.

검사에 의한 고문치사 사건은 말할 것도 없고, 그동안 법조인들이 저지

른 인권침해와 부정행위는 부지기수라 말할 수 있었다. 그의 뇌리에 저장
돼 있는 판사의 오판 사례는 더 말할 나위가 없었다.

말이 나왔으니까 얘기지만, 승우는 한때 신림동 일대의 고시원이나 시
골의 산사(山寺) 주변 고시촌을 찾아가 몇 달씩 머무르며 논문을 집필한 적
이 있었다. 그때 승우는 잠깐잠깐 사법고시를 준비하는 청년들과 어울리
곤 했는데, 이따금 식사 시간이나 휴식 시간에 그들과 대화를 나누다 볼라
치면 실망을 금할 길 없었다.

사법고시를 준비하는 청년들이 죽자 살자 후벼 파는 것이라곤 헌법·민
법·상법·형법·민사소송법·형사소송법 등 기본 법률 이외에 외국어 등
몇 가지 교양과목 정도에 지나지 않았다. 그들은 그 몇 과목에 통달하기
위하여 피를 말리며 공부하고 있었다.

더욱 놀라운 것은, 그들이야말로 아직 세상 물정을 모르는 데다 시야가
협량(狹量)하다는 사실이었다. 아는 것이라곤 오직 법률의 조문뿐이었고,
그들의 대부분은 세상을 폭넓게 보지 못했다.

그들은 신문지에 구멍을 뚫어 놓고 앞을 가린 뒤 오직 그 구멍으로 밖을
내다보듯 세상을 법률의 잣대로만 재단하려 들었다. 인생이 무엇인지, 세
상이 어떻게 돌아가는지 쥐뿔도 모르면서 법률 조문만 달달 외워 사법고
시에 합격만 하면 그만이라는 생각. 그들은 오로지 그 '합격'이라는 두 글
자를 따내기 위해 머리를 싸매고 있었다.

그들의 대부분은 한솥밥 먹는 동료들과도 담을 쌓고 의식적으로 거리
를 두려 했다. 동료들과 가까워지면 정신이 해이해져서 공부에 지장을 초
래한다는 것이었다. 물론 공부에 전념하기 위해 그런다는 것을 모르는 바
아니지만, 그러나 밴댕이보다 별로 나을 것 없는 그들의 소갈머리는 도저

히 이해할 수가 없었다.

동료들과 친해질 만하면 보따리를 싸 가지고 다른 고시원으로 훌쩍 옮겨가는 청년들. 고시원 주인한테 들은 말이지만, 고시 공부하는 청년들의 그런 행태는 그 계통에서 보편화된 일반적인 현상이었다. 그런 사람들한테서 사회성 따위를 기대한다는 것은 초저녁부터 불가능한 일이었다.

그러나 어쩌랴. 결국은 그렇게 공부한 사람들이 합격을 챙기게 마련이었다. 대가리에 피도 안 마른 것들이 일약 '영감님' 소리를 듣는 사회. 그들은 한 번 합격한 기득권을 마르고 닳도록 평생 우려먹으면서 국민들 상투꼭지 위에 군림하고 있었다.

무릇 판사와 검사에게 '섬길 사(事)' 자를 붙여주는 것은 그 직책이 국록을 먹는 벼슬이기 때문이었다. 그 반면, 똑같은 법조인이면서도 변호사에게는 '섬길 사' 자가 아닌 '선비 사(士)' 자를 붙이는 것은 벼슬이 아니라는 뜻이었다.

더군다나 판사와 검사는 국민의 재산과 생명을 다루는 사람들이었다. 극단적으로 말하자면, 그들의 판단 여하에 따라 국민의 생사가 엇갈릴 수도 있었다. 예컨대 중요한 형사사건의 경우 법정에 선 검사의 구형과 판사의 판결에 의해 생사를 비롯한 모든 형량이 좌우되게 마련이었다.

사느냐, 죽느냐……. 동서고금을 막론하고 법을 제대로 집행할 줄 아는 훌륭한 판사에 의해 사형 직전까지 몰린 피의자가 극적으로 살아난 사례는 허다했다. 그 반면, 엉터리 판사의 오판으로 아무 죄도 없이 누명을 뒤집어쓴 채 억울하게 죽어간 사람은 한둘이 아니었다.

재산 문제도 예외가 아니었다. 가령 재산 문제로 인한 어떤 분쟁이 생겼을 경우 판사의 판단 여하에 따라 결정적으로 득실이 엇갈릴 수 있었다.

그렇다면 사법기관에 종사하는 자들이야말로 다른 공직자들보다도 몸을 낮추고 겸허한 자세로 국민의 기본권을 지키는 것이 당연한 책무라고 말할 수 있었다.

그런데 웬걸 고재만 같은 놈은 일개 조무래기 법관에 지나지 않으면서도 얼마나 떵떵거리면서 위세를 부리는지 들려오는 소문조차 듣기 민망할 정도였다. 되지 못한 송아지가 엉덩이에 뿔나고, 되지 못한 똥 덩어리가 나오기도 전에 꼬부라진다는 말도 있지만 고재만이야말로 싹수가 글러먹은 저질 법관임에 틀림없었다.

그는 미상불 별종 중의 별종인 듯했다. 그렇지 않고서야 어찌 현직 판사로서 그 직분을 이용하여 선배들이 닦아 온 법조인의 명예까지 더럽히고 있을까. 법관이면 다 법관인가. 법관이면 법관답게 처신해야 법관이지. 만약 고재만이 곁에 있다면 승우는 그 밀과 함께 어금니가 들썩거릴 정도로 확 아구통을 돌려주고 싶었다.

윤리의 '윤' 자도 모르고 도덕의 '도' 자도 모르는 것이 무슨 법관이라고 짓까불어댈까? 법원에도 분명 인력을 관리하는 각종 규범이 있을진대 어찌하여 여태까지 그런 돼먹지 못한 놈을 축출하지 않는 것일까. 정말 그런 더러운 놈까지 먹여 살리기 위해 꼬박꼬박 세금을 바쳐 왔다고 생각하면 천불이 나서 견딜 수가 없었다.

자유, 평등, 정의……. 그것은 우리나라가 지향하는 국가의 구조적 원리일 뿐만 아니라 사법부의 슬로건이기도 했다. 하지만 고재만 같은 법관이 존재하는 한 그것은 대법원 청사 입구의 돌멩이에 음각된 허울 좋은 장식성 구호에 불과할 따름이었다.

허, 허, 허…… 자유 좋아하시네. 평등 좋아하시네. 정의 좋아하시네. 자유를 내세우고, 평등을 주장하고, 정의를 외치는 놈들이 그렇게 국민들 위에 군림하려 드는가. 어림도 없는 말이었다. 그들은 힘없는 민초들을 한갓 홍어 좆으로 여기고 있었다. 그들이야말로 소위 끗발을 앞세워 자유를 파괴하고, 평등을 해치고, 정의를 불의로 뒤집어 놓는 작자들이었다.

당연한 말이지만, 사법부는 행정부·입법부에 구분되는 개념으로 사법권을 행사하는 국가기관이자 국민을 위한 법치주의의 근간이라고 말할 수 있었다. 국민을 위한 법치주의? 천만의 말씀에다 만만의 콩떡이라고 할까, 고재만 같은 싸가지 없는 법관이 존재하는 한 개뿔이나 법치는커녕 법치를 빙자한 무시무시한 사법 권력이 있을 뿐이었다.

이제 법률은 사실상 상품이나 다름없었다. 법률 시장의 상품. 로펌이네 뭐네 해서 법률을 상품으로 둔갑시켜 공공연히 팔고 사는 사람들이 얼마나 많은가. 더욱이 외국 변호사들은 오래전부터 한국 시장으로 진출하기 위해 눈에 불을 켜고 있지 않은가. 양심이 비뚤어진 고재만 같은 놈은 법관이라기보다 차라리 법률을 팔아먹는 싸구려 장사치에 지나지 않았다.

헌법에는 엄연히 '법관은 헌법과 법률에 의하여 그 양심에 따라 독립하여 심판한다'는 조항이 있었다. 이는 사법권 독립을 보장한 규정이지만, 고재만 같은 놈이 법관으로 앉아 있는 한 소위 법관의 양심을 거론한다는 것 자체가 허구일 따름이었다. 양심 좋아하시네. 그렇다면 이 시대의 양심적 인물은 모조리 법원에서 쏟아져 나와야 할진대 법원에서 양심적인 인물이 나왔다는 말을 들어본 적이 없었다. 그 대신 법원에 대한 불신은 날이 갈수록 점점 더 증폭돼 나왔다.

법원을 자주 드나든 사람들일수록 법이 얼마나 허황한 것인가를 잘 알고 있었다. 누구보다도 교도소에 장기 복역 중인 수형자들이나 전과자들치고 법률전문가 아닌 사람이 없었다. 그들 가운데 받을 만한 양형을 받았다고 자인하는 사람은 극히 드물었다. 권력을 가진 자들이나 재벌들은 아주 죄질이 나쁜데도 작은 형량에다 집행 유예 처분을 받는 사례가 허다하기 때문이었다. 법은 끗발 좋고 돈 많은 자들에게 한없이 관대했다.

그 반면, 권력이든 재물이든 개뿔이나 가진 것 없는 놈에게는 법이야말로 에누리가 없었다. 추상같은 법. 오죽하면 수형자 중에도 범털, 개털, 쥐털 같은 등급이 있었다. 끗발 있는 놈은 범털, 중간쯤 가는 놈은 개털, 아주 가진 것 없는 놈은 쥐털이었다. 범털이냐, 개털이냐, 쥐털이냐에 따라 교도소에서 받는 대우도 다르게 마련이었다.

민사재판도 예외가 아니었다. 그동안 법원에서 일어난 각종 오판과 쇼를 한자리에 모으면 포복절도하다 못해 놀라 자빠질 사람이 얼마나 많을까. 오죽하면 27자짜리 판결분도 있었고, '원고'와 '피고'를 맞바꾸어 선고한 재판까지 있었다.

예로부터 분반(噴飯)이란 말이 있었다. 분반이란 '입 속에 있는 밥을 내뿜는다는 뜻으로, 참을 수가 없어서 웃음이 터져 나옴을 이르는 말'을 일컬었다. 그랬다. 전부 그런 것은 아니지만, 일부 덜 떨어진 판사들이 내놓은 가당찮은 판결을 보면 참으로 입 속에 들어 있는 밥을 내뿜어야 할 만큼 저절로 폭소가 터져 나왔다.

고재만 같은 놈이 재판을 한다면 개가 웃을 일이었다. 제 딸년이 시험을 치던 중 부정행위를 하다가 적발되었으면 응당 '양심에 따라' 처벌을 받도록 해야 할 것 아닌가. 그렇건만 그놈은 도리어 여편네에게 금품을 들려 보냈고, 해당 교사들을 적당히 구워삶아 그 일을 없었던 일로 돌려버렸던 것이다.

교사들은 배알도 없는 모양이었다. 특히 수진이란 계집애의 부정행위를 적발한 수학 선생은 스스로 교사이기를 포기한 인물인 듯했다. 자라나는 학생들 앞에서 그 계집애의 처벌을 공언해 놓고서도 징계 문제를 구렁이 담 넘어가듯 어물어물 넘긴 수학 선생. 현직 교사들이 그런 식언을 하고 엉터리 같은 처신을 하니까 학생들도 선생을 존경하지 않는 것이다.

교권이 무너지는 것은 불행한 일이었다. 하지만 교권도 교권 나름이었다. 학생이 저지른 불법행위를 보고 적당히 눈감아주는 것이 교권이라면 그것은 존중돼야 할 교권이 아니라 마땅히 까부수어야 할 교권이었다.

하기야 교육 또한 오래전부터 산업으로 변질되고 있었다. 돈을 긁어모으다가 적발된 사학(私學) 비리는 둘째 치고, 교육 그 자체를 상품으로 팔고 사는 사회. 돈 많은 놈은 좋은 학교 다니고, 가난한 놈은 똥통 학교 다녀야 하는 이 현실. 그것도 모자라 돈 많은 집 아이들은 학원을 몇 군데씩 다니고, 똥구멍이 찢어지게 가난한 집 아이들은 학원 근처에도 못 가 보고 헐떡거리는 이 비참한 현실을 어떻게 이해해야 할까.

어디 그뿐인가. 공교육보다 사교육이 더 중시되는 사회. 학생들은 학교 교사들보다도 학원 강사들을 더 존경하지 않는가. 이제는 교육도 썩을 만큼 썩어서 기대하고 자시고 할 것도 없었다. 수진이의 부정행위를 적발하고서도 적당히 타협하고 넘어간 수학 선생 같은 작자들이 존재하는 한 공교육은 자동적으로 추락할 수밖에 없었다.

한심하고 더러운 놈들. 낱낱 그런 놈들일수록 높은 놈들에게 굽실거리고 별 볼일 없는 사람 앞에서는 강자로 군림하게 마련이었다. 그런 놈들 눈에는 판사의 딸인 수진이가 어여쁘고 귀하신 공주로 보이는 반면, 영세민의 자녀인 은경이와 다영이 같은 아이야말로 천덕꾸러기 개나 돼지로 비치리라.

교단에 그런 놈들이 존재하니까 선량한, 자라나는 세대의 스승으로 숭앙되어야 할 참다운 교사들까지 욕을 얻어먹게 마련이었다. 언젠가 현직 교사로 있는 고교 동창한테 들은 이야기이지만, 교무실 안에 들어가 보면 별 쓰레기들이 다 있다는 것이었다.

아무튼 승우는 문제의 수학 선생과 고재만을 떠올리면서 으드득 이를 갈았다. 가난하게 사는 것도 자진 복통할 일인데 짐승만도 못한 그따위 쓰레기들에게 온갖 서러움을 당해야 한다고 생각하면 그야말로 뒷골에서 쥐가 날 지경이었다.

국민의 기본권을 수호하는 최후의 보루라는 사법부. 하지만 국민들 알기를 우습게 아는, 더욱이 힘없는 국민들을 형편없이 깔보는 고재만 같은 시러베아들 놈이 법관이랍시고 주접을 떠는 이 마당에 국민의 기본권 어쩌구 떠든다는 것은 참으로 언어도단이 아닐 수 없다.

유전무죄(有錢無罪) 무전유죄(無錢有罪)란 어제오늘에 생긴 말이 아니었다. 돈 있으면 죄를 지어도 무죄 판결을 받고, 돈 없으면 죄를 짓지 않았어도 유죄 판결을 받는 세상. 당초 어떤 범죄꾼이 실토한 그 말은 폭넓은 공감대를 형성하면서 이제는 우리 시대의 명언(名言)으로 굳어져 가고 있었다.

법의 집행이 얼마나 공정하지 못했으면, 아니 사법부가 얼마나 금품에 오염되었으면 그 말이 나오자마자 한 시대의 명언으로 자리매김 했을까. 하기야 고재만 같은, 개뼈다귀보다 별로 나을 것도 없는 흉물이 판사라는 끗발을 내세워 기고만장하게 노는 현실을 감안한다면 그저 힘없는 국민만 불쌍할 뿐이었다.

검사도 그렇고 판사도 그렇고 법조인들에 대한 신뢰는 땅바닥에 떨어질 대로 떨어져 있었다. 유전무죄, 무전유죄야말로 법조계에 대한 불신을 가장 극명하게 대변하는 말이 되었고, 그 지적이야말로 법조인의 급소를 찌르고 아킬레스건(腱)을 꽉 찍는 명언 중의 명언이었다.

그런 비판인즉 누가 인위적으로 만든 것이 아니라 법조인 스스로 불러들인 결과라고 말할 수밖에 없었다. 가장 폐쇄적인 조직으로 알려진 사법기관의 잘못된 관행이야말로 누가 시켜서라기보다는 그들 스스로 찧고 빻고 까불면서 그렇게 만든 꼴이었다.

사실 이 나라 사법부에 대해 거론하자면 승우도 할 말이 많은 사람이었다. 세상이 사그리 썩어도 끝까지 양심을 지켜야 할 사법부. 그러나 법원은 아직까지도 일제 잔재조차 청산하지 못한 채 가당찮은 권위주의와 관료주의의 구태에서 벗어나지 못하고 있었다.

본래 일제가 추구한 법제(法制)의 근본 성격은 사법부의 권위주의와 관료주의에서 출발하고 있었다. 때문에 일제의 식민통치 아래에서 법은 정의 구현을 위해 존재한 것이 아니라 서민들을 길들이기 위한 수단으로 이용되었다. 그 결과 모든 서민들이 법이라는 미명 아래 짓밟혔고, 일제는 걸핏하면 우리 국민들에게 법이라는 올가미를 씌우곤 했다.

물론 그 올가미에 걸린 우리 국민들은 감옥에 가지 않으면 안 되었다. 그리하여 대부분의 국민들은 법이라면 감옥을 연상하면서 소름 끼치는 공포를 느끼게 마련이었다. 그 반면, 일제는 소위 법이라는 것을 내세워 무소불위의 칼을 휘두르곤 했다.

칼이란 곧 권력이었다. 당시 사법부에 뛰어든 사람들 가운데 상당수는 법이라는 칼을 들고 일제의 주구가 되어 날뛰었다. 일제강점기 경찰관의 가장 낮은 계급인 일개 순사(巡査)만 나타나도 울던 아이까지 울음을 뚝 그치던 그때 그 시절 판사네 검사네 하는 작자들의 권세는 물어볼 필요도 없었다.

당시 일제는 소위 고등문관 사법과라는 시험제도를 운영했고, 이 시험에 합격한 사람들이 사법부로 진출하여 법이라는 무시무시한 칼을 휘둘렀다. 그들의 칼날 아래 독립운동가는 물론이려니와 개중에는 무고한 국민들까지 무참히 희생되지 않으면 안 되었다.

일제의 법체계는 기본적으로 정당한 시민의식과 민주주의 원칙을 철저히 배제하고 있었다. 국민의 인권을 보호한다는 법. 그러나 그 법은 도리어 인권을 억압하는 수단으로 둔갑하여 숱한 국민들을 무자비하게 짓밟았다.

그런 악법 아래에서 도덕이나 윤리, 건전한 상식 따위가 통할 리 만무했다. 코에 걸면 코걸이, 귀에 걸면 귀걸이……. 일제는 그때그때 편의에 따라 고무줄처럼 저희들 멋대로 잡았다 늘였다 하면서 적용한 것이 법이었다.

웬만한 사람이 다 알고 있듯이 일제의 식민통치는 세계 역사상 유례가 없을 정도로 악랄했다. 그 악랄한 통치 수단의 중심에 소위 법이라는 것이 있었다. 일제는 사법부를 국민 탄압의 최전방에 내세워 우리 민족을 말살하고자 광분했다. 그러니까 사법부는 조선총독부의 시녀가 되어 누가 말하지 않더라도 알아서 박박 기며 척척 권력의 수청을 들어준 셈이었다.

그런 점에서 일제 치하의 법은 만악(萬惡)의 근원이라고 말할 수 있었다. 일제는 도깨비 방망이나 다름없는 그놈의 법이라는 것을 내세워 우리 국민을 무자비하게 짓밟아 깔아뭉갠 것이었다. 그때 서슬 퍼런 악법의 칼날 아래 힘없이 죽어간 애국지사와 민초들은 한둘이 아니었다.

일제 패망 후 미 군정을 거쳐 정부가 수립된 뒤에는 더 웃기는 일이 벌어졌다. 바로 일제 치하에서 법관으로 일했던 자들이 그대로 사법부의 핵심에 들어앉아 법조계를 좌지우지했다.

일제의 고등문관 사법과 시험을 통해 법조계에 발을 들여놓은 법조인 가운데 정부 수립 후 재빨리 친일 행각과 반민족 역적 행위를 숨긴 채 이승만 정권에 빌붙어 다시금 요직에 앉은 인물만 해도 역대 대법원장 4명을 비롯하여 대법관 14명, 법무부 장관 13명에 이르렀다. 일제 청산? 웃기네. 웃겨도 너무 웃기네. 오죽하면 배꼽이 빠져 달아날 지경이네. 정부 수립 후 일제를 청산하기는커녕 도리어 그들이 일제의 제도와 관행을 고스란히 사법부에 이식함으로써 악습을 전수했다.

오늘날 법조계에 몸담고 있는, 고재만처럼 일부 썩어빠진 작자들이 위세를 부리는 것도 우연한 일이 아니었다. 그놈들은 선배들을 통해 일제강점기부터 뿌리 깊게 이어져 내려온 권위주의, 관료주의를 물려받아 그렇게 되었다.

달리 말하자면 일부 돼먹지 못한 법관들의 오만과 방자는 바로 일제 치하에서 비롯되었다. 또한 낱낱 그런 놈들일수록 독립된 사법기능을 포기한 채 권력의 시녀이기를 자임하며 대통령이나 군부 독재자의 눈치 보기에만 급급했다. 그 과정에서 권력에 줄을 잘 댄 놈은 승승장구한 반면, 나름대로 소신을 가진 법관들은 입바른 소리나 쓴소리를 하다가 철퇴를 맞고 벌러덩 나가떨어지지 않으면 안 되었다.

권력은 권력대로 사법부를 떡 주무르듯이 주물렀다. 권력자의 눈에는 사법부의 독립이고 나발이고 그런 것은 안중에도 없었다. 역대 독재자들과 군사정권은 제법 똑똑하다는 법조인들까지 잘 길들여 꼬박꼬박 봉급이나 타 먹는 법률전문가 또는 법률기술자 정도로 머물게 했다.

여기에 부화뇌동하여 좀 더 큰 떡을 챙기기 위해 날뛰었던, 인생이 무엇인지도 모르는, 간도 쓸개도 없는 똥걸레 같은 법관들이 수두룩했다. 딸의 부정행위를 무마하기 위해 교사와 뇌물 흥정을 벌인 고재만이야말로 기회만 있으면 제 이익을 위해 양심까지 팔아먹고도 남을 놈이었다.

송사리나 피라미처럼 힘없는 국민들을 마구 잡아 족치는, 소신도 철학도 없는 법률전문가 내지 법률기술자들. 법이라는 이름의 칼자루를 쥔 그들은 애꿎은 국민들을 잡아다 닭 모가지 비틀 듯 목을 비틀어대면서도 오직 권력 앞에서는 꼬랑지 팍 내리고 발발 떨면서 오금을 펴지 못하고 있었다.

법은 엄연히 국민을 위해 존재하는 것인데도 그놈들은 마치 법조인의 전유물인 듯 착각하고 있었다. 외국의 경우 시민들이 재판에 참여하는 것은 거의 일반화된 일이었다. 하지만 이 나라에서는 겨우 사법시험 한 번 통과한 자들이 평생 법관이라는 감투를 쓰고는 재판을 독점하고 있었다.

헌법에는, 대한민국의 모든 권력은 국민으로부터 나온다고 되어 있지 않은가. 그러나 사법부만은 예외였다. 입법·행정부에 모든 국민이 두루 주체적으로 참여하고 있음을 비추어 볼 때 유독 사법부만 빗장을 꼭꼭 걸어 잠근 채 저희들끼리만 기득권을 누리며 국민 위에 군림하고 있었다.

당연한 말이지만 법률과 법원은 법관의 전유물도 아니고 전세방도 아니었다. 그런데도 법원의 악습은 일제 때나 지금이나 별로 달라진 것이 없었다. 오죽하면 법정의 형태며 재판의 형식이라든가 어쨌든 사법부 전체가 일제 때의 그 모습 그대로 유지되고 있지 않은가.

더욱이 우리나라 사법부에는 전관예우라는 지랄 같은 관습에서부터 졸속 재판에 이르기까지 개혁해야 할 과제가 산적해 있었다. 그동안 사법 개혁을 외치는 소리가 간단없이 떠올랐지만 사법부는 귀를 틀어막은 채 들은 척도 하지 않았다.

폐쇄성으로 말하자면 법원이든 검찰이든 피장파장이었다. 법이 어떻다구? 사법 당국을 겨냥한 학계와 인권운동 단체의 질타, 그리고 이따금 양심적인 법조인에 의해 사법 개혁의 목소리가 터져 나오는 등 여러 정황으로 미루어 짐작한다면 법조인의 경우 입이 열 개라도 사법기관이 가장 원만하게 이상적으로 돌아간다고 억지를 쓸 수는 없게 돼 있었다.

벌써 오래전 일이지만, 12·12, 5·18 군사쿠데타 문제가 대두됐을 때 그들은 이른바 법이라는 것을 제멋대로 찍어다 붙이며 공소권(公訴權)이 없다고 주장했다가 나중에는 저희들 스스로 그 이론을 뒤엎고 허둥지둥 공소권을 행사하는 해프닝을 벌이기도 했다. 더욱 우리 국민들을 한바탕 크게 웃긴 것은, 성공한 쿠데타는 쿠데타가 아니라는 폭론(暴論)이 바로 그들 입에서 나왔다는 사실이었다. 그런 주장이야말로 법치와 민주주의를 원천적으로 부정하는 궤변 중의 궤변이 아닐 수 없었다. 홍씨가 말했다.

"씨팔 놈들. 그런 좆같은 새끼들을 사그리 잡아 족쳐야 할 텐데……. 정말 아이들까지 그런 개자식들 족속한테 시달림을 받아야 한다는 것이 너무 가슴 아픕니다. 우리 아이들에게 죄가 있다면 부모 잘못 만난 죄밖에 더 있습니까. 고재만이라는 그 개자식은 천벌을 받아 마땅합니다. 사법부? 판사? 좆 까고 자빠졌네. 제 애새끼 하나 제대로 가르치지 못하는 놈이 어떻게 판사랍시고 남을 법정으로 불러들여 시시비비를 가린다는 건지 정말 기가 찰 노릇입니다. 허허허……."

홍씨는 독설을 퍼붓다가 한바탕 껄껄대고 웃었다. 물론 홍씨의 독설은 어디까지나 사법부 전체가 아닌 고재만에 초점이 맞춰져 있었다. 하지만 승우의 입장에서 볼 때 고재만처럼 싸가지 없는 놈은 그런 욕설을 얻어먹어도 싸다는 생각이 들었다. 무식똑똑이란 말도 있지만 홍씨야말로 학력이나 직업에 비해 아주 옹골찬 사람이었다. 승우가 말했다.

"저는 하느님의 존재를 믿습니다. 하느님께서 언젠가는 그런 놈을 단죄하실 날이 있을 겁니다. 물론 우리처럼 가진 것 없고, 끗발 없는 사람들에게도 빛을 주실 날이 있겠죠. 우리가 빛을 보지 못한다면 우리 아이들이라도 건강하게 잘 자라서 사람답게 살아볼 날이 있을 겁니다. 너무 실망하지 마십시오. 저도 세상 돌아가는 꼬락서니를 볼라치면 혓바닥을 빼물고 콱 죽어버리고 싶은 충동을 느끼곤 합니다. 하지만 아이들을 위해서라도 열심히 살아야지 별 수 있습니까?"

"그렇죠. 하지만 그 고재만이란 놈 생각만 하면 뚜껑이 열릴 지경입니다."

홍씨는 '뚜껑'이라는 대목에서 오른손을 정수리 위로 올려 마치 모자를 벗어내는 듯한 시늉을 했다. 그리고 그의 눈시울에는 눈물이 글썽했다. 그 사람 좋은 홍씨가 얼마나 원한에 사무쳤으면 고재만을 집중적으로 성토하는 것일까. 승우가 말했다.

"그래도 참아야 합니다. 우리로서는 어쩔 수가 없잖습니까?"

"내 언젠가는 고재만을 죽이겠습니다. 아니, 끗발 있다는 놈들을 모조리 쳐 죽이고야 말 겁니다."

홍씨는 허연 이를 드러내면서 주먹을 불끈 쥐었다. 조금 전까지만 해도 아롱아롱 이슬이 맺혀 있던 그의 눈에는 살기가 등등했다. 그랬다. 그것은 바로 억눌리고, 짓밟히고, 빼앗기며 살아온 영세민의 궐기 선언이자 위험

수위에 오른 민심의 발현이었다.

비록 홍씨가 그 어떤 대표성을 가진 국민의 대변자는 아니라 해도 지금 대다수 국민들의 삶은 날로 어려워지고 있었다. 무릇 정치의 요체가 국태민안(國泰民安)에 있건만, 국민들의 원성이 빗발치는 이 나라는 정녕 어디로 가고 있는지 방향조차 가늠할 길이 없었다.

그러나 대통령을 비롯한 소위 지배계층은 밑바닥 국민들의 아픔을 모르고 있었다. 아니, 그들은 그런 국민들의 아픔을 알면서도 일부러 외면하는지도 몰랐다. 부익부, 빈익빈으로 대변되는 빈부의 양극화 현상이 날로 심화되고 있는데도 이렇다 할 처방이 나오지 않는 것을 본다면 대통령의 개혁 의지가 의심스럽기만 했다.

승우는 그동안 남의 논문, 특히 경제 관련 논문을 대필하면서 끊임없이 건전한 중산층의 확대를 강조하곤 했다. 적정한 분배는 물론 각종 세제(稅制) 등 여러 정책과 제도를 잘 운용하면 얼마든지 빈부 격차를 줄일 수 있었다.

그런데도 대통령을 비롯한 정부 당국은 학계의 획기적인 연구 결과나 만인의 공감을 얻는 대안까지도 전혀 참고하지 않는 듯했다. 그들은 스스로 눈 막고, 귀 틀어막고……. 장님에다 귀머거리가 되어 민생을 더욱 도탄에 빠뜨리고 있었다. 승우가 말했다.

"말없이 참고 견디다 보면 언젠가는 세상이 바뀔 겁니다."

"만물박사님. 제 살아생전 세상이 바뀌기를 바라느니 차라리 로또 복권에 당첨되기를 바라는 게 낫겠습니다. 이 개떡 같은 세상이 언제 바뀐단 말입니까?"

"국민들의 힘이 더 커지면 바뀌지 않을 수 없을 겁니다."

"아, 참, 만물박사님은 부처님 같은 말씀만 하시는군요. 저는 길거리에 굴러다니는 고급 승용차만 봐도 눈에서 확확 불이 납니다. 우리 집값보다도 훨씬 비싼 승용차 한 대……. 우리는 평생 벌어 봤자 자동차 한 대 값도 마련할 길이 없습니다. 월명아파트에 들어가 보십시오. 새파란 학생 놈들까지 비까번쩍하는 외제 승용차를 타고 다닙니다. 그놈들은 부모 잘 만나 고생이 뭔지 모르고 날뛰건만 우리 아이들은 학교에 가서도 기를 못 펴고 살아야 하니 이거 어디 서러워서 살겠습니까? 내 참 더러워서……."

홍씨는 잇새로 침을 찌익 내쏜 뒤 엄지와 검지로 집게를 만들어 피익피익 코를 풀어 던졌다. 아, 이 피맺힌 서민의 한을 어느 누가 풀어줄까. 모름지기 외국의 어떤 정치가는 국민의 눈물을 닦아주는 것이 정치의 역할이라 설파했건만, 진정한 정치인은 간 데 없고 사리사욕에 눈먼 정객만 설쳐대는 이 나라의 현실이 너무 안타깝기만 했다.

아니, 일개 조무래기 판사 녀석 자식들까지 세상 무서운 줄 모르고 날뛰는 이 현실을 어떻게 받아들여야 할까. 승우는 푸우푸우 땅이 무너져 내리는 듯한 한숨을 내쉬다가 자기도 모르게 저쪽 접시꽃 무더기 쪽으로 눈길을 던졌다. 거기, 마침 유난히도 소담스런, 옛 시골집 장독대에 피어났던 꽃과 똑같은 분홍 꽃 한 송이가 우아한 자태로 승우를 똑바로 쳐다보고 있었다. (《자유문학》 2004년 봄호)

회화나무

　수요일 오후였다. 해가 서쪽 하늘에 두어 발쯤 동동 떠 있었다. 승우는 그날도 월명산에 올라갔다가 동네를 한 바퀴 돌아 월명초등학교 쪽으로 내려왔다. 그 어떤 성곽이나 감옥의 담장보다도 더 견고한 콘크리트 옹벽이 학교를 떠받치고 있었다.

　마침 학교 안에서는 무슨 공사가 벌어져 있었다. 며칠 전까지만 해도 조용했던 학교. 여름방학이 거의 끝나 가는 지금에야 무슨 공사를 벌인 모양이었다. 떡 본 김에 제사 지낸다는 말도 있지만 승우는 차제에 학교 내부도 돌아보고 과연 무슨 공사를 하는지 알아보기로 하였다.

　승우는 오던 길을 되짚어 옹벽 밑으로 올라갔다. 그때 월명4동 재래시장 길목에서 최씨가 휘적휘적 내려오고 있었다. 그는 이 동네에서 태어나 지천명에 이른 지금까지 한자리를 지키고 있는 원주민이었다. 그러니까 최씨야말로 월명동 터줏대감이라고 말할 수 있었다. 그가 잰걸음으로 다가오며 승우에게 인사했다.

"아이구, 만물박사님……. 이거 얼마 만입니까? 그동안 잘 지내셨습니까?"

"참 오랜만이군요. 살기가 그전 같지 않습니다만 저야 그럭저럭 잘 지내고 있습니다."

"저는 죽을 지경입니다. 뭐 장사가 돼야 말이죠. 뼈 빠지게 일해도 갈수록 힘이 드니 이거 원……. 이러다간 모두가 굶어 죽을 판입니다. 권력 있고 돈 가진 놈들 쪽에서 볼 때에는 우리 같은 국밥 장사쯤이야 죽거나 말거나 아무 상관도 없겠지만 말입니다."

본래 입심 좋고 다혈질인 최씨는 부인 병천댁과 함께 재래시장에서 국밥 장사를 하고 있었다. 여느 음식점과는 달리 간판도 달지 않은 허름한 국밥집. 뚝배기보다 장맛이라는 말도 있지만, 최씨네 국밥은 맛이 좋기로 소문나 있었다. 승우가 말했다.

"그러고 보니까 저도 국밥집에 가본 지 꽤 오래됐군요."

"아, 만물박사님이 잘 안 오신다고 그런 말씀을 드린 것은 아닙니다. 절대로 오해하지는 마십시오. 우리 집뿐만 아니라 다른 가게들도 죽겠다고 아우성입니다. 정치를 잘못하니까 우리 같은 영세민만 죽어나지 뭡니까. 저희 집에 오시는 손님들도 정치 이야기만 나오면 도리질을 해댑니다."

최씨는 '절대로'라는 대목에서 설레설레 손사래를 치면서 헤벌쭉 웃었다. 사람 좋기로 소문난 최씨. 그는 최근 몇 달 동안 승우가 자기 집을 이용하지 않았다고 해서 삐지거나 토라질 인물이 아니었다. 난처해진 화제를 좀 부드럽게 바꾸어 보려고 승우가 물었다.

"지금 이 시간에 가게를 비워도 됩니까?"

"한창 잘나갈 때 같으면 빠져 나올 수가 없죠. 하지만 요즘에는 파리만 날리고 있는 걸요 뭐. 가게에 앉아 있자니 하도 졸려서 바람이나 쐬려고 나왔습니다."

"그럼 가게는 누가 보고 있습니까?"

"집사람한테 맡겼죠. 근데 만물박사님은 어디 가는 길이었습니까?"

"저 학교에나 들어가 볼까 하고 올라가던 중이었습니다."

"거긴 왜요?"

"무슨 공사가 벌어진 것 같아서⋯⋯."

"아, 그거요? 학생들 급식장을 새로 짓는다는군요. 공사를 하려거든 학생들 방학 시작하자마자 진작 할 것이지 곧 개학하게 될 이 마당에 왜 저지랄을 하는지 모르겠습니다. 멀쩡한 나무들을 마구 파헤치질 않나, 덤프 트럭이 들락거려 운동장을 짓뭉개 놓질 않나⋯⋯. 하여간 한마디로 말해서 돈지랄을 하는 중이죠. 그야 어찌 됐든 여기에서 이렇게 만물박사님을 뵈니까 속이 좀 풀리는군요. 장사도 안 되는 가게에 틀어박혀 있자니 속이 부글부글 끓어서 견딜 수가 있어야죠. 이대로 나가다간 정말 회까닥 돌아서 미쳐버릴 것 같아요."

그는 담배를 피워 물고는 콘크리트 옹벽 밑 넓적한 돌멩이에 털퍽 주저앉았다. 옹벽 위, 그러니까 학교 녹지 공간에 서 있는 회화나무가 이쪽으로 그늘을 던져 놓고 있었다. 마침 우윳빛 꽃이 만발한 회화나무는 우아한 자태를 뽐내고 있었다.

회화나무에 꽃이 피었구나. 승우는 그 꽃을 바라보면서 신선한 충격을 받았다. 회화나무의 개화는 흔한 일이 아니기 때문이었다. 회화나무에 소담스럽게 핀 꽃은 보면서 뭔가 좋은 일이 있을 것 같은 길조를 계시(啓示)하는 듯했다. 승우는 그런 회화나무 꽃을 바라보다가 최씨를 매정하게 따돌리기도 뭣해서 그 곁에 나란히 쪼그리고 앉았다. 승우가 혼잣말처럼 중얼거렸다.

"나랏일이 잘 풀려야 우리 같은 서민들이 편안하게 살 수 있을 텐데요……."

"틀렸어요. 썩어 문드러진 정치판을 보십시오. 아, 내가 왜 이러나. 우주만물에 통달하신 만물박사님 앞에서 감히 아는 체를 하다니……. 공자님 앞에서 문자 쓰고 번데기 앞에서 주름을 잡아도 분수가 있지 제가 괜히 쓸데없는 말을 했나 봅니다."

"아, 아닙니다. 옳은 말씀을 하셨습니다."

"하긴 뭐 저 같은 무지렁이가 알면 뭘 얼마나 알겠습니까? 사실 제가 만물박사님 앞에서 정치가 어떻고, 경제가 어떻고 떠든다는 것 자체가 우스운 일이죠. 똥차 앞에 방귀 뀌기, 불도저 앞에서 삽질하기, 오뚝이 앞에서 물구나무서기, 폭포 앞에서 쌍오줌 지리기, 포항제철 앞에다 대장간 차리기나 다름없죠. 하지만 저 같은 사람도 할 말은 해야 하는 것 아닙니까?"

"그렇습니다. 정치하는 사람들은 민생이 어떻게 돌아가고 있는지 전혀 모르는가 봐요. 아니, 그들은 일부러 민심을 외면하는 것 같습니다. 그렇지 않고서야 어찌 나라꼴을 이 지경으로 만든단 말입니까. 최씨도 그렇고, 저도 그렇고……. 우리 서민들에게는 길이 보이지 않는 것 같습니다."

"지당한 말씀입니다. 말이야 바로 하지만, 만약 만물박사님 같은 분이 정치를 하셨다면 사심 없이 아주 잘하셨을 텐데요……. 지금이라도 늦지 않았습니다. 만물박사님, 기회가 오거들랑 정치를 하십시오. 제가 가게라도 팔아서 뒷돈을 대겠습니다."

그 말을 듣는 순간 승우는 낯이 화끈 달아오름을 느꼈다. 그것은 지나친

과대평가일 뿐만 아니라 최씨 입에서 그런 말이 나오리라곤 미처 상상도 못한 일이기 때문이었다. 승우가 말했다.

"아이구, 무슨 말씀을 그렇게 하십니까? 식솔도 제대로 거느리지 못하는 제가 어떻게 정치를 합니까? 저는 정치에 대해 '정' 자도 생각해 본 적이 없습니다. 농담이라도 그런 농담은 안 하시는 게 좋겠습니다."

"천만의 말씀입니다. 동네 사람들이 만물박사님을 얼마나 존경하는지 아십니까? 제가 알기로도 우리 동네에서는 만물박사님 같은 인물이 없습니다. 돈만 좀 있었으면 국회의원을 해도 진작 하셨을 분인데……. 가난이 원수지 뭡니까. 돈 놓고 돈 먹기……. 결국은 정치도 장사꾼 놀음이나 다름없잖습니까? 아, 그건 그렇고, 요즘도 그렇게 바쁘신가요?"

"아뇨. 벌써 몇 달째 펀펀 놀았습니다."

"그것 참, 그래서야 어떻게 살지요?"

"앞으로 살아갈 일을 생각하면 앞이 캄캄합니다."

"옘병할……. 만물박사님 같은 분이 초야에 묻혀 생활 걱정을 해야 하다니 정말 어처구니가 없습니다. 혹시 시간 좀 있으십니까?"

"하하하……. 워낙 오랫동안 놀다 보니 가진 것이라곤 시간밖에 없습니다."

"그렇다면 마침 잘 됐습니다. 잠깐 저희 가게에 좀 가실까요? 제가 순대라도 한 접시 대접하고 싶습니다."

"아이구 저런! 팔려고 준비해 놓은 순대를 저한테 주시면 어떻게 합니까? 말씀은 고맙지만 사양하겠습니다. 저는 학교에 들어가 공사 현장이나 한 바퀴 둘러보고 싶습니다."

"공사장은 이따가 보셔도 되잖습니까? 제 성의를 무시하지 마십시오.

물론 저희 집 순대는 팔려고 장만해 놓은 것이죠. 하지만 어차피 손님이 없어 팔지 못하고 내버릴 바에는 누가 먹어도 먹어야 할 것 아닙니까."

그는 신발 밑창에 담뱃불을 눌러 끈 뒤 끄응, 하고 일어나 궁둥이를 손바닥으로 툴툴 털었다. 승우는 잠깐 머뭇거리고 서 있었다. 최씨가 순대를 주겠다는 데는 고맙기 짝이 없었지만 그렇다고 기다렸다는 듯이 그 제의를 냉큼 받아들일 수가 없기 때문이었다. 승우가 말했다.

"다음 기회에 제가 가게로 찾아뵙겠습니다."

"아, 아닙니다. 쇠뿔도 단김에 빼야 합니다. 만물박사님께서 시장에 나오시지 않는 한 뵙기도 어렵잖습니까? 자, 조금도 걱정하지 마시고 같이 가시죠. 막말로 만물박사님께서 순대를 드시면 십만 원 어치를 드시겠습니까, 백만 원 어치를 드시겠습니까? 더도 덜도 아니고 딱 한 접시만 대접하고 싶습니다."

최씨는 부진부진 잡아끌었고, 승우는 그의 호의를 끝내 뿌리치지 못해 재래시장까지 끌려갔다. 말이 나왔으니까 얘기지만, 승우가 이 나이 먹도록 본인 의사와는 관계없이 남에게 일방적으로 끌려가 본 것은 그때가 처음이었다.

최씨가 말했듯 재래시장은 썰렁했다. 다른 때 같으면 장보러 나온 주민들로 북적거렸을 시장. 그러나 지난날의 활력은 찾아볼 길이 없었고, 대부분의 점방들이 개점휴업 상태로 찾아주지 않는 고객들을 기다리고 있었다.

승우는 마지못해 최씨네 가게로 들어갔다. 그때 병천댁은 주방 쪽 귀퉁이에서 벽에 윗몸을 기댄 채 꾸벅꾸벅 졸고 있었다. 한창 신바람 나게 일해야 할 그녀가 졸고 있는 것만 보더라도 장사가 안 되기는 안 되는 모양이었다.

최씨와 승우가 가게 안으로 들어섰을 때 병천댁이 벌떡 일어나 손등으로 쓰윽쓰윽 눈을 비볐다. 경기가 좋을 때 같으면 눈코 뜰 새 없이 바빴겠지만 손님들의 발길이 뚝 끊겼던지라 그녀는 깊은 잠에 빠졌던 듯했다. 나쁜 짓을 하다가 들킨 어린아이처럼 다소 멋쩍어하면서 그녀가 승우를 반겨주었다.

"어서 오세요. 정말 오랜만에 오셨군요."

그 말이 미처 끝나기도 전에 최씨가 그녀에게 말했다.

"내가 길에서 뵙고 일부러 모시고 왔어. 여기, 모둠으로 순대 한 접시 줘. 모처럼 뵈었는데 잘 모셔야지."

"알았어요."

앞치마를 두르고, 병천댁은 순대와 머리고기를 다문다문 썰기 시작하였다. 그때까지도 승우는 너무 쑥스럽고 어색해서 동그란 걸상에 붙이고 있던 엉덩이를 들썩들썩하였다. 친구 따라 강남을 가도 분수가 있지, 길에서 우연히 만난 최씨한테 붙들려 여기까지 끌려오게 되고 보니 이만저만 우스운 것이 아니었다.

그런데 최씨네 국밥집은 썰렁하기 짝이 없었고, 속까지 느끼해질 정도로 찌든 누린내만 풀풀 풍길 따름이었다. 며칠 전 학문당 박 사장과 함께 찾아갔던, 국밥을 기다리느라 손님들이 길게 줄 서 있던 신촌의 그 국밥집에 비한다면 여기는 음식점이라고 말할 수도 없을 만큼 초라하기 짝이 없었다. 승우가 말했다.

"정말 손님이 없군요."

"없다니까요. 지금 시장 바닥 경기가 이렇습니다. 그런데도 정부에서는 밑구멍으로 껌 씹는 소리나 늘어놓고 있지 뭡니까. 오늘 아침에도 텔레비전을 보니까 정부 고위 당국자가 나와서 거랑말코 같은 소리만 지껄이고 있더군요. 경기가 회복세로 돌아섰다는 거죠. 흥, 회복세 좋아하시네. 지금 우리 월명시장만 해도 사태가 이 지경에 이르렀는데 회복세는 무슨 회복셉니까? 잠꼬대 같은 소리를 해도 분수가 있지 정부 당국자들은 입만 열었다 하면 씨도 안 먹힐 소리를 늘어놓고 있단 말입니다. 하도 더럽고 화딱지가 나서 얼른 텔레비전을 꺼버렸죠."

"정부 당국자들은 아무래도 남의 나라 사람들인 것 같습니다. 일반 국민들은 너도나도 죽겠다고 아우성인데 배부른 소리만 탱탱 하다니……. 시장에 손님이 없다 해도 이렇게 없을 줄은 몰랐습니다."

"얼마 전까지만 해도 이렇지는 않았거든요. 근데 지난달부터 확 달라지더라니까요. 그렇건만 정부 당국자들은 경기가 회복세로 돌아섰다고 씨도 먹히지 않을 개소리나 늘어놓으니 누가 곧이듣겠습니까. 예로부터 개소리에는 닭똥이 약이라고 했습니다. 그저 그놈들 아가리에 설사로 내갈긴 묽은 닭똥이나 한 사발씩 듬뿍듬뿍 퍼 넣었으면 좋겠습니다. 자, 어서 드시죠."

승우는 최씨와 함께 병천댁이 내놓은 순대를 먹기 시작했다. 속이 출출하여 그 맛깔스런 먹거리가 꿀꺽꿀꺽 넘어갈 법도 하련만 그러나 승우는 별로 맛을 알 수 없는 데다 그 음식이 자꾸만 찌룩찌룩 목에 걸려 은근히 애를 먹지 않을 수 없었다.

문제는 지갑이 텅텅 비어 먼지만 날리기 때문이었다. 누구한테 음식을 얻어먹더라도 지갑에 든 것이 있을 때에는 떳떳한 반면, 주머니에 실린 것이 없는 그 상황에서는 괜히 야코가 죽어 빌빌거릴 수밖에 없었다.

그러니까 승우는 최씨한테서 접대를 받는 것이 아니라 거의 강제로 대접을 당하는 형국이었다. 그의 호의는 알고도 남지만, 그러나 승우 입장에서는 그야말로 이만저만 거북한 것이 아니었다. 더군다나 장사가 잘될 때 같으면 모를까, 장사도 신통찮은 집에서 손님들에게 팔아야 할 음식을 얻어먹자니 참으로 난처하기 짝이 없었다. 병천댁이 물었다.

"오늘은 어째 혼자 나오셨어요? 늦둥이 아드님은 잘 놀지요?"

"그럼요."

"그 아드님 이름이 뭐라고 했죠?"

"성현이라고 합니다."

"그렇군요. 그렇게 똑똑한 아드님을 두었으니 얼마나 좋으세요? 똑똑하지 않아도 예쁠 텐데 그렇게 똑똑하기까지 하니 아빠나 엄마 입장에서는 얼마나 귀여울까, 참⋯⋯."

병천댁은 승우의 늦둥이 아들 성현이에 대해 극찬을 아끼지 않았다. 예로부터 자기 자식 자랑하는 자는 불출에 속한다 했지만, 솔직히 말해서 승우는 내심 뒤늦게 낳은 성현이가 장차 훌륭한 민주 시민으로 올곧게 성장하리라는 것을 믿어 의심치 않고 있었다.

다만, 승우는 자기도 모르는 사이 과보호로 흐르지나 않을까 경계하고 있었다. 불혹을 훨씬 넘겨 얻은 눈에 넣어도 아프지 않을 아들이었지만, 그러나 승우는 그러면 그럴수록 과보호의 위험에서 벗어나 그 아이를 공명정대한 사나이로 기르리라 경계심을 늦추지 않고 있었다. 최씨가 승우에게 말했다.

"아까 길에서도 잠시 말씀드렸습니다만 만물박사님은 우리 동네에서 가장 훌륭하신 분입니다. 저 역시 인격적으로 만물박사님을 존경합니다. 마음 같아서는 어떻게 해서라도 만물박사님을 도와드리고 싶지만 그게 잘 안 되는군요. 저쪽 월명아파트 단지에는 도둑놈들만 우글거리는데 만물박사님처럼 훌륭하신 분이 다 허물어져 가는 광동주택에 살아야 하다니 저는 이해할 수가 없습니다."

"그 오두막 같은 연립주택이라도 제대로 유지할 수만 있다면 좋겠습니다. 하지만 그마저 건사하기 어려우니 살기가 너무 힘듭니다. 월명아파트를 보면 저도 천불이 납니다. 서민들은 빚더미에 올라앉아 허우적거리는데 그 아파트 사람들의 씀씀이는 얼마나 큽니까. 그렇다고 그 아파트 주민들을 전부 도둑으로 몰아붙일 수는 없겠죠. 그들은 그들대로 열심히 일해서 그만한 생활을 누릴 테니까요. 하지만 그들이 허드렛물 쓰듯이 돈을 펑펑 쓰고 호화롭게 사는 동안 우리 서민들은 위화감을 느낄 수밖에 없죠."

"바로 그겁니다. 지는 그 동네만 쳐다봐도 살맛을 잃어버립니다. 만물박사님께서 아시다시피 저야 이 동네 토박이 아닙니까. 그런데 저쪽 논배미에 월명아파트가 들어선 이후 외지 사람들이 들어와 포(包) 치고 차(車) 치고 장군 멍군 다 부르지 뭡니까. 구르는 돌이 박힌 돌 뽑아도 분수가 있지 그놈의 아파트단지가 생긴 이후 우리 원주민들은 찬밥 신세가 됐지 뭡니까. 박호진이란 놈 그거 개새끼 아닙니까. 선거 때마다 그 자식 찍어줬더니, 이 당 저 당 옮겨 다니며 철새 노릇이나 하고……"

박호진은 이 고장 출신의 현직 국회의원이었다. 그는 벌써 3선을 기록하고 있었는데 정치권이 이합집산(離合集散)을 거듭할 때마다 자꾸 신당(新黨)으로만 옮겨 다님으로써 철새 국회의원이란 지탄을 받고 있었다. 그러나 엄밀히 따져보면, 그 작자야말로 금배지만 달았을 뿐 철새보다 나을 것이 없었다.

아니, 그런 작자를 철새로 비유한다면 그에게 너무 높은 평점을 주는 반면 도리어 철새를 욕되게 하는 셈이었다. 철새가 번식지(繁殖地)와 월동지(越冬地)를 찾아 이동하는 것은 어디까지나 그들의 생존 법칙이었다.

철새들에게는 정연한 질서와 그들 나름의 규범이 있었다. 그런 철새에 비한다면 이렇다 할 정치적 소신이나 줏대도 없이 개인적 이해득실에 따라 이리저리 옮겨 다닌 박호진이야말로 철새의 명예까지 더럽히는 저열한 정치꾼의 표본이었다. 승우가 말했다.

"어떻게 보면 박호진 의원만 탓할 일도 아니죠. 사실은 그런 사람을 뽑아준 유권자들에게도 책임이 있다고 봐야겠죠."

"그렇습니다. 저 역시 그놈 찍어준 이 손모가지를 싹둑 잘라버리고 싶은 심정입니다. 대통령만 해도 그렇습니다. 어쩌다 그런 사람을 뽑았는지……. 대통령 아들들이 줄줄이 감옥에 가는 것을 보면 어처구니가 없습니다. 저야 비록 국밥 장사에 지나지 않지만, 이제 정치하는 놈이 하는 말이라면 콩으로 메주를 쑨다 해도 믿지 않을 작정입니다."

최씨는 정치에 대한 불신의 차원을 넘어 숫제 이를 득득 갈며 혐오증까지 드러내 보이고 있었다. 그것은 국민들 사이에 내연하고 있는 민심의 한 단면이라고 말할 수 있었다. 승우가 말했다.

"제가 볼 때에도 우리 정치권은 국민들과 너무 동떨어져서 겉도는 것 같습니다. 현실을 제대로 인식하지 못하는 사람들……. 노동자나 농민, 도시 영세민 중에서도 정치하는 사람이 나와야 하는데 정치권을 보면 모두가 귀족 일색입니다. 그런 사람들이 어떻게 민중의 아픔을 이해할 수 있겠습니까."

승우는 그동안 정치와 관련된 논문을 한두 편 쓴 것이 아니었다. 비록 남의 명의로 발표된 논문이긴 했지만, 그는 그동안에 집필한 그 일련의 논문들을 통해서 한국 정치의 폐단을 날카롭게 꼬집은 바 있었다.

정경유착을 비롯하여 온갖 위법과 탈법은 정치권에서 자행되고 있었다. 그런 점에서 정치권은 비리의 온상이자 부정의 원천이라고 말할 수 있었다. 어쩌다 빙산의 일각처럼 불법 정치자금 문제 등 정치권 비리가 불거져 나오면 정치꾼들은 거의 예외 없이 대가성 없는 떡값이니 뭐니 하면서 말도 되지 않는 궤변을 늘어놓곤 했다. 최씨가 말했다.

"대가성이 없다구요? 그게 말이나 됩니까. 재벌이라는 사람들도 이해할 수 없습니다. 진짜로 대가성이 없다면 왜 하필 그 많은 돈을 정치권에 내놓습니까. 뭔가 대가성이 있으니까 정치권에 내놓겠죠. 정말로 대가성을 바라지 않았다면 차라리 그 많은 돈을 불쌍한 사람들에게 풀어야 할 것 아닙니까. 떡값? 그놈들은 떡을 얼마나 많이 먹길래 그 많은 돈을 떡값으로 내놓는지 모르겠어요. 한 번 정치권 비리가 터졌다 하면 최소한 몇십억, 몇백억 아닙니까. 그렇게 큰돈이라면 떡이 문제가 아니라 젠장 떡 방앗간을 몇 개씩 차리고도 남을 겁니다."

"사실 정치 이야기를 하자면 한이 없죠. 동서고금을 막론하고 정치 문제, 종교 문제, 여자 문제를 이야기하자면 한도 없고 끝도 없습니다. 그만큼 복잡하다는 뜻이겠죠. 더군다나 그 문제를 바라보는 각자의 시각차도 크기 때문에 결론을 내기가 쉽지 않습니다. 제가 볼 때 우리나라 정치가 국민들로부터 불신을 받고 있는 가장 큰 원인은 정치가다운 정치가가 없기 때문입니다. 정치가는 없고, 그 대신 정치꾼들만 판치는 사회……. 뭔가 획기적인 정치 개혁 없이는 우리나라의 정치가 후진성을 벗어나기 어려울 것 같습니다."

민심 위에서, 민심을 끌어안고, 민심과 더불어, 민심을 어루만지며 앞으로 나아가야 할 정치. 물고기가 물을 떠나 존재할 수 없듯 민심을 떠난 정치란 존립 근거를 잃을 수밖에 없었다. 그러나 당리당략과 소아(小我)에만 집착해 온 정치권은 민심과는 거리가 먼 방향으로 역행하고 있었다.

이제 국민들은 정치권에 신물을 내고 있었다. 억울하고 힘없는 국민의 눈물을 닦아주어야 할 정치. 그러나 우리나라 정치 현실을 돌아본다면, 정치가 국민을 걱정하는 것이 아니라 되레 국민이 정치를 걱정하다 못해 신물을 내는 상황에 이르러 있었다.

이 나라 정치는 고비용 저효율의 극치를 달리고 있었다. 정치권이 돈 먹는 하마로 알려진 반면 그들이 하는 일이란 실상 별것 아니었다. 국민을 통합해야 할 정치. 그러나 한국 정치는 거꾸로 지역 간·계층 간·세대 간, 지역감정을 비롯한 각종 갈등과 대립을 증폭시키면서 국민 분열을 가속화시켜 온 출발점이었다.

그중에서도 지역 간의 갈등과 대립은 이만저만 심각한 문제가 아니었다. 어떤 지역에서는 입후보자의 정치적 역량과는 관계없이 특정 정당의 깃발을 내걸고 막대기만 꽂아도 당선되는 현실을 어떻게 이해해야 할까. 지역감정을 부추겨 자기들 잇속을 챙겨 먹는 저간의 현실을 감안할 때 사실은 정치권에 기대를 거는 것부터가 잘못된 일인지도 몰랐다.

열이면 열, 백이면 백…… 정치권에 몸담고 있는 사람들은 선거 때마다 지역주의 타파다 불법 정치자금 근절이다 뭐다 해서 요란뻑적지근한 구호를 외쳐 왔다. 하지만 개뿔이나 개혁된 것은 한 가지도 없었고, 민심을 외면한 정치꾼들은 악취 나는 정치자금 뭉텅이 부풀리기에만 혈안이 되어 있었다.

그리하여 각종 여론조사가 말해주듯 국민들은 가장 무능하고 부패한 집단으로 정치권을 꼽고 있었다. 사정이 이런데도 정치권은 민심조차 제대로 읽어내지 못하는 가운데 자기들 몫만 챙기느라 온갖 잡음과 흙탕물을 일으키고 있었다.

『논어(論語)』「안연편(顔淵編)」에 의하면, 노(魯)나라의 대부 계강자(季康子)가 공자(孔子)에게 정치에 대해 물었을 때 공자는 '정(政)은 곧 정(正)'이라 했다. 위정자가 솔선하여 바르게 통치할 경우 백성들 사이에서도 부정한 자가 나타날 수 없다는 뜻이었다.

공자는 또 덕으로써 정치를 한다면 백성은 자연히 모여든다 하였고, 이는 마치 북극성(北極星)이 가만히 있어도 온갖 별들이 이를 중심으로 일사불란하게 운행하는 이치와 같다고 하였다. 공자가 애공(哀公)에게 말했듯 올바른 사람을 등용시켜 비뚤어진 사람 위에 앉히면 백성들은 따르게 마련이었다. 그 반면, 비뚤어진 사람을 등용시켜 올바른 사람 위에 앉혀 놓으면 백성들은 따르지 않게 돼 있었다.

우리나라 정치가 국민들로부터 불신을 받는 가장 큰 이유는 그 간단명료한 원칙에서 벗어나 있기 때문이었다. 한 사람 한 사람 개인별로 놓고 볼 때 정치권에 몸담고 있는 인물들은 꽤 똑똑한 사람들이었다. 아니, 현직 국회의원 중에는 광동주택보다 조금 나을까 말까 한 서민아파트에 사는 청빈한 사람도 없지 않았다.

그런데도 정치권 전체가 워낙 투명하지 못한 터라 그런 사람들까지 도매금으로 지탄을 받고 있었다. 밥보다 고추장이 더 많다고나 할까, 아무튼 우리나라 정치권에는 정치가다운 정치가보다 당리당략에 휩쓸리는, 전혀 존경받지 못할 저질 정치꾼이 더 많다는 데 문제의 심각성이 있었다.

최씨는 정치가와 정치꾼을 제대로 구분하지 못하는 듯 그 계통에서 얼쩡거리는 사람들을 사그리 싸잡아 비난했다. 정치가와 정치꾼. 예컨대 영어의 '스테이츠먼(statesman)'과 '폴리티션(politician)'은 기본적으로 엄연히 구분되는 개념이었다. 이들 두 단어는 다 같이 정치가를 뜻하지만, 전자가 국가의 장래를 생각하는 경세가(經世家)의 의미를 지니는 반면, 후자는 국가보다 자신이나 정파의 이익을 좇는 정상배(政商輩)라는 의미가 내포돼 있었다.

영국의 경제학자 콜린 클라크는, 정치가는 다음 세대를 생각하지만 정치꾼은 다음 선거만을 생각한다고 설파하였다. 그런가 하면 프랑스의 대통령 조르주 퐁피두는, 정치가는 나라를 위해 자신을 바치는 정치인인 반면 정치꾼은 자신을 위해 나라를 이용하는 정치인을 말한다고 정의한 바 있었다.

미·소 간의 체제 경쟁이 한창이었던 시절, 소련 공산당 서기장 니키타 흐루시초프가 미국을 방문한 적이 있었다. 그때 그는, 정치인의 역할을 묻는 미국 기자에게 정치인은 강이 없는 곳에도 다리를 놓겠다고 약속하는 사람들이라고 답변함으로써 지구촌의 전 세계인을 한바탕 크게 웃겨주기도 했다. 최씨가 말했다.

"박호진이란 놈은 얼마나 거짓말을 잘하는지 모릅니다. 우리 월명4동을 재개발하겠다고 약속한 지가 언젭니까. 그런데도 아직 아무 일도 못했잖아요? 짜아식, 이 빈촌을 헌신짝 버리듯 내팽겨 두고는 양정환과 결탁하여 월명아파트를 지은 뒤 투기꾼이나 불러들이고……. 이거 되겠습니까."

양정환은 현직 구청장이었다. 월명동의 원주민 입장에서 볼 때 그림의 떡이나 다름없는 월명아파트 단지. 최씨뿐만 아니라 대부분의 월명동 주민들은 국회의원 박호진과 구청장 양정환이 그 대단위 아파트 단지를 조성하는 과정에서 막대한 이권을 챙겼다고 주장하였다.

그런 의혹은 오래전부터 제기돼 월명동 원주민 사이에 갖가지 소문들이 파다하게 퍼져 있었다. 그러나 승우는 그 문제에 관한 한 일부터 귀를 굳게 닫고 지내왔다. 아직 확실한 근거를 보지 못한 데다 설령 그 소문이 사실이라 하더라도 어떻게 해 볼 도리가 없기 때문이었다. 모둠 순대 한 접시를 다 비운 뒤 승우가 말했다.

"덕택에 잘 먹었습니다. 본의 아니게 신세만 졌군요."

잘 차려준 맛깔스런 순대를 공짜로 얻어먹고 그냥 불쑥 일어선다는 것이 여간 면구스럽지 않았다. 빈대도 낯짝이 있지, 영세 상인한테 귀한 음식을 얻어먹고 보니 마치 비렁뱅이로 전락한 느낌이었다. 언젠가는 반드시 이 빚을 갚아야겠지만 지금 형편으로는 언제 어떻게 될지 기약할 수조차 없었다. 최씨가 말했다.

"신세는 무슨 신셉니까? 한동네 살면서 존경하는 만물박사님께 순대 몇 점 대접하는 거야 당연한 일이죠. 저야말로 아무런 대가성을 바라지 않습니다. 하하하……."

최씨는 목젖이 보일 정도로 호탕하게 웃었다. 월명초등학교 옹벽 앞에서 처음 만났을 때만 해도 수심이 가득했던 그는 정치권에 대해 한바탕 독설을 퍼붓고 나자 이제 어느 정도 기분이 풀린 모양이었다. 승우가 말했다.

"자, 그럼 저는 이제 그만……."

승우는 최씨와 병천댁에게 정중히 인사한 뒤 그 가게를 나왔다. 수염이 석 자라도 먹어야 양반이라는 말도 있지만, 새참이라고나 할까, 꽤 시장하던 판에 뜻하지 않은 순대 한 접시를 모두 먹었으므로 배가 든든했다. 그때까지도 시장 분위기는 여전히 썰렁하기만 하였다.

승우는 일찍이 맛보지 못했던 뻑적지근한 포만감을 느끼면서 시장통을 벗어나 월명초등학교 교정으로 들어섰다. 두 딸 은경이, 옥경이의 모교인 월명초등학교. 특별한 이변이 없는 한 늦둥이 아들 성현이도 장차 이 학교를 다니게 되리라. 그러니까 월명초등학교는 승우네 아이들뿐만 아니라 월명동 일대의 어린이들, 즉 이 별 볼일 없는 빈촌의 꿈나무들에게는 꿈과 이상의 요람이라고 말할 수 있었다.

승우는 공사가 벌어진 교사 뒤란으로 돌아나갔다. 아니나 다를까, 그곳에서는 공사가 한창 진행 중이었다. 온갖 나무들이 무성했던 녹지 공간이 마구 파헤쳐져서 벌건 흙이 속살을 드러내고 있었는데, 아직도 굴착기 한 대가 깊숙이 파인 구덩이에 들어앉아 부릉부릉 힘을 쓰면서 덤프트럭에 흙을 퍼 담고 있었다.

공사장 맨 가장자리 옹벽 쪽에는 패널이나 비계 같은 가설재를 비롯하여 철근·시멘트·자갈·모래·목재 등 각종 건축자재들이 어수선하게 흩어져 있었다. 덤프트럭이 들락거린 운동장에서는 뽀얀 흙먼지가 풀풀 날렸고, 공사 현장 주변에서는 인부들 몇이 자재를 정리하거나 마구 파헤쳐져서 쓰러진 나무들을 한쪽으로 치우고 있었다.

승우도 왕년에 공사현장을 떠돌며 막노동깨나 한 터라 그들의 역할을 한눈에 알아볼 수 있었다. 그들 중에는 현장소장도 있었고, 일용직으로 고용된 잡부들도 있었다. 새 군화를 신은 사람은 현장소장이었고, 다 떨어진 농구화나 장화를 신은 사람들은 물어보나마나 잡부이리라.

승우는 잡부들이 일하는 곳으로 다가갔다. 그들이 차곡차곡 그러모으는 나무들 중에는 소나무와 단풍나무 이외에도 회화나무까지 포함돼 있었다. 당초 학교를 지을 때 심었던 나무들은 제법 성목이 돼 있었지만 굴착기의 삽날 아래 무참히 뿌리 뽑혀 있었다.

물론 공사장에서 떨어진 다른 나무들은 그대로 서 있었다. 감나무·대추나무·모과나무·은행나무 따위가 철제 울타리를 따라 주욱 도열해 있었고, 울타리가 'ㄱ' 자로 꺾어지는 곳에는 아까 저 옹벽 밑에서 보았던 꽃핀 회화나무가 고결한 자태를 뽐내고 서 있었다.

승우가 기웃기웃 현장을 구경하고 있을 때 마침 교사 뒷문에서 점퍼 차림의 중년 남자가 나왔다. 약간 대머리가 벗어질락 말락 한 그는 아마도 교직원인 듯했다. 그가 나타나자 군화가 그쪽으로 다가가 뭣뭣을 설명했고, 점퍼는 연신 고개를 끄덕거리며 살짝살짝 흰 이를 드러내 보이며 웃곤 하였다.

군화가 펄쩍 뛰어 굴착기 쪽으로 다가갔고, 점퍼는 아까부터 힐끗힐끗 승우를 훔쳐보고 있었다. 그는 웬 국외자(局外者)가 나타났나 싶어 몹시 궁금한 모양이었다. 승우는 그쪽으로 다가가 가벼운 목례를 보냈다. 그러자 점퍼도 답례를 보내면서 머쓱한 웃음을 보내왔다. 승우가 점퍼에게 물었다.

"이 학교 선생님이십니까?"

"네, 교감입니다."

"아, 그러셨군요. 저는 요 아래 광동주택에 사는 주민입니다. 학교에 공사가 벌어져 있길래 구경이나 할까 하고 들어와 봤습니다. 우리 두 딸도 오래전에 이 학교를 졸업했죠. 지금은 고등학교에 다니고 있습니다만……. 저희 집엔 늦둥이 아들이 있는데 그 녀석도 십중팔구 이 학교를 다니게 될 겁니다."

"네에, 그렇군요. 지금까지는 급식장이 없어서 교직원이나 학생들이 큰 불편을 겪어야 했지요. 이제 이 급식장이 완공되면 그런 불편을 모두 해소하게 될 겁니다."

"근데 왜 하필이면 이제야 공사를 시작했습니까? 방학이 시작되자마자 공사를 시작했더라면 좋았을 것을……."

"예산 때문에 그렇게 됐어요. 저희들이야 공사를 일찍 시작하고 싶었지요. 근데 예산이 뒤늦게 나오는 바람에 그만……."

교감도 공사가 늦게 시작된 것을 못내 아쉬워하는 눈치였다. 빌어먹을……. 본래 관공서에서 하는 일이란 늘 그 모양 그 타령이었다. 국민의 혈세로 조성된 예산을 적기(適期)에 집행하는 것이 상식일진대 그들은 혈세의 소중함이야 안중에도 없다는 듯 자기들 편의 위주로 놀아나고 있었다.

공직자들의 사전에는 애당초 효율성이라는 단어가 존재하지 않는 듯했다. 그들은 작은 예산으로 효율성을 극대화하려는 것이 아니라, 배정 받은 예산을 저희들 뭐 꼴리는 대로 집행하기만 하면 그만이었다.

해마다 연말이면 연례행사처럼 도처에서 무더기 공사가 벌어져 시민들의 빈축을 사곤 하였다. 한 푼의 세금이라도 가장 효율적으로 집행해야 할 공직자들이 이것저것 따지느라 자꾸 일을 뒤로 미루다가 이른바 불용액(不用額)을 남기지 않으려고 모든 공사를 한꺼번에 발주함으로써 연말만 되면 공사 사태가 벌어지곤 하였다.

그러다 보니 모든 공사가 졸속으로 끝날 수밖에 없었다. 공사를 수주한 업자는 업자대로 납기를 맞추느라 일을 서둘러야 했고, 시행 당국은 시행 당국대로 회계연도 마감일 안에 예산을 집행해야 하는 터라 공사의 품질이야 죽을 쑤든 말든 납기만 독촉하게 마련이었다.

삼척동자도 다 아는 일이지만 그 병폐와 부작용은 이만저만 큰 것이 아니었다. 그러잖아도 물류 이동이 심한 연말에 교통 체증을 유발시키는 것은 물론, 공사 대금이다 뭐다 돈을 한꺼번에 왕창 풀어댐으로써 연말 물가 앙등에 부채질을 하고 있었다.

시민들의 눈에 뻔히 보이는 각종 토목·건축 공사가 이러할진대 눈에 보이지 않는 곳에서 일어나는 다른 일들이란 더 물어볼 필요도 없었다. 그들 내부에서 서류만으로 처리되는 일이 부지기수임을 감안할 때 모름지기 관공서란 정치권 못지않은 복마전(伏魔殿)이라 해도 과언이 아니었다. 승우가 물었다.

"그럼 이 공사가 언제까지 가게 됩니까?"

"아마 시월 중순까지는 해야 될 깃 같습니다."

"조용한 환경에서 공부해야 할 학생들이 큰 피해를 입겠군요."

"그렇죠. 그뿐 아니라 교장 선생님이나 저도 이만저만 골치 아픈 것이 아닙니다. 본연의 학사 업무에만 전력해도 시원찮을 판인데 공사 감독까지 해야 되니 이거 원……. 더군다나 2학기 개학을 하고 나면 학생들 안전 문제를 각별히 신경 써야 합니다. 물론 고학년이야 덜하겠지만 1, 2학년 아이들이 뭘 압니까. 그 아이들이 공사 현장에 얼씬거리다가 다치기라도 한다면 그 책임을 누가 지겠습니까. 아무튼 저는 공사가 하루 빨리 안전하게 끝나기를 바랄 뿐입니다."

당연한 일이겠지만, 교감은 무엇보다도 학생들의 안전 문제에 가장 촉각을 곤두세우고 있는 듯했다. 어떻게 보면 가장 교감다운 발상이라고 말할 수 있었다. 그러나 조금 전 현장소장과 쑥덕거리는 것으로 보아 그는 뭔가 이권에 개입하고 있는 듯했다. 승우가 뿌리째 뽑힌 나무들을 보면서 물었다.

"저 나무들은 어떻게 하실 계획입니까?"

"글쎄요. 전 잘 모르겠습니다. 현장소장이 알아서 하겠죠 뭐."

"그렇다면 나무들을 폐기처분 한다는 뜻입니까?"

"가져간다고 했어요. 아마 곧 어디론가 실어 갈 겁니다."

"나무들이 정말 아깝군요. 저 나무들을 모두 돈 주고 사다 심었을 텐데…… . 여기 이 잘생긴 회화나무도 어디론가 가져 갈 모양이죠?"

승우는 잘 자란, 그러나 뿌리를 하늘로 드러낸 채 벌렁 드러누워 있는 회화나무를 가리켰다. 지난 십수 년 동안 아이들과 함께 자라난 그 회화나무가 무참히 뿌리 뽑힌 것을 볼 때 여간 가슴 아픈 것이 아니었다. 더군다나 그 언저리에는 나무가 뽑혀 넘어질 때 부러진 가지들이 어지럽게 널려 있었다. 교감이 되물었다.

"지금 무슨 나무라고 하셨죠?"

"회화나무라고 했습니다."

"회화나무라…… . 그 나무는 아카시아 나무 아닌가요?"

"예? 아카시아 나무라뇨? 이건 회화나뭅니다."

"회화나무라…… . 저는 처음 들어보는 나무 이름입니다. 다른 아카시아 나무와 달리 뾰쪽뾰쪽한 가시가 없어서 이상하다 했습니다만…… ."

어이가 없었다. 지금까지 어린 학생들을 가르쳐 온 교감은 아까시와 회화나무조차 구분을 못하고 있었다. 아니, 그보다 더 근원적으로 거슬러 올라가 보자면 우리 주변에는 아까시 나무와 아카시아 나무조차 올바로 구분하지 못하는 사람들이 너무나 많았다. 물론 문학작품에서는 아까시를 아카시아로 쓰는 것이 용인되고 있지만, 본질을 알고 쓰는 것과 그것을 모르면서 쓰는 것은 천양지차라 말할 수 있었다.

우리나라 산야에 지천으로 널려 있는, 봄에 흰 꽃이 흐드러지게 피는 나무의 생물학적 명칭은 분명 아까시였다. 북아메리카 원산인 이 아까시는 일명 아카시라고도 하는데 쌍떡잎식물 장미목 콩과의 낙엽교목으로 마을 근처 야산을 비롯하여 철도 연변 등 전국 어디에서나 흔히 볼 수 있었다.

그 반면, 진짜 아카시아는 오스트레일리아를 중심으로 열대와 온대지역에 분포하는 상록수의 명칭이었다. 아까시와 아카시아는 다 같이 쌍떡잎식물 장미목 콩과에 속하는 수종이지만 엄연히 속(屬)이 달랐다. 그런데도 대부분 아무 분별없이 아까시를 아카시아라 잘못 부르고 있었다.

그것은 마치 이승만 대통령의 부인 프란치스카를 한때 호주댁(濠洲宅)이라 불렀던 오류와 다를 바 없었다. 프란치스카는 대양주(大洋洲)의 오스트레일리아가 아닌, 어디까지나 유럽의 오스트리아 출신이었다. 그러니까 일부에서는 대양주의 오스트레일리아와 유럽의 오스트리아를 혼동한 나머지 그녀를 호주댁이라 불렀던 것인데 굳이 그녀에게 택호를 붙이려면 호주댁이 아닌 오지리댁(墺地利宅)이라 불러야 옳았다.

그야 어찌 됐든 승우는 그 기품 있는 회화나무가 뿌리째 뽑혀 뒤집힌 것을 보고는 몹시 애석해하였다. 아까시 나무처럼 어디에나 널려 있는 흔해빠진 잡목이라면 모르되, 회화나무야말로 동서고금을 막론하고 인류의 사랑을 듬뿍 받아온 특별한 나무이기 때문이었다.

회화나무는 쌍떡잎식물 장미목 콩과의 낙엽교목으로 회화목(懷花木)·회목(懷木)·괴화목(槐花木)·괴목(槐木)이라고도 하며, 영문명으로는 'Chinese scholar tree' 또는 'Japanese pagoda tree'라고 쓰는데, 그 명칭에 'Chinese'가 들어간 것은 그렇다손 치더라도 'Japanese'가 붙은 것은 별로 유쾌한 일이 아니었다.

『주역(周易)』「계사편(繫辭編)」에는 천자(天子)가 이르는 곳에 회화나무를 심었다는 기록이 있고, 예로부터 우리나라와 중국에서는 이 나무를 가리켜 공자나무[孔子樹]·학자수(學者樹)·출세수(出世樹)·행운수(幸運樹)라 부르기도 하였다. 학자들에 따라 다소 이견이 없는 것은 아니지만, 이공좌(李公佐)의 전기소설(傳記小說)『남가태수전(南柯太守傳)』에 나오는, 저 유명한 남가일몽(南柯一夢) 고사에 설정된 괴목도 사실은 이제까지 알려진 느티나무가 아니라 응당 회화나무로 보아야 한다는 견해가 더욱 설득력을 얻고 있었다.

중국 당(唐) 나라 덕종(德宗) 때의 일이었다. 광릉이란 고을에 순우분(淳于芬)이라는 사람이 살고 있었는데, 그의 집 남쪽에는 아름드리 회화나무가 있었다. 어느 날이던가 술이 거나해진 그는 그 나무 밑에서 살풋 선잠을 자게 되었다.

그때 괴안국(槐安國) 사신 두 사람이 나타나 순우분을 어떤 곳으로 인도했다. 순우분은 그들을 따라 회화나무 구멍 속으로 들어갔는데, 그 안에는 놀랍게도 '대괴안국(大槐安國)'이라 쓴 거대한 현판이 걸려 있었다.

국왕은 순우분에게 자기 딸을 주었고, 이로써 순우분은 졸지에 국왕의 사위가 되었다. 말하자면 하루아침에 일개 서민에서 국왕의 부마(駙馬)로 팔자를 바꾼 셈이었다. 이렇듯 신분이 바뀌자 주위에 사람들이 모여들었고, 그는 궁궐에서 주변(周弁)과 전자화(田子華)라는 인물을 만나게 되었다.

그리하여 순우분은 그들을 부하로 삼아 마침내 남가군(南柯郡)의 태수로 부임하게 되었다. 그로부터 20년……. 백성들은 모두 안정된 생활을 누리며 순우분의 덕망을 칭송하였다. 그런데 단라국(檀羅國)이 쳐들어왔을 때, 남가군의 대장인 주변은 적을 얕본 나머지 그만 참패하고 말았다.

주변의 불행은 그것으로 끝나지 않았다. 그는 전쟁에서 패한 뒤 등창을 앓다가 숨졌고, 국왕의 딸로 태어나 순우분의 팔자를 고쳐주었던 아내까지 병들어 죽었다. 실의에 젖은 순우분은 태수를 그만두고 쓸쓸히 고향으로 돌아갔다.

그때 순우분은 회화나무 아래에서 깜짝 놀라 잠을 깨었다. 모두가 한바탕 꿈이었다. 눈을 비비며 주위를 살펴보니 나무 밑동에는 과연 큰 구멍이 있었다. 이게 웬일일까, 이상하게 여기면서 살살 그 구멍을 파들어 가기 시작하였다.

얼마쯤 파들어 가자 그 안에는 개미들이 가득 모여 있었다. 그런 개미 떼 사이에 유난히도 큰 개미 두 마리가 있었다. 알고 보니 그곳이 바로 괴안국이었고, 커다란 두 개미는 국왕과 왕비였다. 순우분은 다른 구멍을 파들어 갔다. 그러자 남쪽 가지 40척(尺)쯤 올라간 곳에 또다시 개미 떼가 나타났다. 그곳은 바로 순우분이 다스리던 남가군이었다.

아, 그랬었구나. 순우분은 회화나무 구멍을 원래의 모양대로 고쳐 놓았다. 그 이튿날, 순우분이 다시 그곳에 갔을 때 구멍은 흔적조차 찾을 길 없었다. 밤새 내린 폭우로 구멍이 허물어지고 개미 떼도 오간 데가 없었다. 남가일몽이란 말은 바로 여기에서 유래된 말이었다.

아무튼 회화나무에 얽힌 고사와 갖가지 비화를 열거하자면 한이 없었다. 특히 우리 조상들은 전통적으로 회화나무를 상서롭게 여겼으며 궁궐·사찰·문묘(文廟) 등 존엄한 곳에는 거의 예외 없이 이 나무를 심었다.

학문을 강론하던 곳에서는 더 말할 나위가 없었다. 예컨대 안동(安東) 도산서원(陶山書院)의 회화나무는 그 대표적 사례라 말할 수 있었다. 한국은 행권 천 원짜리 지폐 뒷면에는 도산서원이 도안돼 있는데, 그 그림 속에도 회화나무가 그려져 있었다.

어쨌거나 전국 각지의 명소에 가면 반드시 수백 년 묵은 회화나무를 볼 수 있었다. 그뿐 아니라 해묵은 나무들일수록 저마다 독특한 사연을 간직하고 있었다. 오랜 세월 겨레와 더불어 살아온 나무인 만큼 거기 얽힌 사연도 다양할 수밖에 없었다.

예컨대 승우의 고향에서 그닥 멀지 않은 충남 서산(瑞山) 해미읍성(海美邑城)의 회화나무에는 순교자(殉教者)의 넋이 서려 있었다. 흥선대원군 시절, 천주교를 박해할 때 숱한 신자들을 잡아다 그 나무에 목을 매달아 처형했다. 그리하여 아직까지도 그 회화나무에는 교수목(絞首木)이라는 별칭이 붙어 있었다.

숱한 순교자들을 배출한 회화나무. 특정 종교를 탄압했던 대원군과 집권 세력에게는 그 나무가 일종의 형구(形具)였겠지만, 신자들에게는 그 나무야말로 일찍이 예수님이 매달렸던 십자가처럼 영광스런 나무가 아닐 수 없었다.

회화나무는 뭔가를 기념하기 위한 기념식수로도 가장 우선순위에 올라 있던 수종이었다. 알 만한 사람들은 다 알고 있는 일이지만, 몽골이 낳은 최고의 정복자 칭기즈칸은 그의 발길이 미친 침략지마다 기념식수로 회화나무를 심었다. 가령 체코슬로바키아의 궁궐에서 가장 오래된 나무는 회화나무인데, 그 회화나무 역시 바로 유럽을 정복한 칭기즈칸이 심은 것이었다.

우리 조상들도 기념식수로는 반드시 회화나무를 선택했다. 학식과 덕망을 갖춘 인물이 과거에 급제하거나 요직을 맡게 되면 그의 생가에 회화나무를 심어 경사를 기념하면서 그 명예가 일취월장하기를 기원하였다. 그런가 하면 백성들로부터 존경받던 고관대작이 관직에서 물러나 영예롭게 낙향했을 때에도 흔연히 회화나무를 심어 그 거룩한 업적을 기렸다.

서민들은 서민들대로 집안에 이 상서로운 나무를 심으면 가문이 번창하고 큰 학자나 인물이 난다고 믿어 왔다. 그런가 하면 임금이 공 많은 백성에게 특별히 이 나무를 상으로 내리기도 했다. 이렇게 볼 때, 전국 각지 유서 깊은 명소에 산재해 있는 거대한 회화나무들이 수백 년씩 살아온 수령(樹齡)을 자랑하며 대부분 천연기념물로 지정돼 있는 것도 우연한 일이 아니었다.

그런데 회화나무는 우리나라만이 아닌, 지구촌의 여러 나라에 골고루 분포돼 뭇 사람들의 사랑을 받고 있었다. 북경(北京)의 가로수는 말할 것도 없고, 싱가포르의 경우에는 도시 전체가 회화나무로 뒤덮여 있다 해도 좋을 만큼 도처에 그 나무가 숲을 이루고 있었다.

어쨌든 회화나무는 이 근래 실용적인 측면에서도 큰 각광을 받고 있었다. 오랜 세월 가로수 낙엽 때문에 골치를 앓아왔던 미국의 한 도시에서는 가로수 수종을 회화나무로 교체하여 자치단체의 예산 절감은 물론 미화원들의 노고까지 덜어준 사례도 있었다.

그동안의 연구 결과가 말해주듯 회화나무는 여러 측면에서 우리 인간에게 큰 이익을 안겨주고 있었다. 유달리 생명력 강한 회화나무는 산소 방출량이 다른 나무에 비해 5배 이상으로 높아 아황산 분해 능력이 탁월한지라 온갖 공해로 지구촌이 중병을 앓고 있는 오늘날 환경보호 차원에서도 최적의 수종이라고 말할 수 있었다.

어디 그뿐인가. 회화나무는 특유의 향취를 발산하기 때문에 그 근처에는 파리나 모기 따위의 별로 이로울 것 없는 곤충이 얼씬거리지도 못했다. 대기 정화에다 해충 구축에 이르기까지 정말 회화나무가 우리에게 안겨주는 유익은 한두 가지가 아니었다.

우리 조상들이 맑은 정신, 맑은 공기를 지켜주는 회화나무를 정서 안정의 표상으로 삼은 것은 아주 당연한 일이었다. 그뿐 아니라 회화나무 꽃봉오리를 괴화(槐花) 또는 괴미(槐米)라 하고 그 열매를 괴실(槐實)이라 하는데 그것은 모두 탁월한 약효를 가지고 있었다.

괴화는 동맥경화나 고혈압에 특효약이고 맥주와 종이의 황색을 낼 때 중요한 원료로 쓰고 있었다. 괴실, 나뭇가지, 나무껍질은 치질 치료에 이용되고 목재는 고급 가구재로 애용돼 나왔다. 그러니까 회화나무는 한 군데도 버릴 데 없는 아주 좋은 나무인 셈이었다.

얼마 전, 승우는 서울특별시와 충남 서산시를 비롯한 몇몇 지방자치단체에서 회화나무를 권장 수목으로 채택하고 가로수 등으로 널리 보급한다는 소식을 들었다. 만시지탄이 없지 않지만 지금이라도 회화나무에 새로운 관심이 일어난다는 것은 참으로 다행스런 일이 아닐 수 없었다.

승우는 최근에 들어와 수도권의 신도시나 88 올림픽도로 등에서 자주 회화나무를 접할 수 있었다. 삭막하기 짝이 없는 콘크리트 숲 사이에서 회화나무를 만나게 되면 이만저만 반가운 것이 아니었다. 그런데 이 학교에서만은 회화나무가 똥 친 막대기 취급을 받고 있었다. 마구 부러져서 여기저기 흩어진 가지들을 가리키면서 승우가 교감에게 물었다.

"교감 선생님. 여기 흩어진 나뭇가지 가운데 한두 개만 주실 수 있겠습니까?"

"그 나뭇가지를 뭐하시게요?"

교감은 콧방귀를 뀌듯 되물었다. 그의 말투에는, 그까짓 아무렇게나 버려진 허섭스레기 같은 나뭇가지를 무엇에 쓰겠느냐는 듯한 의미가 묻어나 있었다. 승우가 말했다.

"꼭 쓸데가 있습니다."

"그렇다면 알아서 가져가십시오."

교감은 심드렁하게 말했고, 승우는 널려 있는 나뭇가지 중에서도 매끈하게 빠진 것으로 골라잡았다. 그리고 그는 집에 돌아와 그 나뭇가지를 잘 다듬어 회초리를 만들었다. 아직은 성현이가 너무 어렸지만, 조금 더 자라게 되면 언젠가는 반드시 사랑의 회초리가 필요할 것이라는 생각 때문이었다. 어느덧 해가 기울어 어둠이 몰려오고 있었다.

《조선문학》 2004년 7월호)

호박꽃

비가 내리고 있었다. 새벽부터 부슬부슬 내리기 시작한 비는 날이 밝으면서 점점 더 거칠어지고 있었다. 승우는 창밖으로 눈길을 던졌다. 월명초등학교 콘크리트 옹벽을 따라 누런 호박꽃이 무더기로 피어나 있었다. 지난 며칠 동안 땡볕이 내리쬘 때에는 후줄근했던 호박넝쿨과 호박꽃. 그러나 모처럼 소나기가 내리자 호박꽃은 여간 싱싱해진 것이 아니었다.

호박은 온갖 공해 속에서도 강인한 생명력을 보여주고 있었다. 더구나 몇몇 암꽃에는 앙증스런 애호박이 달려 있었다. 그 귀여운 애호박이야말로 어떻게 보면 뒤늦게 얻은 아들 성현이와 닮은 데가 있었다.

컴퓨터를 켜고, 승우는 인터넷에 들어가 이것저것 자료들을 살펴보다가 병든 닭처럼 꾸벅꾸벅 졸았다. 날씨 탓일까, 승우는 파도처럼 밀려오는 졸음을 감당할 길이 없었다. 그가 비몽사몽간에 가물가물 무슨 꿈인가를 꾸려던 그때 느닷없이 전화벨이 울렸다. 승우는 행여 책 더미를 건드려 와르르 무너뜨리게 될까 봐 조심조심 일어나 송수화기를 집어 들었다. 전화를 걸어온 사람은 학문당 박 사장이었다. 다짜고짜 그가 물었다.

"뭐해?"

"할 일이 없어서 꾸벅꾸벅 졸고 있었지."

"저어, 용건만 간단히 말할게. 일거리가 있는데 한 번 나와 보지 않겠어?"

"거, 듣던 중 반가운 소식이군."

"그래. 자세한 이야기는 만나서 하자구."

승우는 부랴부랴 옷을 챙겨 입고 집을 나섰다. 비가 얼마나 세차게 쏟아지는지 앞이 안 보일 지경이었고, 날이면 날마다 아이들이 축구공을 내지르며 복작거리는 광동주택 '가' 동과 '나' 동 사이의 좁은 공간에는 물이 흥건하게 고여 있었다. 월명초등학교 뒷담 옹벽에도 빗물이 아름다운 무늬를 수놓으면서 주룩주룩 흘러내리고 있었다.

그는 수렁 같은 진흙 구덩이에 빠지지 않으려고 조심조심 발자국을 떼어놓으면서 좁다란 골목을 빠져나왔다. 이 골목은 도대체 어느 세월에 제대로 정비될 것인지 알 수가 없었다. 마누라 없이는 살아도 장화 없이는 못 사는 동네라는 말이 실감 날 정도로 승우네 동네는 비만 내렸다 하면 골목길 전체가 진흙 구덩이로 변해버렸다.

그는 그 질척한 골목을 빠져 나와 횡단보도를 건넜고, 알록달록한 지붕이 설치된 버스정류장으로 다가갔다. 버스정류장 지붕 밑 한복판에는 '월명아파트 어머니회 기증'이라고 씌어져 있었는데, 길 하나를 사이에 두고 사람 사는 형편이 이렇게 다르다는 것을 생각하면 참으로 기가 막힐 따름이었다.

광동주택을 비롯한 승우네 동네 주민들 중에는 끼니를 거르는 사람도 한둘이 아니었다. 그런데 월명아파트 주민들은 어머니회 힘만으로도 이처럼

146

훌륭한 시설을 기증했다. 그렇다면 월명아파트 어머니회는 승우네 동네 주민의 전 재산보다도 더 많은 예산을 가지고 있는지도 몰랐다.

승우는 얼핏 뒤를 돌아다보았다. 아니나 다를까, 거기 쭉쭉 뻗어 올라간 고층아파트들이 시원스럽게 비를 맞고 있었다. 널찍널찍한 공간이며 달력 사진판에나 나옴직한 그림 같은 조경에다 주차장을 가득 메운 미끈미끈한 승용차들이라든가 어쨌든 그 아파트 단지야말로 별천지라 해도 과언이 아니었다.

물론 그 월명아파트 단지에도 장대 같은 소나기가 내리고 있었다. 그러나 배수시설이 잘 된 월명아파트 단지에서는 빗물이 흥건하게 고여 있는 곳을 한 군데도 찾아볼 수가 없었다. 물론 자본주의 체제가 돈 놓고 돈 먹는 사회라고는 하지만, 극과 극을 치달리는 빈부의 양극화 현상이야말로 이미 오래전에 위험수위를 넘어서서 영세민이나 극빈자들을 재기 불능의 실의와 좌절로 몰아넣고 있었다.

잠시 후 버스가 왔고, 승우는 우산을 접어 들고는 버스에 올랐다. 한낮인 데다 비까지 내려서 그런지 버스 안은 다른 때보다 훨씬 할랑하였다. 그는 노약자 지정석을 지나서 뒷바퀴가 있는, 그리하여 밑바닥이 불룩 튀어나온 좌석에 쭈그려 앉았다.

그는 아직도 빗물이 줄줄 떨어지는 우산을 앞좌석의 틈바구니에 세워 놓고 창밖으로 눈길을 던졌다. 빗방울은 시간이 흐를수록 점점 더 굵어지고 있었다. 지난 며칠 동안 날이면 날마다 가마솥을 달구는 듯한 불볕더위가 쏟아지더니, 이런 소나기를 억수로 퍼부으려고 그런 모양이었다.

아무튼 이 근래 날씨를 보면 걱정스럽기만 했다. 예로부터 일기가 좋아야 모든 일이 잘 풀리는 법인데 여름 내내 가마솥 불볕더위 아니면 들입다 소나기만 퍼부어대는지라 어느 것 하나 제대로 풀리는 것이 없었다. 텔레비전이나 신문에서는 연일 심상찮은 경기 침체와 서민 경제의 난맥상을 보도하고 있었다.

옛날에 어느 고을에 한 어머니가 살고 있었다. 그 어머니에게는 두 아들이 있었다. 큰아들은 짚신 장수, 작은아들은 우산 장수로 생계를 이어가고 있었다. 그 어머니는 그 두 아들 때문에 근심 걱정 면할 날이 없었다. 날이 맑으면 작은아들 우산이 안 팔릴까 봐 속을 끓였고, 비가 내리면 큰아들 짚신이 안 팔릴까 봐 애를 태웠다.

본래 여름 날씨란 맑았다가 흐리고, 흐렸다가 비가 내리고, 그랬다가 다시 맑아지게 마련이었다. 그러나 이 근래 우리나라 기후는 어찌나 변덕을 부리는지 종잡을 수가 없었다. 지구의 온난화(溫暖化) 현상이며 엘니뇨 등 이상 기온 문제는 이제 세계적인 관심사가 되었지만 최근 몇 년간 우리나라의 기상도 변화무쌍하여 예측을 불허하는 실정이었다.

특히 근자에 들어와 이런 현상은 더욱 심화되고 있었다. 재작년에는 냉해가 들어 모든 농사를 망쳤고, 작년 여름에는 유례없는 폭우가 쏟아져 전국적으로 물난리를 겪지 않으면 안 되었다.

그런데 올해의 여름 날씨는 무더위 아니면 폭우로 이어지고 있었다. 살인적인 불볕더위가 계속되다가 하늘이 통째로 내려앉는 듯한 폭우. 인간들은 과학이네 뭐네 해서 자연을 정복하겠다고 큰소리치지만 그것은 어림도 없는 개소리에 불과했다.

자연은 도리어 우리 인간들에게 경종을 울려주고 있었다. 아니, 어리석은 인간들은 제 편익만 추구하다가 도리어 스스로 묘혈만 파고 있는 형국이었다. 하나뿐인 지구는 오래전에 중병이 들었고 가뭄, 물난리, 생태계 훼손, 오존층 파괴, 산성비…… 등 인간이 불러들인 재앙은 한두 가지가 아니었다.

지난봄에는 중랑천에서 잉어·붕어·메기 등 물고기 수십만 마리가 떼죽음을 당하거나 물 위로 뛰쳐나온 일이 있었다. 그날 중랑천 하수종말처리장 부근에서 물고기 수만 마리가 죽은 채 물 위로 떠오르거나 하천변으로 나와 퍼득퍼득 몸부림치는 처참한 소동이 벌어졌다.

바로 그날, 그곳에서 약 1킬로미터쯤 떨어진 성동교 살곶이다리 부근에서도 물고기 수십만 마리가 수면 위로 주둥이를 내밀고 헐떡거리는 사태가 발생했다. 뚝섬 쪽에서 떠내려 온 그 물고기들은 호흡곤란을 겪으면서 사투를 벌이다가 결국 떼죽음을 당했다.

소방 당국은 그날 오전부터 한강 본류 쪽에서 성동구·중랑구 일대의 중랑천으로 약 20만 마리 이상의 물고기가 몰려들었다고 밝혔다. 소방 당국의 추계에 의하면, 이 가운데 2만~3만여 마리가 죽었고, 7만~8만여 마리가 물을 뛰쳐나온 것으로 알려졌다.

오죽하면 물고기가 물을 뛰쳐나왔을까. 그날 시민의 신고를 받고 출동한 경찰관과 소방관 3백여 명은 소방 헬기, 소방 트럭, 살수차 등을 동원하여 뭍으로 뛰어오른 물고기들을 뚝섬 부근 한강으로 긴급 수송하였다. 방생이 아닌 방류라고나 할까, 아무튼 그들은 물고기들을 한 마리라도 더 살려내기 위해 인력과 장비를 동원하여 군사 작전을 방불케 하는 물고기 살리기 작업에 나섰다.

이런 와중에서도 일부 시민들 사이에서는 뭍으로 뛰어오른 물고기를 손으로 주워 모아 집으로 가져가는 진풍경이 연출됐다. 그들은 이게 웬 횡재인가 싶어 한 마리라도 더 주워 모으려고 난리법석을 피웠다. 그들은 어쩌면 민물고기 매운탕 못 먹어 몸살 난 사람들인지도 몰랐다.

물고기의 떼죽음. 그날, 수사 당국은 급격한 수온 변화나 폐수 유입을 주원인으로 분석했다. 그러나 환경 당국에서는 좀 뉘앙스가 다른 견해를 내놓았다. 그들에 의하면, 갈수기(渴水期) 동안 상류에 쌓여 있던 오염 물질이 비가 내리면서 중랑천으로 유입됐고, 수온이 높아져 물속에 녹아 있는 산소가 부족해진 탓으로 추측된다는 것이었다. 이와 함께 그들은 공장 폐수나 독극물이 유입됐을 수도 있으나 사고 지역 여건으로 봐서는 그럴 가능성이 크지 않다고 진단했다.

그런데 그 지역 주민들이나 환경단체는 또 다른 견해를 내놓았다. 특히 주민들의 증언에 따르면, 그 하루 전날부터 강물 위에 허연 거품이 떠오르면서 심한 악취가 진동했다는 것이었다. 원님 행차 뒤에 나팔 부는 형국이라고나 할까, 경찰이 수사에 나섰지만 정확한 원인은 아직까지도 밝혀지지 않고 있었다.

그날, 언론 보도를 통해 그 사실을 알게 된 승우는 개탄을 금치 못했다. 서울 시민의 젖줄인 한강에서 어떻게 그런 일이 벌어질 수 있을까. 한강 본류에서부터 살길을 찾아보겠다고 중랑천까지 거슬러 올라간 수십만 물고기들은 우리에게 일대 경종을 울려준 셈이었다.

아무튼 서울을 비롯한 전국 각지의 산하는 온전한 데가 없었다. 개발이다 뭐다 해서 산은 마구 파헤쳐지고 강이며 하천은 각종 독극물과 폐수 등으로 죽어 가고 있었다. 그런데도 인간들은 눈에 보이는 편익만을 추구하면서 각종 재앙을 불러들이고 있었다.

환경문제가 인류의 화두로 떠오른 것은 어제오늘의 일이 아니었다. 그런데도 관계 당국과 시민들은 불감증에 걸려 환경문제 같은 것은 안중에도 두지 않고 있었다. 그들은 오직 당장의 이익을 추구하기 위해 후손들에게 길이 물려줘야 할 자연환경을 마구 파괴하고 있었다.

이제 매연이며 대기오염 같은 것은 관심 밖으로 밀려나 있었다. 서울 시민들은 매연과 먼지 속에 살아가는 터라 그런 것 따위는 안중에도 없는 듯했다. 아니, 어쩌면 서울 시민들이야말로 매연과 대기오염을 당연한 현상으로 받아들이는지도 몰랐다.

언제부턴가 승우는 시골에 갔다가 수도권으로 들어설 때마다 목이 매캐해지는 것을 느낄 수 있었다. 길거리를 가득 메운 자동차들은 배기가스를 내뿜었고, 흰 와이셔츠를 입고 시내에 나갔다가 돌아오면 깃이 새까말 정도로 매연과 먼지가 묻어나곤 하였다.

승우는 월명산에 오를 때마다 서울의 대기오염이 얼마나 심각한가를 피부로 느끼곤 했다. 월명산에 오르면 한강 건너 도심 한복판이 언제나 희뿌옇게 보였다. 몇 년에 한 번씩 어쩌다 청명한 하늘을 볼 수 있긴 했지만 서울 하늘은 언제나 매연과 먼지로 뒤덮여 있었다.

어느 해던가, 승우는 중국에 가느라고 인천 제3부두에서 웨이동 훼리호를 탄 적이 있었다. 목적지는 산동반도(山東半島)에 있는 위해(威海)였는데, 그는 배가 부두를 떠나 바다로 나갈 때까지 선미(船尾) 후갑판에 나와 줄곧 인천 쪽을 바라보았다.

멀어져 가는 선상에서 내 나라 내 조국을 바라보는 감회는 색다른 데가 있었다. 배가 먼 바다로 나아가자 인천의 전모가 한눈에 들어왔고, 나중에는 인천뿐만 아니라 육지 전체가 가물가물 시야에서 멀어져 갔다.

배가 더욱 멀리 나아가자 이제 육안으로는 더는 뭍을 볼 수 없게 되었다. 그런데 인천 쪽 상공은 다른 곳과 달리 누런 유황빛을 띠고 있었다. 승우는 그것만으로도 인천이라는 도시의 대기가 얼마나 오염돼 있는지를 미루어 짐작할 수 있었다.

월명산은 야산에 불과했다. 그런데도 그 산에 오르면 서울의 하늘은 사시사철 우중충하게 보였다. 천고마비(天高馬肥)의 계절이라는 가을이라고 해서 별로 달라지는 것이 없었다. 어린 시절, 시골에서 자랄 때에는 새파란 옥빛 하늘을 올려다보며 때로는 눈시울이 화끈해짐을 느끼곤 했었는데 이 도시에서는 그런 하늘을 볼 수가 없었다.

그런데도 당국이나 시민들은 매연과 대기오염 문제를 예사로 인식하고 있었다. 아니, 그 문제라면 이제 모든 시민들이 포기하거나 체념했는지도 몰랐다. 그 대신, 서울 시민들의 대부분은 환경문제보다도 교통 체증 문제를 더 심각하게 여기고 있었다.

승우는 빗발이 점점 더 굵어지면서 폭우로 변해 가는 것을 볼 때 뭔가 심상찮은 예감을 느꼈다. 이 상태로 몇 시간만 더 폭우가 쏟아지면 남아날 것이 없을 듯했다. 물난리만은 없어야 할 텐데……. 승우는 그런 걱정을 하면서 하염없이 창밖을 바라보고 있었다.

유리창에 부딪친 빗방울이 부르르부르르 진저리를 치면서 주룩주룩 흘러내리고 있었다. 도로에는 군데군데 물이 흥건하게 고여 있었는데, 성산대교를 건너자마자 길이 어떻게나 막히는지 버스는 한 걸음도 나아가지 못하고 있었다.

승우는 망원동 쪽을 바라보았다. 벌써 오래전 물난리가 나서 큰 고통을 겪었던 동네. 그해에는 비가 많이 내리기도 했지만, 수재에 충분히 대비하지 못한 공직자들의 무사안일이 더 큰 화를 불러들인 바로 그 현장이었다. 그런 점에서 그해의 물난리는 수재라기보다 인재(人災)라고 말할 수밖에 없었다.

하기야 이 근래 일어난 잇단 재난과 사고는 인재 아닌 것이 없었다. 이를 테면 성수대교 붕괴 사건, 위도 페리호 침몰 사건, 삼풍백화점 붕괴 사건, 대구 지하철 화재 사건 등은 그 대표적 사례라 말할 수 있었다.

국민의 세금을 받아먹고 사는, 그러나 국민들의 생명과 재산을 제대로 보호해주지 못하는 한심하고 무능한 사람들이 득실거리는 공직 사회. 하기야 국민들이 뽑아준 대통령부터 정신을 못 차리고 갈팡질팡하는 이 시대에 산다는 것 자체가 어떻게 보면 큰 불행일 수밖에 없었다.

승우는 한결같이 불행했던 역대 대통령들을 떠올리다가 도로변의 연립주택 옥상에 피어난 접시꽃을 발견하고는 잠시 신선한 충격을 맛보았다. 그 연립주택은 승우가 살고 있는 광동주택이나 별반 다를 바 없었다.

소위 일조권(日照權) 같은 것은 배부른 사람들의 사치스런 말장난이라 비웃고도 남을 정도로 다닥다닥 붙어 지은 연립주택. 그런 연립주택 옥상에 꽃을 사랑하는 어떤 주민이 공들여 접시꽃을 가꾼 것이었다. 언제 철거될지 모르는 그 낡은 주택 옥상에 저 예쁜 접시꽃을 가꾼 주민은 과연 어떤 사람일까.

빨간 꽃, 연분홍 꽃, 노란 꽃, 흰 꽃……. 접시꽃은 형형색색으로 피어나 억수처럼 쏟아지는 소나기를 맞고 있었다. 별로 희망을 찾아볼 수 없는 이 개떡 같은 세상에, 그처럼 화사하고 싱싱한 접시꽃을 대하자 우울했던 기분이 싹 가시는 느낌이었다.

그는 신촌에서 내려 줄기차게 퍼붓는 빗줄기를 헤치고 단숨에 학문당으로 들어가 박 사장을 만났다. 소싯적 이래 친형제 이상으로 격의 없이 지내온 박 사장. 그는 승우가 들어서자 하던 일을 멈추고 손을 내밀어 악수를 청했다. 승우가 말했다.

"비가 어떻게 오는지 이러다 남아나는 것이 없겠어."

"그러게 말이야. 인간들이 워낙 물색없이 까불어 대니까 하느님께서도 진노하신 모양이야. 폭염 아니면 폭우…… 세계 도처에서 재앙이 끊이지 않건만 우리 인간들은 자연의 소중함을 모르고 도리어 자연의 섭리에 역행하면서 살잖아?"

"누가 아니래."

"만물박사 앞에서 나 같은 위인이 아는 체를 해 봤자 번데기 앞에 주름 잡는 꼴밖에 안 되겠지만 아무튼 우리 인간들은 자연과 환경의 소중함을 모르는 것 같아. 잠깐, 우리 커피라도 한 잔 해야겠지."

"미스 김은 심부름 간 모양이지?"

"아, 아냐. 몸이 아프다고 안 나왔어."

"젊은 아가씨가 왜 아플까?"

"몸살 난 모양이야. 며칠 전부터 시름시름하더니만 결국 몸져누운 모양이야. 본래 강골이긴 한데 요즘 사기가 많이 떨어졌어. 회사가 팡팡 돌아갈 때 같으면 웬만한 몸살쯤이야 거뜬히 견뎌낼 수 있겠지만, 워낙 재미가 없으니까 미스 김도 풀이 죽어서 빌빌한다니까."

박 사장은 도자기 잔에 인스턴트커피를 타 왔다. 이 없으면 잇몸으로 산다고 했던가, 아무튼 박 사장은 미스 김 대신 직접 커피 두 잔을 타서 쟁반에 받쳐 들고 회의용 탁자 쪽으로 가져왔다. 승우가 말했다.

"박 사장이 직접 탄 커피니까 더욱 맛이 좋겠군."

"그야 물론이지. 하하하……."

그는 너털웃음을 터뜨리며 의자에 앉았다. 창밖에는 여전히 장대 같은 소나기가 내리고 있었다. 이런 식으로 소나기가 두어 시간만 더 퍼부어 댄다면 필경 무슨 물난리가 일어나고야 말 것 같은 상황이었다. 승우가 물었다.

"일감이라는 거, 도대체 뭐야?"

"응. 무척 궁금한 모양이군. 그러잖아도 그걸 상의해 볼까 해서 전화를 걸었어."

"내가 할 만한 일이라면 무엇이든 해야겠지. 박 사장이 알다시피 하릴없이 놀고 지낸 세월이 너무 길었어."

"그래. 그렇다고 무슨 희망이 보이는 것도 아니고 말야. 나야 논문 출판을 천직으로 알고 살아 왔지만, 만물박사에게는 공백 기간이 너무 길었어. 아마 앞으로는 지금보다 더하면 더했지 나아지지는 않을 거야. 인문과학이 설 자리를 잃고, 너도나도 돈만 밝히는 시대에 뭐가 되겠어?"

"우리 같은 사람은 머지않아 굶어 죽지 않을까 걱정이야. 아직 아이들은 어리고, 벌이는 없고……. 이 난관을 어떻게 헤쳐 나가야 할지 정말 잠이 안 온다니까. 설마 산 목구멍에 거미줄이야 치겠는가 생각하면서도 이만저만 불안한 것이 아니야."

"그렇겠지. 하지만 자포자기해서는 안 돼. 힘을 내야지. 그건 그렇고, 아마 지방 국립대학에 있는 조기성 교수를 기억할 거야."

"물론이지. 그 걸레를 기억하지 못한대서야 말이 되나. 그 버러지 같은 자식이 뭘 부탁해 온 모양이군?"

"그래. 어제 오후 퇴근 무렵 아무 예고도 없이 그 작자가 불쑥 찾아왔지 뭔가."

그랬다. 어제 오후 박 사장이 잔무를 마치고 마악 퇴근 준비를 하고 있을 때 출입문에서 노크 소리가 났다. 박 사장은 이 늦은 시간에 웬 손님인가 싶어 무심코 '네, 들어오세요.' 해 놓고는 문간을 바라보았다.

그때 천만뜻밖에도 출입문이 열리며 알록달록한 보따리를 든 조기성이 들어섰다. 정말이지 불청객 조기성이 다시 나타나리라고는 꿈에도 생각 못한 일이었다. 조기성이라면 일찍이 학문당 명의를 도용하여 제멋대로 논문집을 냈던, 그리하여 학문당 박 사장으로부터 혼뜨검이 났던 쓰레기 같은 인간이었다. 조기성이 박 사장에게 말했다.

"아이구, 박 사장님. 오랜만에 뵙겠습니다. 그동안 편안하셨습니까?"

"나야 잘 지냈소만, 전화도 없이 어쩐 일입니까?"

"당연히 사무실에 계실 줄 알고 이렇게 직접 찾아왔습니다. 하하하……."

조기성은 다분히 계략적인 너털웃음을 웃었다. 그 웃음의 끄트머리에는 당연히 여러 모로 난처한 제 입장을 희석시키면서 박 사장에게 보다 자연스럽게 접근하기 위한 음흉한 간계가 숨어 있었다. 박 사장이 말했다.

"어쨌든 좀 앉으시죠."

박 사장은 소파를 가리켰다. 그러자 조기성은 기다렸다는 듯 손에 들고 있던 보따리를 탁자 위에 얹어 놓고는 소파에 털썩 주저앉았다. 박 사장은 힐끗 보따리를 쳐다보았다. 조기성이 보따리를 들고 다니는 것은 아마도 버릇인 듯했다. 그는 지난번 말썽을 일으킬 때에도 묵직한, 그러면서도 알록달록한 보따리를 들고 왔었던 것이다. 조기성이 말했다.

"자주 찾아뵈어야 하는데 멀리 지방에 근무하다 보니 여의치 않습니다."

"오래전에 종강하고 지금은 방학 중일 텐데요……."

"방학이라 해도 행사다 뭐다 해서 사실은 학교를 떠나기가 쉽지 않습니다. 모처럼 시간을 내서 서울에 왔지요. 서울에 오자마자 만사 제쳐 놓고 이렇게 박 사장님부터 찾아뵙게 되었습니다."

조기성은 입술에 침도 바르지 않고 거짓말을 술술 늘어놓고 있었다. 정말이지 놈의 입에서 나오는 것이라곤 숨 쉬는 것 빼놓고는 전부 거짓말이라 해도 과언이 아니었다. 박 사장은 놈의 의표를 찌르고 기선을 제압하기 위하여 일부러 슬쩍 말머리를 돌리기로 했다. 그가 말했다.

"엊그제 정상태 교수가 다녀갔는데 그분은 별로 바쁘지 않은 것 같습디다만……."

그러면서 박 사장은 재빨리 조기성의 표정을 살폈다. 하지만 조기성은 얼마나 가죽이 두꺼운지 왼쪽 눈 하나 깜빡하지 않았다. 정상태 교수는 바로 조기성과 같은 대학에 근무하는, 누구보다도 조기성의 인간 됨됨이와 학교 안에서의 그의 위상을 가장 정확히 꿰뚫어 보는 인물이었다. 조기성이 말했다.

"정 교수야 학교에서 맡고 있는 보직이 없으니까 본래 개인 시간이 많은 편이죠. 저는 좀 다릅니다. 학교에서 이것저것 일을 얼마나 많이 맡기는지 방학 중이라 해도 눈코 뜰 새가 없었습니다."

박 사장은 목구멍까지 치밀어 올라오는 웃음을 참느라 여간 애를 먹은 것이 아니었다. 말이야 바로 하지만, 그 대학에서, 아니 학계 전체에서 정상태 교수와 조기성이 차지하는 역할과 비중은 비교할 수조차 없었다. 정상태 교수야말로 자타가 공인하는 실력파 학자인 반면, 조기성은 시중의 잡상인만도 못한 날라리에 지나지 않았다.

미국에 가 보지도 않고 미국의 모 대학 박사 학위를 소지한 조기성. 문제의 미국 모 대학은 미 연방 교육부에서 인가하지도 않은 사설 교육기관이었고, 조기성은 학위 취득 알선업자를 통해 박사 학위를 받았다. 그러니까 조기성이야말로 국제사기꾼인 셈이었다.

'캠퍼스 없는 대학총장'인 박 사장이 그것을 모를 리 없었다. 소싯적 이래로 헤아릴 수 없는 대학교수들만을 상대하며 논문 출판을 필생의 업으로 삼아온 박 사장이 그걸 모른대서야 말도 안 되는 노릇이었다. 그는, 어느 대학의 누가, 어디에서 무슨 논문을 발표했는지 손바닥 들여다보듯 훤히 꿰뚫고 있었다.

그뿐이 아니었다. 박 사장은 전국 대학교수들의 대부(代父)라 해도 과언이 아니었다. 그는 전국 각지의 대학에 근무하는 교수들의 고향·인맥·학맥·성향은 물론 개인적인 취미생활까지 줄줄이 꿰고 있었다. 똥차 앞에서 방귀를 뀌어도 분수가 있지, 박 사장 앞에서 그런 입에 발린 소리가 통할 리 만무했다. 박 사장이 말했다.

"국문학 쪽에서는 정상태 교수처럼 바쁜 사람도 없을 텐데요……."

"지금은 반드시 그렇지도 않아요. 과거에는 정 교수가 깃발을 날린 적도 있었지요. 하지만 이 근래 젊은 학자들이 등장하면서 판도가 많이 달라졌거든요."

또 거짓말이었다. 최근 젊은 학자들일수록 너 나 할 것 없이 정상태 교수의 인품과 학문적 업적을 높이 평가하였다. 그 반면, 젊고 실력 있는 학자들일수록 조기성 따위야 안중에도 두지 않았다. 아니, 그를 안중에 두기는커녕 강단에서 마땅히 도태되어야 할 대상으로 지목하고 있었다.

박 사장이 알기로도 조기성은 애당초 학계에 등장하지 말고, 차라리 사기꾼 집단에 들어갔어야 할 쓰레기에 지나지 않았다. 조기성이란 작자가 얼마나 더럽고 지저분한 위인인가는 지난번 학문당 명의 도용 사건이 웅변으로 입증해주고 있었다. 그때 박 사장이 너그럽게 용서했기에 망정이

158

지, 만일 그 사건이 법정으로 비화되었더라면 조기성은 이미 매장되었으리라.

박 사장은 그때 그 사건을 반추하면서 내심 조기성을 경계하지 않을 수 없었다. 그러나 조기성은 시종 음흉한 웃음을 흘리면서 씨도 먹히지 않을 개나발을 불고 있었다. 박 사장이 그에게 말했다.

"어쨌든 좋습니다. 이렇게 늦은 오후에 우리 학문당을 방문하신 용건이 뭡니까?"

"말씀드리지요. 허나, 그보다 앞서 사과부터 드리는 것이 도리라고 생각합니다. 지난번 학문당 명의를 도용한 것은 전적으로 잘못된 일이었습니다. 진심으로 사과드립니다. 저는 학문당이라는 출판사를 얼마나 동경해왔는지 모릅니다. 그래서 제 딴에는 꼭 학문당에서 논문집을 내고 싶었습니다. 하지만 사장님께서 제 원고를 돌려주시는 바람에 그만……."

"그렇다고 남의 출판사 명의를 도용한단 말입니까?"

"그러니까 그 문제부터 사과드립니다. 그때 사장님께서 보내신 내용증명 우편을 받고 곧바로 제 책을 모두 회수했습니다. 사장님께 너무 큰 누를 끼쳤지 뭡니까?"

"앞으로 그러한 일이 재발할 때에는 나도 더 이상 묵과할 수 없습니다. 조 선생은 최고의 지성으로 일컬어지는 대학교수 아닙니까? 그런 분이 어떻게 남의 출판사 명의를 도용하여 공공연히 책을 출판해 가지고 시중에 유통시킨단 말입니까? 그게 상식적으로 있을 수 있는 일입니까?"

"그러니까 두 번 세 번 거듭 사과부터 드리는 것입니다. 앞으로는 절대 그런 일이 없을 것입니다. 용서해주십시오."

"용서고 뭐고 지난 일은 그쯤에서 접기로 합시다. 나도 그때 일을 더 이상 생각하고 싶지 않습니다. 내가 만약 법적 조치를 취했다면 조 선생은 엄청난 타격을 받았을 겁니다. 하지만 우리 학문당의 대외적 위상도 있고 해서 그 정도 선에서 끝냈던 것입니다."

"잘 알고 있습니다. 죽었던 사람 살려 낸 셈 치고, 부디 제 소원 한 가지만 들어주십시오."

"뭡니까?"

"잘 아시리라 믿습니다. 제가 오죽하면 위법인 줄 알면서 박 사장님의 학문당 명의를 도용했겠습니까? 저는 한 권이라도 학문당에서 책을 내는 것이 소원입니다. 죽은 사람 소원도 들어준다는데 산 사람 소원 한 가지만 들어주십시오. 꼭 부탁드립니다."

조기성은 창자조차 없는 놈인 듯했다. 지난번 그렇게 혼뜨검이 났으면서도 다시 찾아와 애걸복걸하는 꼴이라니, 이따위 인간이 어떻게 국립대학의 교수가 되었는지 참으로 기가 막혀 뭐라 할 말이 없었다. 박 사장이 물었다.

"우리 학문당에서 책을 내는 것이 그렇게도 간절한 소원이란 말입니까?"

"그렇습니다. 돈은 얼마든지 드리겠습니다."

그 대목에 이르러 박 사장은 울컥 치밀어 오르는 욕지기를 참느라 진땀을 빼지 않을 수 없었다. 시거든 떫지나 말지, 놈이 재력을 가졌으면 얼마나 가졌다고 그따위 언설을 늘어놓는지 실로 어처구니가 없었다. 놈은 박 사장이 학문당의 모체인 여명인쇄사의 창업자이자 대주주라는 사실조차 모르는 모양이었다. 박 사장이 말했다.

"좋습니다. 긍정적으로 검토해 보지요. 우리 학문당에서 논문집을 내는 것이 그렇듯 간절한 소원이라니까 다시 한 번 생각해 보겠습니다. 다만,

한두 달 검토할 시간을 주셔야 합니다."

"그야 여부가 있겠습니까? 저는 박 사장님께서 그렇게 말씀해주시는 것만으로도 감지덕지할 따름입니다."

조기성은 이게 웬 횡재인가 싶어 크게 헤벌어진 입을 다물지 못하고 있었다. 그뿐 아니라 그는 희끗희끗한 머리칼이 부끄러울 정도로 굽실굽실하고 있었다. 그는 역시 어느 모로 보나 덜 떨어진, 치사하기 짝이 없는 놈이었다. 명색 국립대학 교수라는 작자가 제 뜻이 어느 정도 먹혀 들어간다 싶자 쓸개까지 까뒤집어 드러내 보이는 꼴이라니, 그야말로 가관이 아닐 수 없었다. 박 사장이 그에게 물었다.

"저 보따리가 원곱니까?"

"그렇습니다."

"놓고 가시오. 일단 검토한 뒤에 따로 연락드리겠습니다."

"감사합니다. 박 사장님, 어디 가서 식사라도 하시지요. 제가 꼭 저녁 한 끼 대접하고 싶습니다."

"괜찮습니다. 밖에 약속이 있어서 오늘은 이만 나가 봐야 합니다. 자, 그럼……."

조기성은 부득부득 저녁 식사를 하자고 졸랐지만, 박 사장은 그의 등을 떠밀다시피 돌려보냈다. 그러나 뒷맛은 영 개운치가 않았다. 조기성이 얼마나 더럽고 치사한 인간인지에 대해서는 진작부터 잘 알고 있었지만, 인간이 저렇게도 추잡해질 수 있는 존재인가를 되돌아볼 때 이만저만 불쾌한 것이 아니었다. 창틀 위에 놓여 있는 보따리를 가리키면서 승우가 박 사장에게 물었다.

"저 원고야?"

"응."

"저걸 날 보고 어쩌라는 거야?"

"가지고 가서 한 번 검토해 봐. 책을 낼 만한 값어치가 있는지……."

"허허허……. 조기성이 어떤 놈인지는 박 사장이 더 잘 알잖아? 그런 놈이 논문을 썼다 한들 무슨 쓸모가 있겠어? 과연 검토할 값어치나 있을까?"

"역시 만물박사다운 말이군. 하지만 인간이 너무 딱해서 어쩔 수가 없었어."

"어허, 오늘은 박 사장답지 않군. 학문당이 이제까지 쌓아온 명성이 있지 않은가. 만약 조기성 같은 놈의 책을 내는 날에는 그 명성에 대번 먹칠을 하게 될 거야. 아무 책이나 함부로 내는 게 아니래두……."

"그러니까 검토해 보라는 것 아닌가. 내가 만약 조기성을 믿었다면 즉석에서 책을 내겠다고 약속했을 걸세. 하지만 그놈이 어떤 놈인가. 만물박사가 잘 알다시피 국제사기꾼에 해당하는 엉터리 박사 아닌가. 내게도 생각이 있다네. 특별히 바쁜 일도 없다니까 가지고 가서 읽어 봐. 저엉 안 되겠다 싶으면 조기성을 불러다가 타협을 보는 수도 있지."

"타협이라니?"

"이 원고를 전면 폐기하고, 만물박사가 처음부터 논문을 다시 쓰는 거지. 말하자면 그놈에게 회심의 일격을 가하는 거야."

그 대목에 이르러 승우는 웃어야 할지 울어야 할지 실로 죽을 맛이 아닐 수 없었다. 조기성처럼 더러운 작자의 논문 원고를 가져다가 검토해야 한다는 사실이 너무 괴로웠기 때문이었다. 더욱이 학계에서 받고 있는 손가락질은 제쳐놓더라도, 지난번 학문당 명의도용 사건이 말해주듯 놈은 이미 구제 받지 못할 인간으로 낙착된 셈이었다. 승우가 말했다.

"그런 놈의 원고를 검토하라니, 박 사장은 도대체 무슨 생각을 가지고 있어?"

"악연도 인연은 인연이야. 놈과 나는 악연을 가지고 있지. 하지만 놈에게 개과천선할 기회를 준대서 나쁠 것도 없잖아?"

"부처님 같은 말씀만 하시는군."

사실 놈의 논문 원고는 보나마나 이미 결론이 나 있다 해도 과언이 아니었다. 학위 취득 알선업자를 통해 인가도 나지 않은 사설 교육기관에서 학위를 받은 엉터리 박사의 논문 원고라면 더는 검증할 필요도 없지 않은가. 마땅히 이 사회에서 퇴출되었어야 할 썩은 인간. 승우가 지난 세월 아무리 남의 논문만 대필하여 호구를 이어왔다 하지만, 정말이지 그런 놈의 원고라면 손대고 싶지 않았다. 박 사장이 말했다.

"허허, 나도 만물박사의 그 심정 다 알아. 인간적으로 보면 그놈이 미워. 하지만 넓게 보자면 조기성도 우리 고객이야. 그 사람이 강단에서 우리 회사 책으로 강의를 하고 있단 말일세."

"박 사장이 그렇게 말한다면 나로서는 할 말이 없군. 하지만 학문당의 역사와 전통을 위해서라도 옥석은 가려야 할 것 아닌가."

"그야 당연하지."

"그런 생각을 가진 박 사장이 어떻게 조기성의 원고를 덥석 맡아 놓았는지 정말 알다가도 모르겠다니까."

"만물박사. 내게도 다 생각이 있다네. 만물박사 입장에서는 조기성 같은 작자의 원고에 손을 댄다는 자체가 무척 거북하겠지. 하지만……."

"거북한 정도가 아니야. 속이 얼마나 뒤틀리는지 먹은 것까지 다 넘어올 지경이야. 그런 놈은 지난번에 걸려들었을 때 법으로 응징했어야 하는 건데 그만……. 그런 놈들 때문에 우리나라가 이 모양이야. 그런 엉터리들이 도처에 널려 있으니까 자연의 섭리를 거스르는 환경문제를 비롯하여 온갖 부정과 비리가 판을 치는 것 아니겠어? 그런 놈들을 모조리 축출해야 해."

"내가 볼 때에는 조기성에게도 순수한 면이 있더군."

"순수한 면?"

"그 봉변을 당하고서도 버젓이 낯 들고 우리 출판사에 원고를 가져왔다면 여러 가지로 생각해 볼 수 있겠지."

"그건 인간도 아니야."

"그렇지. 그렇게 생각할 수도 있지. 그 반면, 그동안 우리 학문당을 죽도록 숭앙해 왔다는 뜻도 되잖아? 나는 좀 더 대범하게 생각하고 싶었어. 물론 조기성을 만나 상담할 때에는 전혀 그런 내색을 하지 않았지. 내가 볼때에도 조기성은 어느 모로 보나 함량 미달이야. 아직도 그 생각에는 변함이 없어. 내 심정을 사실 그대로 말하자면 그런 놈과는 두 번 다시 상종하기도 싫어. 내가 만물박사의 깊은 뜻을 어찌 모르겠는가. 마음에 내키지 않는 일인 줄 알지만 수고 좀 해주게나."

"혹시 말이야……."

승우는 혀끝까지 묻어 올라왔던 말을 꼴깍 집어삼켰다. 마음 같아서는 박 사장을 향해 맹공을 퍼붓고 싶었다. 하지만 이제까지 한솥밥을 먹어온 인간의 정리로서 차마 그럴 수는 없었다. 박 사장이 말했다.

"내게 하고 싶은 말이 많겠지. 하지만 참아주게. 만물박사가 알다시피 우리 학문당의 권위는 아무도 부정할 수가 없어. 설사 조기성 같은 사람의 책을 한 권쯤 낸다고 해서 지난 수십 년 간 쌓아온 권위가 속절없이 추락하지는 않을 걸세. 더군다나 인간이 인간을 아끼고 사랑하지 않으면 그 어

164

떤 존재가 인간을 아끼고 사랑하겠나."

그 순간, 승우는 극심한 혼란에 빠지고 말았다. 박 사장의 도량이 헤아릴 수 없을 만큼 넓은 것인지, 아니면 돈이 될 만한 일이면 무엇이든 하겠다는 뜻인지, 도대체 뭐가 뭔지 납득할 수가 없었다. 승우가 말했다.

"내게도 생각할 기회를 주게. 박 사장이 알다시피 나는 그동안 남의 논문을 대필한답시고 배를 너무 곯았네. 아니, 나뿐만 아니라 식솔들까지 배를 곯렸어. 직업도 아닌 직업……. 얼굴도 이름도 없이 살아온 세월……. 남의 원고를 대필하느라 쏟아낸 코피만 해도 한두 사발이 아닐세. 이제 조기성 같은 작자의 뒷구멍까지 빨아줘야 할 처지에 이르고 보니, 정말 뒷골에서 쥐가 날 지경이군. 그런 천하의 국제사기꾼 놈을 위해 내 능력을 쏟아 붓지 않으면 안 된다는 사실이 정말 괴롭군. 이것이 바로 천민자본주의의 현실이란 말인가."

승우는 차라리 울고 싶었다. 그렇다고 다른 사람도 아닌 박 사장의 결정인지라 일언지하에 거절하거나 몸을 뺄 수 있는 상황도 아니었다. 그야말로 진퇴양난 그 자체라고 말할 수밖에 없었다. 박 사장이 말했다.

"여보게. 너무 괴로워하지 말게. 만물박사가 국제사기꾼의 논문을 대필해준다고 해서 만물박사까지 국제사기꾼이 되는 것은 아니야. 내겐들 왜 갈등이 없겠나. 용기를 내게나. 나 자신 조기성의 책을 내서 돈을 벌겠다는 것이 아닐세. 터놓고 말해서 조기성의 책을 내서 팔아본다 한들 돈이 들어오면 얼마나 들어오겠는가. 그보다는 가식이든 진실이든 일단 머리를 조아리고 들어온 사람에게 기회를 주자는 의미가 더 크다고 하겠지. 이번 일을 계기로 조기성이 새로운 인간으로 거듭날 수만 있다면 그것도 좋은 일 아닌가. 만약 조기성이 앞으로도 달라지지 않는다면 나도 생각을 고쳐

먹겠네. 부디 날 도와주게."

그 대목에 이르러 승우는 슬그머니 마음이 약해지고 있었다. 박 사장의 그 말 어딘가에는 분명 지난날 엄청난 잘못을 저지르고 다닌 조기성을 용서하고 포용하려는 의지가 깃들어 있기 때문이었다. 승우가 무겁게 입을 열었다.

"알겠네. 박 사장 결정에 내가 어찌 반기를 들겠나. 다만, 나도 박 사장 못지않게 학문당을 아낀다는 사실을 기억해주게."

"그야 물론이지. 자, 저 원고 보따리는 나중에 가져가기로 하고, 우선 어디 가서 점심 식사부터 하지."

박 사장은 승우를 잡아끌었고, 그들은 학문당 사무실을 벗어나 거리로 나왔다. 비는 여전히 세차게 쏟아지고 있었다. 그들은 그런 소나기를 헤치며 지난번에 갔었던, 마당에 강아지풀이 무성하게 자라난 국밥집으로 들어섰다. 비가 억수로 쏟아지는 탓일까, 언제나 문전성시를 이루었던 국밥집은 그러나 다른 날보다 훨씬 한산한 편이었다.

그들은 대청에 자리를 잡고 국밥 두 그릇을 주문했는데, 승우는 이래저래 착잡한 심정을 달래며 마당으로 눈길을 던졌다. 아니나 다를까, 강아지풀은 지난번보다 훨씬 더 무성하게 자라나 있었고, 이웃에서 담장을 타고 기어 올라와 늘어진 호박 넝쿨에는 소담스런 호박꽃 몇 송이가 단비를 머금고 활짝 피어나 있었다. 군데군데 암꽃에는 역시 앙증스런 애호박이 예쁘게 달려 있었다. 《PEN문학》 2006년 여름호)

은행나무

여전히 비가 내리고 있었다. 좌악좌악 쏟아지는 장대 같은 소나기. 거짓말 좀 보태서 말하자면 주먹만 한 빗방울이 그야말로 앞을 내다볼 수 없을 만큼 쏟아지고 있었다. 마치 뻥 뚫린 하늘에서 물동이로 들이붓는 듯한 폭우가 좀처럼 그칠 기미를 보이지 않고 있었다.

언제나 그랬듯 국밥은 맛이 있었다. 승우는 맛있는 국밥을 먹으면서도 영 께름칙해서 견딜 수가 없었다. 국밥이 불결해서가 아니라, 더럽고 치사한 조기성 때문이었다. 박 사장은 놈을 용서하자고 말했지만, 그러나 그 더러운 놈이 끼적거린 논문에 손댈 일을 생각하면 여간 착잡한 것이 아니었다. 속을 부글부글 끓이면서 국밥을 입으로 떠 넣다 말고 승우가 말했다.

"이건 순수한 농담인데…… 조기성한테 돈은 얼마 받기로 했어?"

"돈은 무슨 돈. 자기 말로는 책만 내줄 경우 돈이야 얼마든지 내겠다구 하더군. 속으로 웃고 말았지. 재력이 있으면 얼마나 있다고 그따위 소릴

하는지 정말 한심하더라니까."

"박 사장도 그렇지, 그렇게 한심한 사람 책을 내서 어쩌겠다는 거야?"

"내게도 다 생각이 있어."

"무슨 생각?"

"한 번만 더 기회를 주자는 거라니까."

"박 사장이 기회를 준다고 해서 그놈이 변할 것 같아. 걸레는 빨아도 걸레, 똥물은 끓여도 똥물일 뿐이야. 걸레는 빨아도 행주가 될 수 없고, 똥물은 아무리 끓여도 청정수가 될 수가 없지. 그놈은 남의 논문을 상습적으로 표절한 놈이 아니던가. 더군다나 말도 되지 않는 엉터리 논문집을 내면서 학문당 명의를 도용해 먹은 놈이구. 그런 놈이 여지껏 대학 강단에 발을 붙이고 있다는 것이 우스워. 그놈은 진작 빵간에 들어갔어야 하는데 참, 나……."

"그건 나도 알고 있어."

"역사와 전통을 자랑하는 학문당에서 그렇게 부도덕한 놈의 책을 낸단 말인가. 그놈은 바로 학문당 명의를 도용한 도둑놈이야. 도둑놈도 보통 도둑놈이 아니라니까. 나는 박 사장의 인품과 양식을 믿고 있어. 그렇건만 그런 놈의 책을 내다니……."

"허허허……. 만물박사, 너무 노여워하지 마시게. 내게도 다 깊은 뜻이 있으니까."

"깊은 뜻?"

"두고 보면 알 걸세. 내가 누군가. 내가 만물박사에 대해 잘 알듯 만물박사가 나를 잘 알지 않는가. 지금까지 살아오면서 아직도 내가 어떤 사람인가를 파악하지 못했단 말인가."

"글쎄, 나도 박 사장에 대해 알 만큼 안다고 자부하며 살아왔는데 이번 결정은 아무래도 잘못된 것 같네. 학문당에서 조기성의 책을 내는 날에는 지금까지 쌓아 온 역사와 전통에 큰 먹칠을 하게 될 걸세. 더군다나 날 보고 그 자식 논문을 전면적으로 손질해 보라구? 타협도 할 게 따로 있지 그것만은 못하겠네."

승우는 단호했다. 하지만 박 사장은 도리어 너털웃음을 터뜨렸다.

"허허허……. 역시 만물박사다운 말이군. 그래. 지금까지는 만물박사 생각이 다 맞아. 하지만 나는 그 이상의 부가가치를 생각하고 있다네."

"부가가치?"

"나는 소싯적 이래로 오로지 출판 외길을 걸어 왔네. 그것도 일구월심 논문집만 만들어 왔지. 그런 점에서 나도 출판 사업을 통해서 우리나라 학문 발전에 이바지해 온 사람일세. 만물박사가 내게 뭐랬나. '캠퍼스 없는 대학 총장'이라고 했잖아. 우리 학문당은 캠퍼스만 갖지 않았을 뿐 출판을 통해서 우리나라 학문 발전에 기여해 왔어. 석사다, 박사다…… 학위를 가졌다는 사람, 대학교수라는 사람치고 우리 회사 책을 읽지 않은 사람은 없을 거야. 아니, 전·현직을 막론하고 총장이다 학장이다 하는 사람들 거의 모두가 우리 회사 책을 읽었어. 어디 그뿐인가. 만약 우리 회사에서 내준 논문집으로 출세한 사람도 한둘이 아니야. 내게도 누구 못지않은 자존심이 있다 이거지. 아까 사무실에서 조기성의 원고 보따리를 봤잖아. 멀리 지방에서 직접 그 보따리를 싸들고 왔는데, 그냥 돌려세울 수가 없었어. 지금까지 그놈이 저지른 행위로 봐서는 아가리에 똥이라도 퍼 넣고 싶은 심정이었지만 명색 사업을 하는 사람으로서 차마 그럴 수는 없지 않은가. 그래, 검토해 보겠다고 한 것뿐이야. 부탁하네. 큰 부담 느끼지 말고 검토부터 해 보게. 혹시 아나? 지난번 논문 표절 사건으로 혼쭐난 이후 개과천선이라도 했다면 그것 또한 바람직한 일 아니겠나."

"개과천선? 천만의 말씀이지. 그놈은 절대로 반성하거나 뉘우칠 놈이 아니야."

승우는 단호히 말했다. 그동안 헤아릴 수 없이 많은 논문들을 대필해 오면서 웬만한 학자들의 역량을 알 만큼 알고 있기 때문이었다. 다른 학자들의 논문에서는 뭔가 건질 만한 것이 있었지만, 조기성의 논문은 무명의 수필가들이 괴발개발 쓴 잡문이나 신변잡기보다 별로 나을 것이 없었다. 바로 그것이 조기성의 한계라고 말할 수 있었다. 명색이 국립대 교수라면 최소한의 기본이라도 갖춰져 있어야 할진대 놈의 논문이라는 것을 읽다 보면 이런 작자가 어떻게 대학교수가 되었는지 도저히 뿌리칠 수 없는 의구심만 증폭되었다. 박 사장이 말했다.

"여보게, 만물박사. 이 세상에는 조기성이 아니라도 그와 유사한 가짜가 얼마나 많은지 잘 알잖아?"

"그거야 어제오늘의 문제가 아니지."

"바로 그거야. 나 자신 그동안 조기성이 저지른 처신을 생각할라치면 닭살이 돋을 지경이야. 대학 사회의 비리를 말하자면 한도 없고 끝도 없어. 돈으로 팔고 사는 가짜 학위, 논문 표절, 대학교수 임용 비리……. 어떻게 보면 조기성이야말로 그런 비리의 총화라고 말할 수 있겠지. 자, 우리 이제 그만 다시 사무실로 들어갈까."

식사를 마치고, 그들은 국밥집을 나와 소나기를 헤치며 다시 학문당 사무실로 자리를 옮겼다. 모처럼 맛있는 국밥을 먹기는 했으나 승우는 조기성 문제로 여간 찝찝한 것이 아니었다. 소파에 앉으면서 승우가 말했다.

"덕택에 아주 잘 먹었어."

"뭘⋯⋯. 그건 그렇고 점심을 먹었으니까 커피 한 잔 해야겠지."

그러면서 박 사장은 다시 손수 커피를 타 왔다. 그동안 돈도 벌 만큼 벌었겠다, 명성도 얻을 만큼 얻었겠다, 나이도 먹을 만큼 먹은 사람이 검소하게 사는 것을 보면 박 사장이야말로 참 나무랄 데 없는 사람이었다. 승우가 책상 위에 놓여 있는 조기성의 원고 보따리를 턱짓으로 가리키면서 말했다.

"박 사장. 아무래도 저게 마음에 걸려."

"대범하게 생각해. 내가 왜 저 원고를 받아 놓았는지 알게 될 때가 있을 거야."

"난 도무지 이해할 수가 없어. 그 더러운 놈의 원고를 내 손으로 주물러야 한다는 것이 죽기보다 더 괴로워."

"하하하⋯⋯. 그렇겠지. 나 자신도 조기성이 저 원고를 싸들고 불쑥 나타났을 때 별 생각이 다 들더군. 그 더러운 놈이 무슨 낯으로 원고를 싸들고 왔을까. 최소한의 양심이라도 있는 놈이라면 근처까지 왔다가도 꽁무니를 빼고 피해 가야 할 텐데 말야. 이거 봐, 만물박사. 내게도 다 계획이 있으니까 큰맘 먹고 원고를 검토해 보라구."

"그거야 보나 마나 아닌가. 인간 같지 않은 놈, 아니 하등동물보다도 못한 놈이 글을 썼으면 얼마나 주접을 떨었겠나. 뻔할 '뻔' 자라니까. 집어치워. 아무리 회사 경영이 어렵기로서니 그따위 버러지만도 못한 놈의 원고를 출판할 수야 없지 않은가."

"어허, 만물박사는 하나만 알았지 둘을 모르는군. 만약 조기성의 책이 우리 학문당에서 나왔다고 생각해 보게. 그 뒤에 어떤 일들이 생기겠나.

나는 지금 그것까지 생각하고 있는 거야. 그 이후에 올 파장…… 물론 우리 학문당에도 비난이 쏟아지겠지. 하지만 학문당에서 나온 책이니 만큼 적지 않은 사람들이 관심을 갖고 보게 되겠지. 그렇게 되면 조기성을 공격하는 사람도 생겨날 거란 말일세. 모르긴 해도 그동안 우리 학문당에서 책을 낸 학자들이 가만있지 않을 거야. 그렇게 되면 너도나도 조기성을 집중적으로 공격하겠지. 지금 조기성을 죽이려고 벼르는 사람은 한둘이 아니야. 그 사람들이 우우 덤벼들면 조기성은 코너로 몰리게 돼 있어. 그뿐이 아니야. 내친 김에 조기성의 자질을 검증하자는 주장이 빗발칠 거란 말일세. 그렇게 되면 조기성은 설 자리를 잃게 돼. 나 자신, 조기성 같은 인간은 우리 사회에서 매장돼야 한다고 믿는 사람이야. 그렇다면 그로 하여금 지뢰밭에 들어갈 기회를 만들어줄 필요가 있잖아. 우리 학문당에서 책을 내는 순간, 조기성은 어떤 형태로든 몰매를 맞게 돼 있어. 내가 조기성의 입지를 강화시켜주기 위해서 원고를 받아 놓은 줄 아는가. 천만의 말씀이지. 이번 기회에 조기성을 아주 매장시키자는 뜻일세. 나도 얼마간 손해를 보는 일이지만, 내가 보는 손해보다 사회가 얻는 이익이 더 크다면 나는 얼마든지 그 손실을 감수할 수 있다네."

그는 비장한 어조로 말했다. 사실 둘째가라면 서러워할 정도로 강직한 박 사장이 조기성의 원고를 맡아 놓았다면 그의 말대로 거기에는 뭔가 깊은 뜻이 있는 듯했다. 승우는 이제 그런 박 사장의 내면을 어느 정도 이해할 수 있을 것 같았다. 승우가 커피 한 모금을 마시고 나서 말했다.

"아, 정말 괴롭군."

"조기성에 대해서는 만물박사보다 내가 더 잘 알아. 조기성은 주기범과 같은 계통이야."

"주기범?"

"그래. 얼마 전 제자를 농락했다가 구속된 놈 말야. 아주 더러운 놈이지. 전두환 정권 때 관변 단체에 기웃거리다가 지방대학 교수가 되었던 놈이잖아. 실력도 없는 놈이 대학교수랍시고 온갖 추태를 연출하고 다니더니만 결국 제자를 농락하다가 덜미를 잡혔지. 지금쯤 빵간에서 고생깨나 하고 있겠지. 지저분한 자식 같으니라구……. 아무리 여자를 밝히기로서니 그래 제자를 건드려? 따지고 보면 조기성도 그런 부류라니까. 실력은 개뿔도 없으면서 허욕만 많아 가지고 여기저기 사고만 치고 다닌단 말야. 아마 우리 출판사에서 조기성 책을 발간하면 정상태 교수부터 가만있지 않을 거야."

"하긴……."

정상태 교수는 바로 조기성이 근무하는 대학의 터줏대감 같은 인물이었다. 그는 인품과 실력으로 학계에서 널리 알려진 인물이었다. 정상태 교수는 조기성의 인간 됨됨이에 대해 누구보다도 잘 알고 있었다. 그는 오죽하면 조기성과 같은 학교에 근무하는 것을 수치로 알고 있었다. 조기성은 어느 날 갑자기 낙하산을 타고 대학에 내려왔고, 정상태 교수는 조기성에 대해 '조' 자도 알지 못하는 가운데 어느 날 갑자기 그놈과 한솥밥을 먹게 되었다.

그 후 정상태 교수는 조기성이라면 혀를 내두르곤 하였다. 표면상으로는 같은 대학의 동료 교수였지만, 함량 미달의 조기성이 대학의 명예와 자존심에 먹칠을 하고 다닌 때문이었다. 오죽하면 정상태 교수는 일찍부터 조기성의 존재 그 자체를 원천적으로 부정했다. 그리고 박 사장은 그런 정상태 교수를 통해서 조기성의 비리를 낱낱이 알고 있었다. 박 사상이 승우에게 말했다.

"조기성은 처음부터 가짜야. 석사학위도 가짜, 박사 학위도 가짜, 교수 임용도 가짜, 그동안 써낸 논문도 가짜, 학생들 가르친 것도 가짜⋯⋯. 말 하자면 가짜로 시작해서 가짜로 끝나는 위인이지. 그러니까 총체적 가짜 인 셈이라고나 할까. 내가 그런 놈의 책을 내려고 하는 데에는 깊은 뜻이 있단 말이야. 아직도 내 뜻 이해 못하겠나."

"글쎄, 아직은 잘⋯⋯."

"두고 보게. 우리 학문당에서 조기성의 책이 나왔다 하면 그 파장이 만 만치 않을 걸세. 난 지금 그걸 염두에 두고 있는 거야. 이를테면 대학 사회 개혁의 도화선에 불을 댕기려는 거야. 어떤가. 지금쯤이면 대학 사회가 한 바탕 뒤집어져야 하는 것 아냐?"

"그야 누말하면 잔소리지."

"바로 그거야. 썩을 대로 썩은 대학 사회⋯⋯. 지금쯤은 발칵 뒤집어져 야 해. 만물박사가 잘 알다시피 우리는 공부를 하고 싶어도 가정 형편 때문 에 푸른 꿈을 접어야 했어. 그 반면, 부모 잘 만나 부유한 가정에서 자란 놈 들은 머리가 아무리 나빠도 대학에다 대학원까지 나와서 출세 가도를 달 렸단 말야. 도대체 학력이라는 게 뭐야. 대갈통에 든 것도 없는 놈들이 졸 업장만으로 행세하는 사회⋯⋯. 그것도 제대로 된 졸업장이면 누가 뭐래? 돈 주고 산 졸업장은 두말할 나위도 없거니와 가짜 논문으로 학위를 받 은 놈들, 권력의 비호를 받아 낙하산 타고 대학 사회에 착지한 놈들⋯⋯. 조기성도 그중의 한 놈이야. 그 자식도 권력 근처에서 얼쩡거리고 다니다 가 교수 자리를 얻었거든. 그런 놈은 마땅히 우리 사회에서 축출돼야 해."

"그렇게 잘 알면서 어떻게 그놈 논문을 내겠다는 거야? 정말 박 사장은 속도 없나 봐?"

"몇 번이나 말해야 알겠나. 우리 학문당에서 그놈 책을 내면 좋은 일이 생긴다니까 그러네. 학문당에서 그놈 책이 발간되는 순간 조기성이 동네 북처럼 얻어터질 거란 말일세. 즉, 조기성의 책이 시중에 나가는 순간, 그놈을 논박하는 책들이 쏟아져 나올 거란 말일세. 그렇게 되면 대학 사회 전체가 뜨겁게 달아오를 것 아니겠나. 그걸 기대하는 거지. 나도 더 이상은 설명하고 싶지 않네. 어때? 그래도 내 뜻을 이해하지 못하겠나?"

"그렇다면 굳이 내가 그놈의 원고를 검토하고 자시고 할 필요도 없지 않은가. 그대로 내라구. 그래야만 박 사장의 뜻이 제대로 먹힐 것 아닌가."

"그럴 수도 있지. 하지만 만물박사가 먼저 충분히 검토해 두는 것이 좋다고 생각해. 왜 그럴까 궁금하겠지? 그건 조기성이 코너에 몰리는 순간 다른 논문 원고들이 들어올 것에 대비한 고도의 대안이라고 말할 수 있을 거야. 예로부터 지피지기(知彼知己)면 백전불태(百戰不殆)라 했어. 조기성의 약점을 먼저 알아 놓고 우리의 작전을 시작하는 거야. 말하자면 조기성의 약점을 우리가 먼저 충분히 알아 놓자는 거지."

"어허, 정말 뭐가 뭔지 모르겠군. 아까 식사 전에는 박 사장이 뭐라고 했어? 조기성의 원고를 검토해 보고 글이 안 되거들랑 그놈을 불러다 타협해 보겠다고 했잖아? 박 사장 말도 앞뒤가 맞지 않는군. 내가 아는 박 사장은 본래 그런 사람이 아니었는데 왜 그렇게 앞뒤가 헷갈리는지 모르겠네."

"어이, 만물박사. 뭔가 단단히 오해를 하는 것 같군. 내가 그 말을 한 것은 제로베이스에서 만물박사 마음대로 생각해 보라는 뜻이었어. 만약 조기성의 원고를 검토해 보고 손질할 값어치가 있다고 생각되면 손질을 하고, 그렇지 않으면 그대로 가져와도 좋다는 뜻이었어."

"박 사장. 혹시 박 사장이 편의적으로 말을 바꾸는 것은 아니겠지?"

승우는 독한 마음으로 박 사장을 압박했다. 오랜 친구로서 상대방을 의심한다는 것은 괴로운 일이었다. 하지만 지금까지 박 사장이 내뱉은 말을 종합해 보건대 어딘지 앞뒤가 잘 안 맞는 것 같았다.

"천만에. 우리가 누군가. 내가 조기성의 책을 내서 무슨 이익을 보겠나. 나는 만물박사의 판단에 맡기려고 전권을 부여하고 싶었던 것뿐이야. 나는 만물박사보다 조기성에 대해 더 잘 알고 있잖아? 다시 한 번 내 뜻을 정리해 보겠네. 만약 저 원고를 검토한 뒤 손질할 가치가 있다고 판단되면 전면적으로 손질해. 그때는 내가 조기성을 불러 적절한 대가를 요구하겠네. 그렇지 않을 경우 그냥 내용만 숙지해 두었다가 조기성이 집중적으로 공격당하기 시작하면 제2, 제3의 논문자료로 마음껏 활용하란 말일세. 그래도 내 말뜻을 이해하지 못하겠나."

박 사장은 승우를 설득하기 위해 진땀을 빼고 있었다. 그의 내면에는 복잡한 계산이 있었고, 그것을 일일이 말로 설명하기가 쉽지 않았다. 그 반면, 승우 입장에서는 박 사장이 뭔가 판단을 잘못하고 있는 것 같아 여간 답답한 것이 아니었다. 승우가 말했다.

"정말 복잡하군. 난 아직도 뭐가 뭔지 잘 모르겠네."

"만물박사가 그렇게 얘기하면 나야말로 너무 난처하네. 내 설명이 너무 엉성했던 모양이군. 다시 부탁하네. 조기성의 원고를 가져다가 한 번 잘 검토해 주게. 책을 내느냐, 마느냐, 그건 내게 맡기구. 저엉 자존심 상해 마음에 내키지 않으면 검토고 뭐고 다 그만두고…… 처음부터 없었던 일로 하면 되지 뭐. 이까짓 일로 해서 우리가 피차 낯을 붉힐 필요는 없지 않은가."

승우는 더는 할 말이 없었다. 박 사장으로 말하자면 이 세상에 둘도 없는 친구 중의 친구였다. 승우와 박 사장은 그동안 인간적 신의를 바탕으로 생사고락을 같이 했다 해도 과언이 아니었다. 박 사장은 지난 세월 승우의 삶을 지탱케 해준 가장 든든한 버팀목이었고, 승우는 승우대로 논문 대필을 통해 학문당을 오늘날의 위치까지 일으켜 세우는 데 모든 힘을 쏟아 부었다. 굳이 말하자면 두 사람은 자본과 실력으로 결합한 상생의 동업자인 셈이었다. 그런 점에서 두 사람의 관계는 불가분의 관계라고 말할 수밖에 없었다. 따라서 하찮다면 하찮은 이번 일로 피차 날을 세우고 감정을 다친다는 것은 있을 수 없는 일이었다. 승우가 말했다.

"박 사장. 내가 박 사장의 깊은 뜻을 헤아리지 못한 것 같군. 박 사장 일이라면 무엇이든지 했어야 하는데, 괜히 토를 달고 잔소리를 늘어놓아 미안하네."

승우는 본의 아니게 박 사장의 마음에 적지 않은 상처를 준 것 같아 슬쩍 한 걸음 뒤로 물러섰다. 그러자 박 사장도 정색을 하고 자세를 고쳐 앉았다.

"만물박사. 내가 도리어 미안하군. 만물박사의 성품을 잘 알면서 너무 무리한 부탁을 한 것 같아. 조기성과 관련된 일이라면 차라리 다른 사람에게 부탁했어야 하는 건데……."

"아니야. 사실은 이렇게 복잡한 일일수록 내가 손을 대야지. 염려하지 말게. 쇠뿔도 단김에 빼랬다고, 내가 당장 조기성의 원고를 가져다가 검토해 보고 그 결과를 말해주겠네."

"고마워. 꼭 그렇게 해주게. 그다음 일은 내게 맡겨주고 말이야."

박 사장은 승우의 손을 꼭 잡았다. 그의 손바닥에는 끈끈이 같은 땀이 묻어나 있었다. 창밖에는 어느 사이엔가 소나기가 꺼끔해져 있었다. 커피를 다 마신 승우가 자리에서 일어나 조기성의 원고 보따리를 들면서 말했다.

"그럼 난 원고 가지고 이만 일어나겠네."

"그렇게 해. 내 말대로 하면 반드시 좋은 일이 있을 거야."

박 사장은 활짝 웃으면서 말했고, 승우는 학문당을 나와 곧장 버스정류장으로 향했다. 잠시 후 그는 월명동으로 가는 버스에 올라 하염없이 창밖을 내다보았다. 생각하기에 따라서는 이번에야말로 조기성 같은 썩은 무리를 뿌리 뽑을 수 있는 절호의 기회라는 판단이 들기도 하였다. 만약 조기성의 논문집이 출판된 이후 정의로운 학자들이 벌 떼처럼 달려들기만 한다면 조기성이야말로 하루살이처럼 죽어 없어지겠지.

승우는 그런 생각을 하면서 동네 버스정류장에 내렸고, 푹푹 빠지는 골목길로 해서 광동주택 마당으로 들어섰다. 여기저기 페인트칠까지 거의 다 허물어져 가는 광동주택 담장 곁에는 언제나 그랬던 것처럼 은행나무 한 그루가 서 있었다. 은행나무 잎에는 아직도 송알송알 빗물이 묻어나 있었다.

광동주택이 처음 들어설 때 누군가가 곧게 자란 묘목을 심었지만, 은행나무는 언제부턴가 인간들의 등쌀에 삐뚜름하게 휜 채 거의 만신창이가 되어 있었다. 동네 아이들이 걷어차는 공에 얻어맞고, 자전거에 긁히고, 자동차에 받혀서 몸집은 한 군데도 성한 데가 없는 은행나무. 그러나 은행나무는 목숨을 부지하기 위해 그런 만고풍상을 견디며 끈질기게 버티고 서 있었다.

하긴 승우 자신의 몸뚱이도 언제부턴가 어디 한 군데 성한 데가 없었다. 더욱이 그는 이 근래 목 디스크로 이만저만 고생하는 것이 아니었다. 지난

봄부터 자고 일어나면 두 팔이 쩌릿쩌릿 저려왔고, 때로는 손이 부들부들 떨리기도 하면서 목이 뻣뻣하였다. 더군다나 이 근래에는 목이 너무 아파 잠조차 제대로 잘 수 없는 형편이어서 여간 괴로운 것이 아니었다.

그는 일찍이 여러 사람에게 목 디스크의 발병과 증상에 관한 연구를 주제로 숱한 논문을 대필했다. 물론 그 내용은 각기 달랐지만, 어쨌든 물주들이 가져온 기초 자료와 여러 참고 문헌을 통해서 그런 논문을 대필해 주었다.

그중에는 현재 의학계에서 최고의 명성을 떨치고 있는 H와 강남에서 정형외과를 개업하고 있는 S원장의 박사 학위 논문도 포함돼 있었다. 그들은 바로 승우가 대필해준 논문으로 박사 학위를 받아 떵떵거리며 살아가고 있었다. 특히 S의 박사 학위 논문 주제는 「목 디스크의 발생 원인 분석과 효과적인 물리치료에 관한 연구」였다.

하지만 승우는 이론적인 논문을 써내는 사람일 뿐 환자를 치료하는 의사가 아니었다. 그로서는 자신의 병을 자체적으로 치료할 방법이 없었다. 은행나무가 아무리 만신창이가 되어도 자력으로 그 자리를 벗어날 수 없는 것처럼 승우 역시 지금까지 굶주림에 곯고 중노동에 곯고 곯을 대로 곯아 아예 골병이 들었어도 그냥 꾹 참고 견딜 수밖에 없었다.

손에 가진 것이나 있다면 병원에 가서 진찰과 본격적인 치료를 받을 수 있겠지만 당장 굶어 죽게 된 이 마당에서는 병원이고 뭐고 그림의 떡일 뿐 감히 엄두가 나지 않았다. 아니, 괜히 병원에 갔다가 여기저기 들썩거려 도리어 지금까지 모르고 지냈던 새로운 병이 이것저것 불거져 나올까 봐 그것이 더 걱정스러울 따름이었다.

승우는 문득 고향의 은행나무를 생각했다. 몽매에도 잊지 못할 안장말의 은행나무. 그가 초등학교 다닐 때, 정부는 해마다 사방공사를 벌였다. 봄·가을로 벌이던 사방공사. 봄에는 민둥산에 풀씨를 뿌리거나 나무를 심었고, 농번기가 지난 늦가을부터 혹한기 이전까지는 여름장마에 산자락이 뭉개지고 떨어져 나가 사태 난 곳을 복구하는 작업이었다. 전국 어디를 가나 산림녹화가 당면한 시대적 요청이었고, 군청에서 산림계 직원이 소위 나무 조사를 나왔다 하면 벌벌 기던 시절이었다. 그의 고향 안장말에서는 어른이나 애를 가릴 것 없이 땔감을 그냥 나무라 불렀고, 나무 조사라고 하면 구체적으로 말해서 땔나무 조사, 즉 땔감 조사를 의미했다.

당시 사방공사는 사방사업소에서 농한기를 이용해 유급으로 인부를 동원해 작업을 벌이기도 했지만 한 해에 한두 차례씩 주민들에게 의무적으로 부역(賦役)을 시키기도 했다. 초등학교 3, 4학년 때부터 고등학교를 졸업할 때까지 승우도 거의 매년 부모님 대신 사방공사에 부역을 나가곤 했다.

특히 식목일을 전후해서 나무를 심을 때에는 면내 각 마을마다 할당된 구역이 있었다. 안장말 사람들은 대개 안장봉으로 동원되었지만 어쨌든 승우는 어른들과 함께 산에 가서 삽과 괭이로 구덩이를 파고 감독차 나온 공무원들이 공급해주는 소나무 등 어린 묘목을 심었다.

땔감과 나무. 그의 고향에서 말하는 나무란 곧 땔나무를 의미했다. 나무하는 사람을 나무꾼이라 불렀던 현실을 돌아본다면 땔나무를 줄여서 그냥 나무라 한들 크게 어색할 것이 없었다. 너도나도 땔감을 마련하기 위해 나무지게를 지고 이 산 저 산에 들어가 나무하던 시대. 그러니까 그의 고향에서 땔감과 나무는 사실상 동의어(同義語)로 통한 셈이었다.

다른 고장에서도 그랬겠지만, 승우의 고향 안장말에는 성한 산이 없었다. 산이란 산은 거의 모두 헐벗은 채 벌겋게 알몸을 드러내고 있었다. 그래도 안장말의 진산(鎭山)이라 할 안장봉처럼 임자가 있는, 그리하여 주인이 매일 나무꾼을 단속하는 산은 그런대로 제법 숲이 거무룩하게 우거져 있었지만, 상대적으로 관리가 소홀할 수밖에 없었던 국유림과 공유림의 경우 남아나는 것이 없었다.

소나무나 참나무에서 마른 삭정이를 따내는 것은 물론이고 솔가리와 가랑잎을 갈퀴로 박박 긁어다가 땔감으로 썼던 시대. 그의 고향 사투리로는 솔가리를 솔가루라 했는데, 즉 말라서 땅에 떨어져 쌓인 솔잎을 의미했다. 그런가 하면 안장말 주인들은 고주배기를 뿌리째 캐고 소나무에 매달린 솔방울까지 따다 땠다. 고주배기란 그루터기, 곧 나무의 밑동을 뜻하는 말이었다.

오죽하면 밭둑이며 논두렁, 심지어 공동묘지의 잔대기까지 낫으로 배코 치듯이 빡빡 깎아 갈퀴로 긁어다가 때던 시절이었다. 잔대기란 곧 잔디를 비롯한 별 볼 일 없는 잡동사니 풀을 한꺼번에 아우르는 그 고장 방언이었다. 그래도 삭정이나 솔가리와 가랑잎, 고주배기와 솔방울이며 공동묘지의 잔대기를 깎아다 때는 주민들은 선량하고 양심적인 사람들이었다.

어떤 우악스런 주민은 아예 벌목을 하듯이 대담하게 나무를 송두리째 베어내 도끼로 쪼개 장작을 만들고, 싱싱한 나뭇가지는 노적가리처럼 척척 쌓아놓았다가 잘 건조된 뒤에 땔감으로 썼다. 그런가 하면 한겨울에는 청솔가지를 한 짐씩 쳐다가 나뭇간에 그들먹하게 쌓아 놓고는 밥을 짓거나 군불을 땔 때 아궁이에 가득 밀어 넣고 불쏘시개로 불을 붙여 사정없이 처땠다.

그런데 청솔가지를 때는 집은 예외 없이 표시가 나게 마련이었다. 마른 나무를 땔 때와는 달리 굴뚝에서 시커먼 연기가 뭉클뭉클 치솟는 데다 매캐한 냄새가 온 동네에 진동하기 때문이었다. 하지만 찬바람에 꽁꽁 언 청솔가지는 화닥화닥 소리를 내면서 잘 타고 화력도 좋았지만, 하루 이틀 지나 시들부들 말라비틀어지기 시작하면 그만큼 더디 타는 데다 연기만 더 요란하게 마련이었다.

초등학교에서 고등학교를 졸업할 때까지 승우도 나무깨나 했다. 땔감이라곤 오직 나무뿐이었던 그때 그 시절 나무가 없으면 아궁이에 불을 땔수가 없기 때문이었다. 특히 무더운 여름보다 추운 겨울은 땔감이 더 많이 필요했다.

설령 식량이 있다 한들 나무 없이는 밥도 지을 수가 없을 뿐만 아니라, 불을 때지 않으면 방이 차가워 견딜 수가 없었다. 농사를 많이 짓는 집이면 볏짚이나 왕겨에다 콩깍지라도 땔 수 있었지만, 농사채라곤 송곳 꽂을 땅조차 없었던 승우네 집에서는 오직 산에서 나무를 해다 땔 수밖에 없었다.

추운 겨울, 공휴일이나 방학 때 승우는 부엌에 나무가 떨어질세라 지게를 지고 동네 앞산이나 뒷산이 아닌 먼 산으로 나무를 하러 다니곤 했었다. 동네 앞산이나 뒷산은 임자가 있는 임야인지라 관리가 허술한, 사실상 임자가 없다고 말할 수 있는 국유림이나 공유림을 찾아가는 것이었다. 특히 그는 나무를 조금이라도 더 해서 져 나르기 위해 지게뿔에 꼬작까지 달아 올렸고, 그것도 모자라 볏짚으로 새끼를 꼬아 만든 큼지막한 망까지 가지고 다녔다.

그는 전문적으로 나무만 해서 먹고사는 나무꾼 뺨칠 정도로 나무를 잘했다. 특히 다발나무를 하든 갈퀴나무를 하든 그가 만든 나뭇단은 여간 정교한 것이 아니었다. 다발나무란 솔새·개솔새·비수리·억새 등 마디가 길쭉길쭉하고 튼실하여 쭈쩍쭈쩍 웃자란 풀과 삭정이를 비롯하여 자잘한 나무들, 이를테면 도토리나무·개암나무·싸리나무 따위를 서걱서걱 낫으로 베어 다발로 묶은 나무를 뜻했고, 갈퀴나무란 솔가리·가랑잎 등 낙엽을 갈퀴로 긁어모은 나무를 의미했다. 그러니까 다발나무가 낫으로 하는 나무라면 갈퀴나무는 갈퀴로 하는 나무를 의미하는 셈이었다.

어쨌거나 그는 나무를 하더라도 먼저 숲을 생각했다. 그리하여 그는 다발나무를 할 때에도 나무의 밑동을 통째로 베거나 위로 치솟아 오르는 우듬지를 자르지 않았다. 그는 어떻게 해서라도 나무는 나무대로 온전히 보호하면서 이미 생명을 잃어 말라버린 삭정이나 쓸데없이 뻗어나간 곁가지 따위를 따냈을 따름이었다.

다발나무와 갈퀴나무. 다발나무가 갈퀴나무에 비해 불땀이 좋은 잉걸불이 되는 것은 두말할 나위도 없었다. 그리고 장작만은 못하지만 어쨌든 다발나무를 땐 다음 알불만 거둬 화로에 옮겨 담아 화롯불을 만들기도 했다. 말이 나왔으니까 얘기지만 불땀 좋고 화롯불을 만들기에는 고주배기도 여간 좋은 것이 아니었다.

바늘구멍으로 황소바람 들어온다고 했던가, 아무튼 문짝마다 문풍지를 덕지덕지 달아 붙였는데도 외풍은 왜 그렇게도 매섭던지……. 오죽하면 차가운 문고리에 손이 쩍쩍 달라붙는 것은 물론 머리맡의 자리끼가 얼어 터지기까지 했다. 그렇게 추운 날일수록 화롯불은 더욱 소중하기만 했다.

그렇다고 화롯불만을 장만하기 위해 언제든지 다발나무만 할 수 있는 것은 아니었다. 한 번 나무하러 산에 가면 다음에 나무할 곳을 미리 잘 눈여겨 두었다가 다발나무를 할 수 있는 곳에서는 다발나무를, 다발나무보다는 솔가리가 많이 쌓여 있는 곳에서는 갈퀴나무를 하게 마련이었다. 그러니까 산에 있는 나뭇감을 미리 봐 두었다가 그때그때 결정하였다. 그뿐 아니라 다발나무를 할 때에는 무엇보다도 낫이 잘 들어야 했으므로 집을 나서기 전 낫을 숫돌에 충분히 갈아야 했다.

그 반면, 갈퀴나무는 갈퀴나무대로 제대로 한 짐 해다 놓으면 그 분량이 많아서 여간 흡족한 것이 아니었다. 그리고 갈퀴나무 중에서는 솔가리가 단연 최고였다. 가랑잎은 푸석푸석할 뿐만 아니라 탈 때에도 호르륵호르륵 타기 때문에 별로 불땀이 없지만, 솔가리는 서로 엉겨 붙어 나무를 다루기도 좋고 아궁이에 넣고 불을 때더라도 오래 타면서 가랑잎보다 훨씬 좋은 화력을 내뿜었다. 어쨌든 다발나무와 갈퀴나무를 골고루 섞어서 하는 것도 나무하는 요령이라면 요령이라고 말할 수 있었다.

아무튼 승우는 워낙 찬찬하고 치밀한지라 다발나무를 하든 갈퀴나무를 하든 나뭇단을 묶어도 엉성하게 묶는 것이 아니라 가지고 놀아도 좋을 만큼 야무지고 보기 좋게 묶었다. 집에 돌아가면 곧 헐어서 땔 나뭇단. 하지만 그가 만든 나뭇단은 헐어서 때기가 아까울 정도로 단단하고 깔끔했다.

다발다발 묶은 다발나무의 경우 나뭇단은 양쪽 끝이 마치 베갯모를 연상케 할 정도로 가지런했고, 갈퀴나무 역시 솔가리 한 톨 허투루 중뿔나게 삐져나온 것이 없었다. 나뭇단을 만드는 데 그만큼 이골이 난 데다 그의 성격 자체가 빈틈이 없기 때문이었다.

승우는 갈퀴나무를 할 때에도 솔가리를 한자리로 수북이 긁어모은 다음, 두어 발 가량 되는 새끼줄 매끼를 서너 가닥 늘여놓고 싸릿대나 호리호리한 잔가지로 듬성듬성 얼개를 놓은 뒤 그 위에 한 전 두 전 이를 맞물리면서 나뭇전을 쳐서 가지런히 쌓아올렸다.

그는 나뭇전을 칠 때에도 발 복사뼈를 엇비슷이 내밀고 그 언저리에 갈퀴로 솔가리를 차곡차곡 긁어 붙여 한 아름씩 전을 쳐 가지고는 가슴에 그러안아 매끼 위에 차례차례 얹어 놓았다. 그러고 나서 일정한 분량이 쌓였을 때 매끼를 꼭꼭 조여 매면 마치 깍짓동처럼 간동하게 나뭇단이 묶어졌다.

하지만 그것이 말로는 쉬워도 실지로는 그렇게 간단한 것이 아니었다. 다른 모든 노동이 그렇듯 나무하는 것도 숙달이 필요했다. 그러나 승우는 어렸을 때부터 이것저것 막일에 잔뼈가 굵었던 터라 나무를 할 때에도 무엇이나 자신이 있었다.

그는 나뭇단을 다 묶은 뒤 지게를 뒤로 슬며시 뉘어 한 단의 중간쯤을 지게 뒷가지로 푹 찔러 일으켰다. 그러면 그 나뭇단은 지게 뒷가지에 꿰인 채 맨 밑으로 절반쯤 걸쳐지게 마련이었다. 그런 다음 그는 지게를 언덕 밑에 작대기로 받쳐 놓고 다시 언덕 위로 올라서서 지게 꼬작 꼭대기까지 닿도록 차례차례 나뭇단을 얹었다.

그뿐 아니라 그는 그 주위에 흩어진 나무들을 말끔히 긁어 망에 담고 그것을 맨 꼭대기에 올렸다. 그러니까 그의 나뭇짐은 나뭇단 위에 별도의 나무가 망에 담겨 한 층 더 올라가 있는 셈이었다. 본래 미련한 사람이 짐 탐한다는 말이 있긴 하지만, 승우는 나무를 하러 갈 때에도 이처럼 몸을 아끼지 않았던 것이다.

그렇게 해서 나무를 한 짐 가득 짊어지고 돌아올 때의 기분은 여간 뿌듯한 것이 아니었다. 하지만 그는 그때에도 먹을 것이 넉넉지 못해 이만저만 배를 곯은 것이 아니었다. 점심을 쫄쫄 굶으며 나무를 한 짐 짊어지고 산을 내려와 집으로 돌아올 때에는 뱃속에서 쪼르륵쪼르륵 피라미 여울 넘어가는 소리가 새어나오곤 했다.

그런데 그 무렵의 안장말 주민들은 혹여 군청 산림계 직원이 나무 조사를 나오지나 않을까 내심 전전긍긍하면서 은근히 겁을 먹고 있었다. 만약 산림계 직원이 집 안에서 생나무를 발견하면 엄중히 처벌하기 때문이었다. 세무서 직원의 밀주 단속과 함께 두려움의 대상이었던 산림계 직원의 나무 조사. 특히 산림계 직원은 주민들이 눈치 채지 못하게 암행어사처럼 불쑥 나타나 집집마다 부엌이나 헛간에 쌓아 놓은 나무를 조사하고 만약 생나무가 발견되면 즉각 잡아다가 중벌에 처한다고 했다.

그래서 한겨울 생솔가지를 쳐다 때는 사람들은 대개 도둑질하듯이 주로 야음을 틈타 나무를 해들이곤 했다. 하지만 승우는 어린 시절 이후 고등학교 졸업하고 고향을 떠나올 때까지 정작 산림계 직원이 직접 안장말에 나타난 것을 한 번도 보지 못했다.

사방공사와 나무하기의 이율배반. 정부에서는 해마다 산림녹화를 외치며 사방공사를 했고 산림계 직원까지 동원해 나무 단속을 했지만, 다른 한쪽에서는 산에 들어가 마구 나무를 해다 때던 시절. 아니, 산에 있는 나무가 아니고서는 땔감이 전무했던 시절. 한쪽에서 심고, 다른 한쪽에서 베고……. 그런 악순환의 고리가 맞물고 돌아가는 한 산림녹화는 사실상 기대하기 어려울 수밖에 없었다.

그래서 전국의 산이란 산은 거의 예외 없이 모두가 희뜩한 바위와 함께 울명줄명한 알몸을 드러내고 있었다. 특히 그의 고향은 토질이 대부분 황토인지라 산들이 드러낸 속살은 벌겋게 마련이었다.

한편, 승우가 초등학교 다닐 때 정부에서 유실수(有實樹) 심기 운동을 대대적으로 전개한 적이 있었다. 산과 들에 나무를 심게 될 경우 같은 값이면 과일나무 등 유실수를 심자는 운동이었다. 예나 지금이나 다를 바 없지만 그 시대에도 정부의 앞잡이로 나서서 완장 차고 나서서 설쳐대는 극렬

분자들이 있었다. 그들은 나무 중의 나무라 할 소나무를 망국송(亡國松)이라고 사정없이 평가절하하면서 차제에 전국의 모든 소나무를 베어내고 그 대신 유실수를 심자고 외쳤다.

어쨌든 그 당시 정부는 유실수를 보급하기 위해 안간힘을 쓰고 있었다. 비록 어린 나이였지만, 그 무렵 다른 아이들보다 훨씬 조숙했던 승우는 동네 선배들의 권유에 따라 안장말 4-H클럽에 가입해 활동하고 있었다. 4-H클럽이 뭐 하는 단체인지도 잘 모르면서 선배들을 따라다니며 그들이 시키는 대로 하였다.

그런데 정부가 유실수 심기 운동을 대대적으로 벌이기 시작한 이후 4-H클럽을 통해 전달되는 각종 교재와 홍보물에도 유실수를 심어야 한다는 내용이 주류를 이루고 있었다. 그러던 어느 봄날 저녁, 안장말 4-H클럽 월례회의가 열렸을 때 4-H클럽을 담당했던 농촌지도소 직원이 와서 유실수 심기 운동에 대한 정부 시책을 전달하는 가운데 4-H클럽 회원들로 하여금 마을 안팎에 은행나무를 심도록 적극 권장했다.

그는 농촌지도소로 은행나무 묘목이 대량으로 나왔다고 했다. 그뿐 아니라 주문만 하면 은행나무 묘목을 얼마든지 공급해주겠다는 것이었다. 하지만 그 당시 대부분의 농가 형편은 나무를 거저 준다면 몰라도 돈 내고 사서 심을 만한 형편이 못 되었다.

1원이면 가게에서 눈깔사탕 두 개를 살 수 있던 그때 그 시절 은행나무 묘목값은 한 그루에 정확히 2원 50전이었다. 승우는 그때 5원을 주고 부지깽이만 한 묘목 두 그루를 샀다. 돈이 있었더라면 더 많이 샀겠지만 승우는 그해 설날 동네 어른들로부터 받아 알뜰살뜰 모아 두었던 세뱃돈을 탈탈 털어 겨우 두 그루를 샀다.

승우는 그렇게 구입한 은행나무 묘목 두 그루 가운데 한 그루를 두엄자리 귀퉁이에 심고 다른 한 그루는 앞마당 가장자리에 심었다. 하지만 앞마당 가장자리에 심었던 묘목은 어른 키로 한 길쯤 자랐을 때 나무 사러 다니던 조경업자에게 팔았고, 두엄자리 귀퉁이에 심은 나무는 무성하게 잘 자라 승우가 고향을 떠날 무렵에는 은행이 포도송이에 달린 포도알처럼 다닥다닥 열리곤 했다.

하지만 승우네 집은 승우 동기간들이 모두 객지로 나오고 부모님마저 돌아가시자 얼마 동안 폐가로 방치돼 있다가 누군가에 의해 헐렸다. 그 바람에 그 은행나무는 자연히 땅 주인의 소유로 돌아갔다. 그러니까 승우네는 남의 땅에 집을 짓고 살아온 것이었다. 승우의 부모님은 그 대가로 매년 지주에게 일정한 도지를 냈다. 그러나 승우네는 농사채가 없었으므로 현금이나 곡물 대신 한 해에 나흘씩 품으로 도지를 물었다.

어느 해던가 승우는 고향에 갔다가 예전에 살던 집터를 돌아볼 기회가 있었다. 허망하기 짝이 없었다. 집이 있던 자리는 늑대가 새끼 칠 정도로 잡초가 우거져 있었고, 두엄자리 귀퉁이에 심었던 은행나무만 하늘을 찌를 듯이 자라 있었다. 그나마 은행나무가 아니었던들 집이 있었던 위치조차 알아보기 힘들 정도로 그의 집터는 산도 아니고 언덕도 아닌 하여간 해괴한 모양으로 변해 있었다.

집터에서는 사람이 살았던 흔적조차 찾아볼 수 없었지만, 은행나무만은 튼실하게 자라 지나간 세월을 증언하면서 승우를 반겨주는 듯했다. 하지만 이제는 안장말 고향에도 그 은행나무를 승우가 심은 것이라고 똑 부러지게 증언해줄 사람조차 남아 있지 않았다.

그전에 절친하게 지냈던 사람들은 거의 모두가 고향을 떠났고, 승우와 별로 가깝지 않은 선후배 몇 사람만 간신히 농토를 지키고 있을 따름이었다. 그러나 고향의 인심도 그전 같지 않아서 마음을 툭 터놓고 가까이 다가설 만한 사람은 찾아보기 힘들었다. 동네 고샅에서 우연히 선후배 몇 사람과 마주쳤지만 피차 서먹서먹하고 민숭민숭할 따름이었다.

승우가 고향에 찾아갔다 한들 깜짝 놀라며 반겨주는 것도 아니었고, 승우 자신 또한 괜히 누군가에게 달려들어 반가운 척하며 치근덕대고 싶지도 않았다. 오랜만에 찾아간 고향. 그동안 자주 찾아다녔거나 또는 소위 출세라도 했다면, 그리하여 고향을 위해 뭉텅뭉텅 돈이라도 내놓았더라면 얘기는 얼마든지 달라질 수 있었다.

하지만 승우는 그럴 처지가 못 되었고, 사실은 그렇게 고향에 가고 싶어도 갈 수 없는 형편이었다. 북에서 월남한 사람들은 휴전선이 가로막혀 고향에 못 간다지만, 승우는 인생살이가 너무 쪼들려서 고향에 갈 수가 없었다. 그는 그동안 고향이 그리워질 때마다 남몰래 더운 눈물을 흘리곤 했다.

꿈에도 잊지 못할 고향. 하지만 가고 싶어도 갈 수 없는 고향. 남들은 하기 좋은 말로 성의가 부족하네 뭐네 어쩌구저쩌구 입방아를 찧으며 비난할 수도 있겠지만, 정말 죽기보다 더 어려운 피눈물 나는 고단한 삶을 살아온 사람이 아니고서는 그 심정을 누가 알까. 승우는 그해 벼르고 별러 아주 큰맘 먹고 고향에 갔다가 깊은 회한만 안고 돌아서야 했다.

그날 승우는 안장말을 들어가고 나오면서 안장봉을 비롯한 동네 주변의 산들이 시커멓게 우거진 것을 보고 새삼 놀라움을 금치 못했다. 그랬구나. 서울을 비롯한 수도권의 산들이 제법 울창하게 우거진 것처럼 고향의 산들도 이제는 확연히 달라져 있었다. 그 자신 그동안 여러 논문을 대필하면서 줄기차게 강조했다시피 연료의 변화가 마침내 산림녹화의 성공을 가져왔다. 사실 도회지의 대중목욕탕에서도 장작으로 불을 때서 욕조의 뜨거운 물을 만들었던 저 지나간 시대에는 산림녹화야말로 한갓 공허한 공염불일 수밖에 없었다.

하지만 이제는 각 가정에서 일상적으로 쓰는 보일러와 주방의 취사 연료에 이르기까지 모두 경유·도시가스 등으로 대체되었다. 이제는 농촌이나 산간벽지 어디에서도 엘피지(LPG) 통을 쉽게 어디에서나 볼 수 있었다. 이는 가위 혁명적인 변화가 아닐 수 없었다. 우리나라가 지금까지 에너지 수입에 투입한 비용, 그중에서 순수한 연료비에 해당하는 만큼의 투자가 결국 산림녹화의 성공으로 이어진 셈이었다.

그러나 고향을 다녀올 때의 그 찝찝한 기분은 무엇으로도 형언할 수가 없었다. 오다가다 스친 나그네처럼 집터를 훑어보고 돌아설 때의 그 헛헛함. 승우는 그날의 쓸쓸함이 골수에 사무쳐 뭐라 할 말이 없었다. 어쨌든 승우는 은행나무에 관해 아련한, 그 뭐라고 할까 한마디로 설명하기 힘든 한 같은 것을 간직하고 살아가는 사람이었다.

그는 자신의 방으로 들어서자마자 옷을 갈아입었고, 곧바로 조기성의 원고 보따리를 풀었다. 그러고는 문제의 원고를 검토하기 시작했다. 아니나 다를까, 소위 논문이랍시고 쓴 조기성의 원고는 첫 장 첫 줄부터 죽을 쑤고 있었다.

놈이 논문에서 주장코자 하는 내용은 둘째 치고, 말도 되지 않는 잡소리를 괴발개발 그려낸 문장부터 돼먹지 않았으므로 놈의 기본적인 최소한의 소양과 자질을 의심하지 않을 수 없었다. 놈은 중학생 작문 수준도 안 되는 엉터리 문장으로 초장부터 뭐라 주접을 떨고 있었던 것이다.

190

대관절 이렇게 무식한 놈이 어떻게 대학교수가 되었을까. 승우는 문득 운명이라는 것을 생각했다. 개뿔이나 아는 것도 없으면서 대학교수가 되어 호의호식하는 조기성. 그 반면, 승우 자신은 자타가 공인하는 만물박사이면서도 소위 최종 학력이 고졸에 지나지 않는지라 남의 논문이나 대필해주면서, 그 빛나는 실력으로 남들로 하여금 숱한 학위를 받아내게 해주면서 입에 풀칠하기도 바쁜 핍진(乏盡)한 삶을 근근이 이어갈 수밖에 없었던 것이다.

그는 조기성의 논문을 두 번 읽었다. 학문당 박 사장의 부탁이 아니었다면 한 번 읽고 팽개쳤겠지만 박 사장의 특별한 부탁도 있고 해서 어쩔 수 없이 두 번씩이나 읽었다. 결론은 간단했다. 도저히 손을 댈 수가 없었다. 웬만하면 조금이라도 매끄럽게 손질을 할 수 있었겠지만, 조기성의 글은 논문도 아니고 잡문도 아니고 아무것도 아니었다.

그렇다고 박 사장에게 그냥 돌려줄 수도 없지 않은가. 퇴짜를 놓긴 놓아야 할 텐데 박 사장과의 관계 때문에 차마 그럴 수도 없었다. 그리하여 그는 한 점 손도 대지 않은 채 며칠 묵혀 두었다. 이건 뭐 손을 대고 자시고 할 가치조차 없기 때문이었다.

정말 신은 존재하는 것일까. 승우는 신의 존재를 믿는 천주교 신자이면서도 그런 의구심을 떨칠 길 없었다. 도저히 이해할 수 없는, 아무리 이해하려고 애써도 이해되지 않는 우리 사회의 병폐가 너무 많기 때문이었다. 신은 어찌하여 이런 무지렁이가 대학교수까지 해먹을 수 있도록 도와주는 것일까. 만일 정의로운 신이 있다면 조기성 같은 인간쓰레기를 가차 없이 징벌해야 하지 않을까.

하지만 조기성은 보란 듯이 잘 살고 있었다. 이 세상의 온갖 못된 짓을

다 하고 다니면서도 버젓이 잘 먹고 잘 사는 것을 보면 신이 아예 존재하지 않거나, 신이 있다고 하더라도 미상불 직무 유기를 하는 듯했다. 서러웠다. 착한 사람들은 고통 받고, 조기성처럼 뻔뻔한 인간쓰레기들은 잘 먹고 잘 사는 이 현실을 어떻게 이해해야 할까. 이건 뭐 아무리 생각해도 답이 나오지 않았다.

이런 잡것들도 대학교수라니. 승우는 자신의 운명을 한탄하며 은행나무로 눈길을 던졌다. 그랬다. 담장 옆의 은행나무도 좋은 환경에 자리를 잡았더라면 상처 받지 않고 순탄히 잘 자랄 수 있었을 텐데 하필이면 이 빈촌의 연립주택 마당에 팔려와 죽을 둥 살 둥 만고풍상을 겪지 않는가.

승우는 어렸을 적 이래로 천재라는 평판을 들어왔으면서도 지지리도 박복했던 가정환경 때문에 요 모양 요 꼴로 비참하게 살아가지 않으면 안 되었다. 승우는 원고 뭉치를 뒤적거리다가 울분을 달래면서 창밖으로 눈길을 던졌다. 그때 밖에서는 또다시 장대 같은 소나기가 좌악좌악 쏟아지고 있었다. (《한국문인》 2007년 10·11월호)

달맞이꽃

잠시 비가 그쳤다. 지난 며칠 동안 시도 때도 없이 억수로 퍼붓던 비. 하지만 비가 그치자 언제 그랬느냐는 듯이 햇살이 좍좍 쏟아지고 있었다. 지난 며칠 동안 잘 나타나지 않던 동네 애새끼들이 또다시 몰려나와 고래고래 돼지 멱따는 소리를 지르며 다 허물어져 가는 연립주택 외벽을 향해 공을 뻥뻥 내지르고 있었다. 잠잠했던 매미들도 일제히 목청을 돋우어 자지러지게 울고 있었다. 맴맴, 매앰, 매애앰, 쏴아쏴와 쏴르르르…… 모처럼 햇볕이 들자 매미들은 살판난 모양이었다.

승우는 달포 전부터 시름시름 앓고 있었다. 우선 뒷목이 뻣뻣해서 당최 움직일 수가 없었다. 지난봄부터 어쩐지 목이 심상치 않다 생각했는데 급기야 목 디스크 증상이 왕창 도지면서 급격히 악화되었다. 큰일이었다. 일감은 없고, 먹고살 것도 없는데 몸까지 망가지다니 그야말로 죽을 맛이 아닐 수 없었다.

병원에 가 봐야지. 그러나 그에게는 돈이 없었다. 건강보험 카드가 없는 것은 아니지만, 그래도 병원에 가려면 만일의 사태에 대비해서 최소한의 진료비만이라도 가지고 가야 할 텐데 그에게는 땡전 한 닢 없었다. 주머니를 뒤져도 먼지만 풀풀 날릴 따름이었다. 벌이는 없고, 몸은 아프고…….
어딘가에서 돈을 좀 융통하려 해도 만만히 손을 벌릴 데가 없었다.

친구 중의 친구인 학문당 박일기 사장에게 부탁하면 얼마쯤은 선선히 꾸어주겠지. 하지만 빈대도 낯짝이 있지, 차마 그에게는 더는 신세를 질 수가 없었다. 그동안 위기가 닥칠 때마다 가족들과 더불어 굶어 죽지 않고 살아온 것도 사실은 그의 덕택이라고 말할 수 있었다. 누구보다도 승우의 형편을 잘 알고 있는 박 사장은 승우가 곤경에 처할 때마다 물심양면으로 적지 않은 도움을 주곤 했던 것이다.

승우는 밖을 내다보다가 서재 방바닥에 벌렁 드러누웠다. 말이 좋아 서재일 뿐 그 방은 주검을 안치하는 관이나 궤짝보다 별로 나을 것이 없는 골방 중의 골방이었다. 승우 자신도 방바닥에 누울 때에는 산송장이 되어 입관된 느낌을 받곤 했다. 그만큼 그의 골방은 돌아누울 공간조차 없었다.

그나마 이렇듯 누울 공간이 있다는 것은 얼마나 다행한 일인가. 지난 세월, 그는 비록 경제적으로 막다른 골목에 몰린다 해도 마음의 여유와 평정만은 잃지 말자고 골백번도 더 다짐했다. 나물 먹고 물 마시고 팔을 베고 누웠어도 그것을 스스로 즐겁게 여기면 그만 아닌가. 그는 어느 정도 철이 든 이후 늘 그런 마음가짐으로 살아왔지만, 이 근래 들어와 그놈의 돈 때문에 이만저만 부대낀 것이 아니었다.

개도 물어가지 않는다는 더러운 돈. 쌓인 데는 많이도 쌓였건만, 없는 데는 눈을 씻고도 찾아볼 수 없는 돈. 빈부의 양극화 현상은 어제오늘의 문제가 아닌데도 대통령을 비롯한 위정자들은 입만 열었다 하면 우리나라가

194

마치 이 세상에서 가장 살기 좋은 지상낙원이라도 되는 양 잠꼬대 같은 개나발을 불어대고 있었다.

하기야 등 따시고 배부른 사람들이 밑바닥 인생의 처절한 삶을 어찌 알 것인가. 승우가 살고 있는 이곳 월명동 일대에만 해도 헐벗고 굶주리는 사람들이 지천으로 널려 있었다. 부촌 중에서도 부촌으로 알려진 길 건너 월명아파트 단지를 제외하면 월명동 전체가 빈촌이다 못해 극빈자들의 소굴이라 해도 과언이 아니었다.

벽마다 금이 쩍쩍 가 있는, 그래서 언제 폭삭 무너져 내릴지 모르는 불량 주택으로 가득 찬 동네. 하루 벌어 하루 먹는 사람들. 사는 것이 너무 힘들어 악에 받친 사람들. 죽지 못해 사는 그들에게는 연로한 부모와 어린 자녀들까지도 어쩌지 못할 무거운 짐으로 느껴질 따름이었다. 잘 먹고 잘 사는 사람들이 개기름 질질 흘리고 다니는 반면, 헐벗고 굶주리는 이 동네 사람들은 너 나 할 것 없이 비루먹은 당나귀처럼 시들시들 말라비틀어져 가고 있었다.

승우도 예외일 수가 없었다. 점점 숨통을 조여 오는 생활고. 무슨 벌이가 있나, 그렇다고 뭐 좀 나아질 희망이 있나, 그야말로 앞이 캄캄할 따름이었다. 엎친 데 덮친 형국이라고나 할까, 이처럼 답답한 판에 난데없이 목 디스크 증상까지 도져서 이래저래 여간 힘든 것이 아니었다. 하지만 그는 아파도 아프다고 말을 할 수가 없었다. 돈벌이도 못하는 주제에 만약 아프다는 말을 입 밖에 꺼냈다 하면 아내 현숙이 무슨 오금을 박을지 모르기 때문이었다.

며칠 전이었다. 그날도 승우는 월명산 산책로를 한 바퀴 돌아온 뒤 관 같은 골방에 벌렁 드러누워 천장을 올려다보며 푸우푸우 장탄식을 자아내고 있었다. 그때 그의 아내가 불쑥 골방으로 들어왔다. 그녀가 승우에게 물었다.

"은경 아빠, 돈 좀 있어요?"

"돈?"

승우는 뒷목을 어루만지며 일어나 앉았다. 목이 무척 아플 뿐만 아니라 고압 전류가 흐르듯 쩌릿쩌릿 손끝이 저려 와서 여간 고통스런 것이 아니었다. 현숙이 말했다.

"네, 급히 돈이 좀 필요하거든요."

"허허허……. 돈은 무슨 돈. 내 형편 뻔히 알면서 뭘 그래."

"아, 참, 생활비에다 은경이, 옥경이한테 들어가는 학비도 한두 푼이 아닌데 어쩌면 좋아요?"

"낸들 뭐 뾰쪽한 방법이 있나."

"앞으로 성현이까지 가르쳐야 하는데 어떻게 하실래요?"

"글쎄, 뭐라 할 말이 없군."

"아휴, 남들은 돈이 남아 주체를 못 한다는데 우린 이게 뭔지. 한평생 돈 걱정만 하다가 죽어야 하는 것 아닌가요?"

"그러게 말이야. 내가 무능해서 그런 걸 어쩌겠어? 당신도 잘 알다시피 지금까지 내가 빈둥빈둥 놀기만 한 것은 아니었잖아? 나도 죽을 둥 살 둥 노력할 만큼 했지. 하지만 노력에 비해서 소득이 너무 빈약했어."

"지금 그렇게 한가한 이야기나 하고 있을 때가 아니라니까요. 빨리 돈 좀 내놔요. 지금 밖에서 친구가 기다리고 있어요."

"친구? 어떤 친구?"

"도희 말이에요."

그 순간, 승우는 온몸에 닭살이 올라붙는 느낌을 받았다. 도희라는 이름의 '도' 자만 들어도 이가 갈릴 지경이기 때문이었다. 주는 것 없이 얄미운 여자. 미국에서 살다가 귀국한 뒤 어느 날 갑자기 나타나 승우의 가정을 송두리째 휘저어 놓은 여자. 입만 열었다 하면 미국에서 살다 온 이야기부터 꺼내는 여자. 미제라면 양잿물이라도 큰 것을 집어 들고 우적우적 씹어 늘큼늘큼 집어삼킬 여자. 아니, 미국 놈 앞에서라면 언제라도 가랑이를 쩍쩍 벌려주고도 남을 골 빈 여자. 그건 그녀의 수준이랄까 성향이니까 그렇다 치고, 남의 사정도 모르면서 시도 때도 없이 찾아와 탱탱 배부른 소리만 늘어놓거나 순진하기 짝이 없는 현숙의 허파에 잔뜩 바람을 불어 넣는 여자. 승우는 심장이 곧 멈춰버릴 것 같은 분노를 가까스로 삭이며 현숙에게 말했다.

"그 여자한테 돈을 좀 꾸면 안 될까?"

"걔한테 무슨 돈이 있어요?"

"우리보단 형편이 나을 것 아냐? 좋은 승용차 끌고 다니는 것을 보면 여유가 있어 보이던데……."

"나는 아무리 친해도 걔한테 그런 부탁을 할 수가 없어요. 이혼하고 혼자 사는 친구한테 어떻게 그런 부탁을 하겠어요?"

"혼자 산다구?"

"남편과 헤어졌어요."

"헤어지다니? 남편이 아주 잘나가는 사람이라고 했잖아?"

"그 남자야 지금도 잘나가고 있죠."

"그런데도 헤어졌단 말야?"

"그건 그쪽 사정이니까 우리가 알 필요도 없잖아요. 어서 돈이나 내놓으세요."

"거 참, 가진 것이 한 푼도 없다니까 그러네."

"그럼 난 어쩌란 말예요?"

현숙은 승우를 바가지를 박박 긁으며 들들 볶아댔다. 지난날 아무리 돈에 쪼들려도 군말 없이 잘 버텨주었던 착한 아내가 언제부터 이렇듯 무서운 독사로 돌변했을까. 사실 도희가 나타나기 전까지만 해도 이렇지는 않았는데, 그 설미친 여자가 나타나 설쳐대기 시작한 뒤로 현숙은 이상하게 변질되었다. 아무튼 현숙은 한 치의 양보도 없이 어깃장을 놓으며 승우의 숨통을 옥죄고 있었다. 머리끝까지 치밀어 오르는 울화통을 견디다 못해 승우가 불쑥 내뱉었다.

"차라리 나를 시장에 내다 팔지. 혹시 헐값에라도 사 가는 사람이 있을지도 모르잖아."

"그걸 말이라고 하세요?"

"그럼 도대체 날더러 어쩌라는 거야. 차라리 날 잡아먹지 그래. 젠장, 빌어먹을……."

"아이구, 지겨워. 돈 때문에 속 썩고 피를 말리는 것도 하루 이틀이지 이젠 정말 못 견디겠어요."

현숙은 문을 쾅 닫고 나갔다. 어쩌면 그녀는 도희와 어울려 어디론가 뺄뺄거리며 돌아다닐 심산인 듯했다. 과연 그래도 되는 것일까. 은경이와 옥경이는 제법 컸으니까 그렇다 치고 어린 늦둥이 아들, 눈에 넣어도 아프지 않을 성현이를 남의 집에 맡겨 놓고 별 볼일 없는 미친년과 까질러 다니니……. 승우는 그런 아내를 도저히 이해할 수가 없었다. 아무리 오랜만에 찾아온 여고 동창이라 하지만, 다시 만나자마자 짝짜꿍이 되어 놀아나는 꼴이라니 참으로 눈꼴이 시어서 못 봐줄 지경이었다.

마귀가 따로 없었다. 조용했던 가정에 모진 풍파를 몰고 온 도희라는 그 미친 여자야말로 마귀 중의 마귀였다. 승우는 마음속으로 그녀를 저주하고 또 저주했다. 불난 집에 부채질을 해도 분수가 있지, 그러잖아도 이래저래 죽을 지경인데 그런 잡것까지 나타나 집안을 송두리째 헤집어 놓다니……. 정말이지 총이 있다면 그 여자를 한 방에 팍 쏴 죽이고 싶었다. 이 절체절명의 난국에 어찌하여 그 여자까지 나타나 지랄발광을 해대는지 참으로 회까닥 돌아버릴 지경이었다.

그 여자는 도대체 무슨 돈이 많아 하는 일도 없이 승용차를 몰고 다니는 것일까. 운전이나 잘하면 모를까, 그 여자의 운전 솜씨는 초보를 갓 면한 수준이었다. 현숙의 입을 통해 알게 된 사실이지만, 미국에서 장기간 체류하다가 돌아온 그녀는 서울의 복잡한 도로 사정을 잘 알지 못했다. 그녀는 며칠 전에도 길을 잃고 헤매다가 난데없이 가로수를 들이받아 식겁한 모양이었다.

그렇게 된통 놀랐으면 일단 주눅이 들어 며칠이나마 운전대를 놓을 법도 하련만 그녀는 여전히 승용차를 몰고 다녔다. 아무튼 걸핏하면 현숙을 불러내 고삐 풀린 망아지처럼 여기저기 쏘다니기를 좋아하는 그 여자는 머지않아 뭔가 큰 사고를 낼 것이 틀림없었다. 그래. 막말로 그 여자가 큰 사고라도 저질러 콱 뒈지게 된다면, 그래서 눈앞에 나타나지만 않는다면 앓던 이가 쑥 빠진 것처럼 시원할 것 같았다.

그런데 도희가 이혼했다는 것은 그날 처음 알게 된 사실이었다. 이혼이 뭐 큰 죄도 아니고, 그 여자가 이혼을 했건 말건, 더 나아가 이놈 저놈 다른 남자와 붙어살건 말건 상관할 일도 아니지만 혹여 아내가 그녀의 영향을 받아 돌연 헤어지자고 조르지나 않을까 은근히 걱정되었다.

　사실 승우는 아내에게 아무런 미련도 두지 않고 있었다. 아내 쪽에서 이
혼하자면 까짓것 언제라도 이혼할 만반의 준비가 돼 있었다. 이 근래 노는
꼴을 보면 아내한테는 이제 더 기대하고 자시고 할 것조차 없기 때문이었
다. 아니, 그렇게 박박 바가지를 긁으며 들볶아대는 아내라면 이대로 끝까
지 함께 살 수가 없을 것 같았다. 하지만 아내가 이혼을 요구하게 되면 이
래저래 또다시 복잡한 문제가 파생할 것이었다.

　승우는 다시 벌러덩 드러누웠다. 목 뒷덜미가 계속 욱신욱신 아파서 견
디기 어려웠고, 손가락 끝은 끊임없이 콕콕 쑤시며 쩌릿쩌릿하였다. 몸은
아프고, 아내는 사람을 들들 볶다가 미친년과 어울려 엉뚱한 짓거리만 하
고……. 승우는 이것이 자신에게 주어진 운명인가 싶어 억장이 무너지는
듯한 고통을 짓씹었다.

　그는 사실 죽는 것도 전혀 두려워하지 않았다. 언젠가는 죽어야 할 몸,
지지리도 못난 이 한목숨 죽는다고 해서 지구가 두 조각으로 빠개지거나
사회가 발칵 뒤집힐 까닭도 없지 않은가. 하지만 아이들이 걱정스럽기만
했다. 무엇보다도 빈곤의 세습이 큰 문제였다. 승우 자신도 부모님으로부
터 물려받은 것이라곤 가난밖에 없었지만, 이 가난이 아이들에게까지 고
스란히 넘어간다 생각하면 정말 눈물이 앞을 가렸다.

　고향에서 학교에 다닐 때 승우는 신동이라는 말을 들었다. 사실 그는 초
등학교에 들어간 이후 순전히 자력으로 고등학교를 졸업할 때까지 다른
학우들에게 결코 뒤떨어지지 않는 성적으로 깃발을 날렸다. 다른 아이들
은 대학 입시에 턱걸이라도 하기 위해 머리를 싸매고 공부했지만, 승우는
기본 실력만으로도 무슨 대학이든 입맛대로 골라서 척척 들어갈 수 있는

쟁쟁한 실력을 갖추고 있었다.

하지만 가난과 우환으로 뒤엉킨 집안 형편은 그의 앞길을 가로막고 있었다. 당장 발등에 떨어진 불을 끄기가 다급했던 그때 눈물을 머금고 대학 진학을 포기하지 않으면 안 되었던 그 순간, 어쩌면 오늘의 이 고통은 이미 예고돼 있었는지도 몰랐다.

그는 고등학교 졸업 이후 그 지긋지긋한 가난을 벗어나 보려고 객지로 나왔지만, 그러나 그 앞에는 늘 뛰어넘지 못할 높고 견고한 장벽이 가로 놓여 있었다. 아무튼 승우는 지난 세월 그 장벽을 뛰어넘기 위해 아등바등 기를 쓰며 살아왔다.

특히 논문 대필에 손을 대기 시작한 뒤 이 세상에서 승우만큼 몸을 혹사시킨 인물도 흔치 않으리라. 두 눈이 짓무를 정도로 숱한 밤을 지새우고 또 지새우며 쏟아낸 코피만 해도 한두 사발이 아니었다. 그렇건만 그의 생활이란 늘 허덕허덕 입에 풀칠하기도 어려웠다.

그리하여 그는 지금까지 저 쓰라린 가시밭길을 헤치며 하루하루 살얼음판을 걷듯이 살아왔다. 아니, 어떤 때는 서슬 시퍼런 작두날 위를 걷는 듯한 기분이었다. 언제 발바닥을 베여 나동그라질지 모르는 위태로운 생활. 물론 한때는 제법 잘나가 그런대로 조금씩 살림을 늘린 적도 있었지만, 얼마 전부터 일감이 뚝 끊긴 데다 기계나 다름없는 몸까지 고장 나서 이제는 꼼짝없이 굶어 죽게 된 상황이었다.

승우는, 삶이란 것이 본래 고해(苦海)요 멍에이며 십자가라는 것을 잘 알고 있었다. 하지만 가족들, 특히 어린것들마저 제대로 돌보지 못하는 이 현실이 너무 참담했다.

피눈물로 얼룩진 고된 삶. 그는 어린 시절 이후 줄곧 목마르고 허기진 삶을 살아온지라 웬만한 고생쯤이야 두 눈 질끈 감고 능히 감내할 수 있는 내성이랄까 인내력을 갖추고 있었다. 그는 있으면 있는 대로 없으면 없는 대로 끈질기게 버티는 생존 법칙을 터득한 셈이었다.

그러나 골수에 사무치는 이 가난이 아이들에게까지 대물림되어 그 녀석들까지 한평생 고생을 면할 길 없다고 생각하면 온몸에 소름이 쫙쫙 끼쳤다. 사실 이 혼탁한 천민자본주의 사회에서 빈곤한 자가 그 빈곤의 굴레에서 벗어난다는 것은 낙타가 바늘귀로 들어가는 것보다 더 어려울 수밖에 없었다.

물론 영호 같은 인물이 없는 것은 아니었다. 지난날 승우가 《○○잡지》에 근무할 때 사환으로 일했던 영호. 한때 권투선수로 입문했다가 홀연히 자취를 감추었던 그는 재계의 샛별로 떠오른 태흥물산의 회장이 되어 있었다. 그야말로 경천동지할 변신이었다. 그러니까 누구보다도 불우했던 영호는 상상하기조차 어려운 그 거대한 기적을 연출하며 찬란한 성공 신화를 창조한 것이었다.

하지만 그것은 아주 특별한 경우라고 말할 수 있었다. 굳이 통계자료를 들이대지 않더라고 부익부, 빈익빈은 어제오늘의 문제가 아니었다. 이렇듯 부조리한 사회구조상 부자는 영원한 부자, 가난뱅이는 영원한 가난뱅이로 남게 되어 있었다. 더욱이 빈부격차가 점점 더 크게 벌어지는 상황에서 가난뱅이는 더욱 벼랑 끝으로 내몰릴 수밖에 없었다.

옛날에는 개천에서 용 난다는 말이 있었다. 그런 점에서 영호는 개천에서 솟아난 용 중의 용이라고 말할 수 있었다. 하지만 이제 개천의 용 어쩌구 하는 것은 어림 턱도 없는 말장난에 지나지 않을 따름이었다. 부잣집 아이, 끗발 있는 집 아이들은 저절로 용이 되는 반면, 가난한 집 아이들은 기를 쓰고 몸부림쳐도 미꾸라지나 지렁이로 남을 수밖에 없었다.

알 만한 사람은 다 알고 있다시피 부잣집 아이들은 과외다 뭐다 해서 학교 알기를 우습게 알고 있었다. 그들에게는 학교야말로 졸업장을 받아내기 위해 마지못해 가는 곳일 따름이었다. 그 바람에 공교육은 오래전에 무너졌고, 이른바 입시 기술자를 양성하는 사교육만 판치고 있었다.

사실 학원에 다닌 학생들이 좋은 대학에 들어가게 마련이었고, 은경이나 옥경이처럼 학원 근처에도 못 간 학생들은 뒤로 처질 수밖에 없었다. 불공정 경쟁. 학원에 다닌 학생과 그렇지 못한 학생이 동일한 시험문제를 놓고 입시 경쟁을 치른다면 그 결과는 불을 보듯 뻔한 일이었다.

말이 나왔으니까 얘기지만, 아무리 인색하게 평가하더라도 은경이와 옥경이는 꽤 명석한 아이들이었다. 늦둥이 아들 성현이 역시 어디 내놓아도 빠지지 않을 만큼 총명했다. 하지만 승우는 그 아이들의 뒤를 적극 밀어줄 힘이 없었다. 아니, 승우뿐만 아니라 월명동 주민들은 대부분 비슷비슷한 형편이었다.

승우는 비탄에 젖어 자신이 살아온 길을 돌아봤다. 허망했다. 옛 어른들 말씀에, 무슨 길을 가든 한 우물을 파라고 했다. 그래서 이 바닥에 뛰어든 이후 한눈팔지 않고 줄기차게 오직 외길을 걸어왔건만 대관절 무슨 빌어먹을 운명을 타고났기에 삶을 지탱하기가 이처럼 힘들단 말인가. 소위 강단에서 주둥이로 말품 팔아먹고 사는 자들은 '삶의 질' 어쩌구 하면서 입에 발린 소리를 늘어놓지만, 승우에게는 그런 이야기야말로 귀신 씻나락 까먹는 소리처럼 들릴 따름이었다.

승우는 누가 뭐래도 만물박사였다. 지금까지 그가 대필해준 논문으로 박사 학위를 받은 사람은 일일이 수를 헤아릴 수가 없었다. 그들은 지금

번듯한 학위를 전면에 내세워 날이 갈수록 몸값을 최대한 부풀리면서 목에 빳빳이 힘을 주고 있었다. 그 반면, 그 논문의 실제 작성자인 승우는 점점 더 고통과 절망의 수렁으로 추락해 가고 있었다.

재주는 곰이 부리고 돈은 되놈이 챙긴다는 말도 있지만, 승우야말로 엉터리 되놈들의 배를 불려주는 곰에 지나지 않았다. 생각하면 이만저만 억울한 것이 아니었다. 하지만 승우는 타고난 운명이려니 생각하면서 쓰디쓴 쓸개를 짓씹어야 했고, 더욱이 학문당 박일기 사장의 사업과 직결된 문제여서 뭐라 군말을 할 수도 없었다.

논문 대필의 연결 고리라고 할까, 그 진행과정으로 본다면 논문 대필을 주문받는 학문당 박 사장이 원청 업자, 그를 통해 다시 대필을 의뢰받는 승우가 하청업자인 셈이지만, 그렇다고 뭐 박 사장이 중간에서 소개비랄까 알선수수료를 떼는 것도 아니었다. 아니, 박 사장은 어떻게 해서든 승우에게 한 푼이라도 더 쥐여주려고 따뜻한 배려를 아끼지 않았다.

하지만 논문 대필료는 그 노력에 비해서 하잘것이 없었다. 더군다나 어중이떠중이 논문 대행업체가 우후죽순처럼 생겨나 판치기 시작한 뒤로 일감이 뚝 끊겨 어떻게 해 볼 도리가 없었다.

그들은 무슨 제품공장처럼 버젓이 간판까지 내걸고 논문을 대량으로 생산하고 있었다. 얼마 전 검찰의 단속으로 몇몇 업자가 전격 구속되었지만, 그러나 아직도 논문 대행업자들은 도처에서 함량 미달의 논문들을 수도 없이 쏟아내고 있었다.

승우 자신도 지금까지 논문 대필을 생업으로 삼아왔지만, 시중의 논문 대행업자들이 무더기로 써내는 논문은 실로 한심하기 짝이 없었다. 그들이 날림으로 써내는 논문은 그 논문이 그 논문이었고, 앞뒤만 슬쩍슬쩍 바

꿔 짜깁기를 한 뒤 재탕이나 삼탕은 물론 그 이상까지 우려먹은 것도 한둘이 아니었다. 아니, 그들 사회에는 한 논문을 가지고 여러 탕 해먹는 것이 거의 일반화되어 있었다.

어디 그뿐인가. 다른 사람이 애써 수집한 자료를 도용하거나 논문을 통째로 표절하는 것은 물론 표절한 논문을 표절 논문인 줄조차 모르고 뭉텅뭉텅 들어다가 다시 표절한 경우도 수두룩하였다. 한마디로 말해 이 근래 불거져 나온 논문 대행업자들의 작태는 도저히 이해할 수가 없었다.

승우는 지금까지 남의 논문을 그처럼 무성의하게 마구잡이로 휘갈긴 적이 없었다. 비록 남을 위해 대필해주는 논문일지언정 논문은 논문다워야 한다는 것이 그의 변함없는 지론이었다. 그는 어떤 논문이든 정성을 다했고, 그럼으로 해서 학문당이 더욱 신용을 드높여 오늘날의 권위와 명성을 얻게 되었던 것이다.

하지만 언제부턴가 일부 대학원생들 사이에 논문의 내용이야 어떻든 학위만 받아 내면 그만이라는 생각이 움트기 시작했다. 공부보다 학위를 받아 출세의 도구로 이용하려는 학생들. 그들에게는 논문의 내용 따위야 뒷전일 수밖에 없었고, 학위 취득이 사활을 건 지상 목표일 따름이었다. 그러니까 논문을 통해 새로운 연구 결과를 내놓는다기보다는, 논문은 그저 학위를 취득하기 위한 통과의례 정도로 치부해버렸다.

그런 날라리들에게는 논문이 표절이든 뭐든 상관할 바가 아니었다. 그들은 학위라는 간판이 필요할 따름이었고, 설령 논문 대행업자들이 위조지폐 같은 엉터리 논문을 손에 쥐여준다 한들 그 진위 여부를 변별할 수준도 못 되었다. 오죽하면 일부 대학원생 중에는 진짜 초등학교 문턱에도 못 들어가 한글조차 제대로 읽지 못하는 까막눈들까지 있었다.

어쩌다 한탕 해 가지고 검은돈을 거머쥔 졸부들. 그들은 자신의 무지와 무식을 숨기고 번드르르한 학위를 내세우기 위해 대학원에 학적을 두고는 썩은 돈으로 그럴싸한 학위까지 받아냈다. 논문 대행업자들은 바로 그들과 결탁하여 더럽고 치사한 대필료를 받아먹고 있었는데, 그런 업자들일수록 남의 논문을 베끼는 데 도통할 만큼 도통해 있었다.

승우가 논문다운 논문, 누가 뭐래도 학위를 받을 만한 논문을 대필해주고 정당하게 대필료를 받아 온 반면, 이 근래 이 계통에 뛰어든 녀석들은 최소한의 양심마저 저버린 채 흡사 붕어빵 같은 판박이 논문들을 마구 찍어내는 것은 물론 그것도 모자라 남의 논문을 사정없이 베껴 먹고 있었다. 그런데 더욱 놀라운 것은, 그런 논문을 가지고도 거뜬히 학위 심사를 통과한다는 사실이었다.

그레셤의 법칙이라고나 할까, 아무튼 그들이 떼거리로 덤벼들어 마구 설쳐대기 시작한 이후 승우처럼 양심적으로 살아온 사람은 설 자리를 잃을 수밖에 없었다. 더욱이 그들은 거의 예외 없이 승우가 심혈을 기울여 대필해준 논문을 요모조모로 사그리 표절하고 있었다.

하지만 승우는 어떤 경우에라도 전면에 나설 수가 없었다. 표절 당한 논문은 그의 명의가 아닌, 당초 논문 대필을 의뢰했던 다른 사람 명의로 발표되었기 때문이었다.

재작년 이맘때였다. 승우는 학문당 박 사장의 부탁을 받고 B라는 사람의 석사 학위 논문을 대필해준 적이 있었다. 당시 그는 정부 중앙부처의 고위 공무원으로 모 대학교 사회과학대학원에 등록하여 소위 입신양명의 발판을 더욱 다져 나가고 있었다. 모름지기 고위 공무원이라면 그 자체만으로도 크게 성공한 셈인데 그는 더 높은 지위에 오르고자 안간힘을 쓰고 있었다.

한마디로 말해 그의 야심은 끝이 없었다. 그는 향후 차관, 장관은 물론 그 이상의 요직까지 넘보면서 일단 석사 학위부터 챙기려고 작심한 인물이었다. 그에게는 연구를 통한 진정한 실력 배양은 뒷전이고, 학위로 상징되는 간판이 더 필요한 셈이었다. 다시 말하자면 그는 석사 학위를 출세의 수단으로 이용하려는 것이었다.

하기야 장차 다른 경쟁자들을 물리치고 한발 앞서 나가려면 무엇보다도 석사 학위가 필수적일 수도 있었다. 과거와 달리, 지금은 개나 걸이나 석사 학위쯤은 다 가지고 있으니까. 특히 장·차관, 국회의원들도 거의 이것저것 너절한 학위를 가지고 있지 않은가.

이렇게 볼 때 석사 학위를 따놓을 경우 출세에 유리하면 유리했지 불리할 까닭이 없었다. 아니, 다른 경쟁자들을 물리치기 위해서라도 석사 학위는 필수적이라고 말할 수 있었다. B는 바로 그것을 노리고 사회과학대학원에 등록했던 것이다.

그러나 그에게는 반드시 넘어야 할 산, 즉 석사 학위를 취득하기 위한 논문이 필요했다. 하지만 B는 애당초 학위논문을 쓸 만한 위인이 못 되었다. 우선 기본적인 실력이 없을 뿐만 아니라 논문 작성에 매달리기보다는 골프 모임이다 뭐다 해서 따로 골몰하는 데가 더 많기 때문이었다.

승우가 그의 논문을 거의 마무리해 갈 무렵이었다. 하루는 박 사장에게서 연락이 왔다. B가 저녁식사라도 사겠다는 것이었다. 승우는 그날 오후 느지막이 학문당으로 나가 그를 만났다. 솔직히 말해서 별로 만나고 싶지 않은 위인이었지만, 그래도 쌍방 간에 공식적인 거래가 걸려 있는 만큼 만남 자체를 기피할 수는 없었다. B가 물었다.

"논문은 잘돼 갑니까."

"거의 마무리 단계에 와 있습니다. 약속한 날짜까지는 차질 없이 마쳐 드리겠습니다."

"적당히 대충 쓰세요."

놀랍기 짝이 없었다. 승우는 정성을 다해 공을 들이고 있는데, 정작 논문을 제출할 당사자가 적당히 대충 쓰라니 여간 놀라운 것이 아니었다. 그동안 몇몇 졸부들이 큰 힘 들이지 않고 학위 심사에 통과하는 것을 보아왔지만 B도 믿는 구석이 있는 듯했다. 승우가 되물었다.

"네에? 적당히 쓰라니 그건 또 무슨 말씀입니까?"

"제가 지도교수님을 잘 구워삶겠습니다."

참으로 기절초풍할 일이었다. 지도교수를 구워삶아 석사 학위를 받겠다니……. 아, 그랬었구나. B도 누군가와 모종의 뒷거래를 하고 있는 모양이었다. 승우는 하도 어처구니가 없어 할 말을 잃고 있었다. 그때 박 사장이 말했다.

"김승우 씨는 지금까지 어떤 논문이라도 어물어물 대충대충 쓴 적이 없습니다. 그런 점에서 보증수표라고 말할 수 있지요. 나중에 직접 받아 보시면 알겠지만, 다른 사람이 쓴 논문과는 질적으로 다를 겁니다. 김승우 씨는 만물박사입니다."

"지금 만물박사라고 하셨습니까."

"그렇습니다. 이 분은 박사 중의 박사, 만물박사이자 척척박사입니다. 누가, 언제, 어느 학교에서 무슨 논문으로 무슨 학위를 받았는지 다 꿰고 있습니다. 그뿐이 아닙니다. 그 논문들보다 훨씬 뛰어난 논문을 쓰려고 꾸준히 노력합니다. 그렇기 때문에 만물박사가 써낸 논문은 항상 별 볼 일

없는 지도교수의 논문을 뺨치고도 남습니다. 논문에 관한 한 제1인자라고 말할 수 있죠. 업무의 특성상 일일이 다 밝힐 수는 없지만 이 나라의 숱한 박사들의 논문이 바로 이 만물박사의 머리와 손끝에서 나왔습니다."

"석학이시군요."

"그렇습니다. 이 분은 '걸어 다니는 백과사전'입니다. 그뿐이 아닙니다. '걸어 다니는 컴퓨터'라고 할까, 아니면 '걸어 다니는 도서관'이라고도 할 수 있습니다. 정치·경제·사회·문화 등 모든 분야에 걸쳐 모르는 것이 없습니다. 명품과 짝퉁의 차이점을 잘 아시죠?"

"그야 여부가 있습니까."

"바로 그겁니다. 논문에도 명품과 짝퉁이 있습니다. 김승우 씨가 쓴 논문이 명품 일색인 반면, 어중이떠중이가 마구잡이로 써 갈긴 논문은 짝퉁에 지나지 않습니다. 겉모양에 논문이라는 옷만 입혔을 뿐 알맹이도 없는 허무맹랑한 논문…… 아니, 표절과 도용으로 도배질한 논문……. 학위 취득에 급급한 나머지 그런 논문을 서둘러 내놓고 후회하는 사람도 한둘이 아닙니다. 진실이 밝혀지는 순간 반드시 철퇴를 맞게 되어 있으니까요. 그런 점에서 김승우 씨는 살아있는 양심이라고 할 수 있습니다. 실력이 워낙 탄탄하니까 논문도 명품만 써내는 겁니다."

"그런 분이 어떻게 남의 논문만 대필하시는지요?"

"그럴 만한 사정이 있지요."

"대학교수가 되셨더라면 좋았을 것을……."

B는 못내 안타깝다는 투로 말했다. 그때 승우는 목구멍까지 치밀어 오르는 말을 끝내 참았다. 명색 정부 고위 공무원이라는 작자가 우리 사회의 현실을 너무 모르고 있었다. 아무리 속이 꽉 찬 사람이라도 돈과 졸업장

없이는 행세할 수 없는 사회. 그 반면, 속이 텅텅 빈 깡통이라도 돈과 졸업장만 있으면 승승장구하는 사회. B는 쥐 좆도 모르면서 콕콕 남의 염장을 지르고 있었다. 박 사장이 말했다.

"세상은 단순치 않습니다. 우리 사회에는 엄연히 가진 자와 못 가진 자, 배운 자와 못 배운 자, 힘있는 자와 힘없는 자, 군림하는 자와 억압받는 자가 공존하고 있습니다. 그 틈바구니에서 개개인이 정당한 평가를 받기는 어렵습니다. 어떤 사람은 실력도 없으면서 과분한 평가를 받고, 또 어떤 사람은 출중한 능력을 갖추고 있으면서도 평가절하 되고, 또 어떤 사람은 기득권자들의 횡포에 떠밀려 철저히 소외되고……. 우리 만물박사 같은 경우는 시대를 잘못 타고난 셈이죠."

"아, 그렇군요. 자, 그럼 자리를 옮기실까요."

그들은 B가 예약해 놓았다는 근처 음식점으로 자리를 옮겼다. 학문당 근처에서는 가장 알아주는 유명한 일식집이었다. 음식점 종업원들도 세련될 대로 세련돼 있을 뿐만 아니라 인테리어 등 어느 것 하나 흠잡을 데 없는 음식점이었다. 그들 세 사람은 여직원의 서비스를 받아가며 값비싼 음식을 먹었는데, 승우는 식사를 하는 동안 집에 남아있는 가족들이 마음에 걸려 음식 맛을 제대로 느끼지 못했다.

그날, 승우는 값비싼 음식을 먹으면서도 속으로는 쓸개를 씹지 않을 수 없었다. 개뿔이나 실력도 없는 B가 워낙 목에 힘을 주고 꽝꽝 허풍까지 떨어가며 꼴사나운 위세를 부리기 때문이었다. 정말이지 놈의 입에서 나오는 말이라고는 겉만 번지르르 했을 뿐 그 내용에 있어서는 속 빈 강정이나 다를 바 없었다.

고위 공무원이라는 자신의 신분에 한껏 도취한 그는 정녕 하나만 알았지

둘을 모르고 있었다. 박 사장과 승우의 지인들 중에는 B보다 훨씬 힘세고 끗발 좋은 사람들이 수두룩하였다. 그런 고관대작들에 비한다면 B는 사실상 일개 하찮은 피라미에 지나지 않았다. 그런데도 놈은 물색없이 교만과 허풍의 극치를 달리고 있었던 것이다.

결국 그의 논문은 성공적으로 마무리되었고, 얼마 후 B는 당초 예정대로 석사 학위를 받아냈다. 그는 청와대 비서관을 거쳐 얼마 전 ○○부 차관으로 올라앉아 이따금 신문이나 텔레비전에 얼굴을 드러내곤 하였다. 승우는 B의 얼굴이 언론에 비칠 때마다 뭔가 씁쓸한 감회에 젖지 않을 수 없었다.

사나흘 전에도 B는 텔레비전 토론에 나왔다. 그는 관변 어용학자에 의해 작성된 엉터리 자료들을 들고 나와 우리나라의 경제 전망이 어떻구 저떻구 주접을 떨면서 씨도 먹히지 않을 잠꼬대 같은 소리를 씨불여 대고 있었다. 문자 그대로 참 가관이었다. 승우는 그 프로그램을 지켜보면서 정부와 국민 사이에는 메우려야 메울 수 없는 간극이 너무 크게 벌어져 있다는 것을 절감하지 않을 수 없었다.

더욱이 승우처럼 밑바닥을 헤매고 있는 극빈자 입장에서는 B의 주장이 바다 건너 남의 나라 이야기처럼 들려왔다. 현실과는 너무 동떨어져서 가물가물 들려오는 소리. 그 소리는 어쩌면 말조개 하품하는 소리보다 별로 나을 것이 없었다. 물론 다른 출연자들이 조목조목 반론을 제기했고, 궁지에 몰린 B는 삐질삐질 진땀을 빼면서도 주절주절 얼토당토않은 궤변을 늘어놓고 있었다.

그 프로그램을 시청하면서 승우는 개탄을 금치 못했다. 정부에 아무리 인재가 없기로서니 하필이면 그런 엉터리 공직자를 내보내 스스로 공신력 실추를 자초하다니……. 그는 토론이 진행되는 동안 정부 망신을 도맡아 하고 있었다. 말하자면 B야말로 어물전의 꼴뚜기보다 별반 나을 바가 없었다. 그런 사람이 진작 퇴출되지 않고 아직까지 현직에 남아 있는 것을 보면 참으로 어처구니가 없었다.

그랬다. 인간의 운명이란 따로 있는 듯했다. B처럼 시답잖은 꼴뚜기가 요직에 앉아 호의호식하는 반면, 승우처럼 박학다식하고 똑똑한 인물이 소싯적 이래 오늘날까지 사람대접도 못 받고 찬밥 신세로 살아가는 현실을 돌아본다면 운명이라는 것 이외에는 달리 설명할 길이 없었다.

그는 해가 뉘엿뉘엿할 때까지 부글부글 속을 끓이고 있었다. 그때 밖에서 승용차 멈추는 소리가 들려왔다. 아마도 도희가 현숙을 태우고 돌아온 모양이었다. 아니나 다를까, 아내 현숙과 도희의 목소리가 창문을 타고 넘어왔다.

"잘 가."

"그래, 내일 또 만나."

그 단짝의 두 여인이 작별 인사를 나누고 있었다. 잠시 후 승용차 출발하는 소리가 들려왔고, 뭐가 그리도 급한지 현숙이 헐레벌떡 안으로 들어왔다. 그녀는 마치 똥 마려운 강아지처럼 이 방 저 방 들락날락하며 쓸데없이 부산을 떨고 있었다. 밖에 나가 늦게까지 놀다 돌아왔으므로 사뭇 마음이 급해진 모양이었다. 하지만 승우는 그녀가 무슨 짓을 하든 못 본 척하고 가만히 누워 있었다.

해가 져서 어둑어둑해질 무렵이었다. 난데없이 전화벨이 울렸고, 송수화기를 집어든 아내 현숙이가 화들짝 놀라 어머! 이를 어째! 어머머! 어쩌구 연신 비명을 지르면서 기겁하고 있었다. 그녀의 다급한 목소리가 승우의 귓전을 때렸다.

승우는 혹시 아이들한테 무슨 급박한 변고가 발생했나 싶어 벌떡 일어
났고, 자석에 이끌리는 쇠붙이처럼 현숙에게로 불쑥 다가서며 통화 내용
에 촉각을 곤두세웠다. 두 눈이 휘둥그레진 현숙은 하얗게 질려 거의 사
색이 되어가고 있었다.

이게 무슨 난리일까. 혹여 눈에 넣어도 아프지 않을 귀염둥이 성현이가
큰 변고라도 당한 건 아닐까. 덩달아 놀란 승우도 벌렁벌렁 뛰는 가슴을
주체할 길이 없었다. 통화를 마친 그녀에게 승우가 물었다.

"누구야?"

"경찰이래요."

"웬 경찰?"

"도희가 많이 다쳤대요. 병원 응급실로 이송했는데 중태라는군요."

현숙이 어쩔 줄 몰라 쩔쩔맸지만, 승우는 비로소 안도의 한숨을 내쉬었
다. 처음에는 아이들이 사고를 당한 줄 알고 간이 철렁할 정도로 놀랐었는
데, 그 꼴도 보기 싫은 설미친 여자가 다 죽게 되었다니 오히려 깨소금처
럼 꼬소롬한 느낌마저 들었다.

사람이 크게 다쳐 중태에 처했다면, 그리하여 인명이 경각에 달렸다면
마땅히 걱정과 우려가 앞서야 할 텐데 도리어 시원한 쾌감이 먼저 치솟는
것은 무슨 까닭인지 알다가도 모를 일이었다. 승우가 호흡을 고르며 심드
렁하게 물었다.

"왜 다쳤대?"

"덤프트럭과 충돌했대요. 방금 전에 헤어졌는데, 걔네 집으로 돌아가다
가 사고를 당한 모양이에요."

"혹시 그 여자가 먼저 덤프트럭을 들이받은 건 아닐까?"

승우는 일부러 비비 꼬아대며 슬슬 이죽거렸다. 평소 그 여자 노는 꼴이 팍 때려 죽여도 시원찮을 만큼 한없이 얄미웠기 때문이었다. 마음 같아서는 한바탕 통쾌하게 웃어젖히고 싶었지만, 그래도 현숙의 얼굴을 봐서 차마 그럴 수는 없었다. 현숙이 말했다.

"설마 그럴 리가 있겠어요?"

"근데 경찰이 더 이상하군. 왜 하필 우리 집으로 연락했을까."

"도희 소지품에서 우리 집 전화번호가 발견됐대요. 그래서…….'"

사실이었다. 현숙과 헤어져 집으로 돌아가던 도희는 월명산 뒷길로 들어서서 먹자골목 앞길을 달리고 있었다. 그런데 횡단보도 근처에서 느닷없이 오토바이 한 대가 앞으로 달려 들어왔다. 도희는 그 오토바이를 피하려다 중앙선으로 돌진했고, 그때 마침 맞은편에서 달려오던 덤프트럭과 정면충돌했다.

눈 깜짝할 사이에 일어난 끔찍한 사고. 그와 동시에 도희는 온몸을 크게 다쳐 의식을 잃었고, 그녀의 승용차는 휴지 조각처럼 와장창 부서져 형체를 알아볼 수 없을 지경이었다. 경찰은 유혈이 낭자한 도희를 구출해 병원 응급실로 옮긴 뒤 그녀의 소지품을 뒤져 연고자를 찾던 중 현숙의 전화번호를 발견하고는 급거 연락을 취했다. 승우가 말했다.

"당신도 조금 전 그 차에서 내렸기 망정이지 지금까지 돌아다녔다면 똑같은 사고를 당할 뻔했군."

"은경 아빠. 왜 자꾸 그런 말만 하세요?"

"내가 뭘 어쨌길래?"

"도희가 다 죽게 됐다는데 어쩌면 그럴 수가 있어요?"

"참, 당신이야말로 이상한 사람이군. 왜 자꾸 가만히 있는 나한테 따지고 드는 거야? 내가 뭐 그런 사고를 내라고 부추긴 것도 아니잖아?"

"아휴, 정말……."

현숙은 신경질적으로 문을 쾅 닫고 어디론가 쏜살같이 달려 나갔다. 필경 도희가 누워 있는 병원 응급실로 달려가는 모양이었다. 바로 그 시간, 병원 응급실에서는 피를 많이 흘리고 사경을 헤매던 도희가 꼴까닥 숨을 거두었다. 그녀는 특별히 볼일도 없으면서 여기저기 발탄강아지처럼 뻘뻘거리고 돌아다니다가 그렇듯 허무하게 세상을 하직했다.

그 직후 승우는 병원에 도착한 현숙의 전화를 통해 도희가 절명했다는 소식을 들었다. 그런데도 전혀 놀랍거나 애석하지 않았다. 아니, 눈엣가시가 쏙 빠져나간 느낌이었고, 남의 오장육부를 발칵발칵 뒤집으며 촐랑대다가 비명에 죽어간 도희에게 축전이라도 보내주고 싶은 심정이었다. 말하자면 승우에게는 그의 애달픈 삶을 끊임없이 방해하던 걸림돌 하나가 저절로 사라진 셈이었다.

그날 밤이었다. 승우는 앞으로 살아갈 일을 걱정하며 엎치락뒤치락하다가 월명산에 올랐다. 굳이 말하자면 참으로 오랜만의 야간 산책이었다. 어둑어둑 땅거미가 내리고 있었지만, 어슴푸레한 달빛이 어둠을 녹여주고 있었다. 그는 보안등이 드문드문 서 있는 산책로를 따라 월명정 방향으로 휘적휘적 올라갔다. 그곳에는 다른 주민들도 꽤 올라와 바람을 쐬며 더위를 식히거나 가벼운 운동을 하고 있었다.

맴맴, 매앰, 매애앰, 쏴아쏴아 쏴르르르…… 매미들은 밤잠도 안 자는지 목청을 한껏 돋운 채 여기저기서 자지러지고 있었다. 그런데 이게 웬일일까, 월명정으로 오르는 언덕길 비탈에 노란 달맞이꽃들이 활짝 펴서 한바탕 흐드러진 꽃 잔치를 벌여놓고 있었다. 낮에는 예사로 지나쳤던 곳인데 여기 이렇듯 달맞이꽃 군락지가 있었다니 참으로 놀라운 일이 아닐 수 없었다.

밤에만 피어나는 아름다운 꽃. 승우는 문득 비단옷 입고 밤길 걷듯 살아온 자신의 궤적을 반추하면서 긴 한숨을 내쉬었다. 하지만 달맞이꽃은 해가 져서 어두운 밤에도 촛불처럼 해맑게 피어나 저마다 희망을 노래하는 듯했다. 그는 그 곱디고운 달맞이꽃 군락지의 한복판으로 성큼성큼 걸어 갔다. 수줍은 달이 구름 위에서 빼꼼히 얼굴을 내밀고 있었다.

(《월간문학》 2008년 8월호)

박꽃

그 이튿날이었다. 새벽부터 큰비가 내릴 것이라던 기상청의 예보는 여지없이 빗나갔다. 그 대신 날이 밝자마자 불볕더위가 대지를 후끈후끈 달구고 있었다. 기상청은 어떻게 기상관측을 하는지 이 근래 일기예보가 아닌 '일기오보(日氣誤報)' 또는 '일기후보(日氣後報)'만 거침없이 쏟아내고 있었다. 하기야 인간들의 분별없는 자연 파괴, 환경 파괴로 지구의 중병이 점점 더 깊어 가고 도처에서 기상이변이 속출하는 현실을 감안한다면 기상관측을 하기도 그만큼 힘들겠지.

승우네 집은 다 허물어져 가는 연립주택의 맨 아래층이었다. 마당에서 두어 뼘 높이밖에 안 되는 방. 더군다나 외벽이 너무 낡고 허술해 바깥의 열기나 습기가 고스란히 전달되었다. 여름에는 덥고 겨울에는 춥고……. 옥탑방보다는 조금 낫겠지만, 그의 집은 집이라기보다 차라리 움막 같은 느낌이었다. 특히 어젯밤처럼 열대야 현상이 나타나는 날에는 찜통이나 다를 바 없었다.

승우는 창문을 활짝 열어 놓고 선풍기의 바람 세기도 '미풍'에서 '강풍' 모드로 한 단계 올렸다. 한물간 선풍기 날개는 그릉, 그릉, 그르릉…… 하는 잡소리와 함께 열심히 돌아가며 바람을 일으키고 있었다. 하지만 시간이 흐를수록 바깥에서 치밀어 들어오는 복사열도 만만치 않았다. 훅훅 찌는 날씨. 가만히 앉아 있어도 땀이 줄줄 흐르는 것은 물론이고 숨이 턱턱 막혔다.

"아휴, 더워. 다른 집은 다 에어컨을 놓고 사는데……."

아침밥을 뜨는 둥 마는 둥 검은 외출복으로 갈아입은 아내 현숙이 혼자 구시렁거리고 있었다. 그 말을 듣는 순간 승우는 핏대가 확 치솟아 오름을 느꼈다. 누군 뭐 에어컨을 살 줄 몰라서 안 사나. 염장을 질러도 분수가 있지, 언제 굶어 죽을지 모르는 이 절박한 마당에 에어컨 타령이라니……. 승우는 그런 현숙을 향해 확 욕지거리라도 내지를까 하다가 애써 참았다. 그때 늦둥이 아들 성현이가 제 엄마에게 물었다.

"엄마, 에어컨이 뭐예요?"

"음, 에어컨이란 시원한 바람이 확확 나오는 기계란다."

"아, 우리 집에도 그런 기계가 있으면 좋겠어요."

"그러게 말이다."

"엄마, 에어컨 하나 사 와요."

"그건 어려운데……."

"왜요?"

"돈이 없으니까."

"왜 돈이 없어요?"

성현이는 꼬치꼬치 캐물었고, 그 대목에 이르러 아내 현숙은 마땅한 답변을 찾지 못해 쩔쩔 매고 있었다. 승우는 그들 모자의 대화를 어깨너머로 엿들으면서 억장이 무너지는 듯한 아픔을 짓씹고 있었다. 성현이의 송곳 같은 질문에 급소를 정통으로 찔린 탓이었다. 현숙이 성현이에게 말했다.

"성현아. 엄마가 바로 나가야 되거든. 아빠하고 놀아. 알았지?"

"엄마는 어디 가시는데요?"

"응, 어제 엄마 친구가 돌아가셨어. 그래서 거기 가 봐야 돼."

"어떤 친군데요? 아, 알았다. 우리 집에 자주 오던 그 아줌마지요? 맨날 맨날 미국 얘기만 하다가 엄마 데리고 나가는 그 아줌마……. 혹시 운전하다가 꽝! 한 것 아니에요?"

성현이는 역시 놀라울 만큼 총명했다. 녀석은 현숙의 한두 마디 말만 듣고서도 벌써 사태의 전모를 파악했다. 그랬다. 승용차를 운전하던 도희가 어제 오후 먹자골목 앞길 횡단보도 부근에서 덤프트럭과 정면충돌해 비명횡사했다. 현숙이 말했다.

"성현아. 엄마는 시간이 없어. 빨리 나가야 하니까 아빠 말씀 잘 들어."

"언제 오실 건데요?"

"가 봐야 알겠어. 너무 늦지 않게 돌아올게."

"그럼 꼭 약속 지켜야 해요."

"알았어. 빠이빠이."

현숙은 성현이에게 손을 흔들어 보이고는 밖으로 나가 바람처럼 휙 사라졌다. 하기야 둘도 없는 단짝이 죽었으니 얼마나 마음이 급할까. 하지만 승우의 내면에는 아직도 도희에 대한 저주와 증오가 부글부글 들끓고 있었다. 싸가지 없이 남의 집에 모진 평지풍파를 일으켜 놓고 졸지에 죽어간 기분 나쁜 여자. 그녀가 죽음으로 해서 승우에게는 골칫거리 하나가

해소된 셈이지만, 지금까지 이래저래 그녀 때문에 입은 피해는 이루 헤아릴 수가 없었다.

어제 오후였다. 도희가 숨진 병원으로 달려 나간 아내 현숙은 중간에 전화 한 통화만 걸어왔을 뿐 해가 질 때까지 돌아오지 않았다. 승우는 요때나 조때나 아내가 돌아오기를 눈이 빠지도록 기다렸다. 아이들 때문이었다. 승우 입장에서는 아내가 잠시 집을 비웠다고 해서 큰일 날 것도 없었지만, 아이들에게 저녁밥을 차려주고 잠자리를 돌봐주는 것은 당연히 엄마의 몫이었다.

그러나 현숙은 여간해서 돌아올 기미를 보이지 않고 있었다. 결국 승우는 그녀가 이웃집에 맡겨 놓았던 성현이를 데려왔고, 은경이와 옥경이가 돌아온 뒤 그 아이들에게 저녁밥을 차려주었다. 그래도 맏딸 은경이가 제법 철이 들어 밥상을 차리는 데 큰 도움을 주었고, 설거지를 할 때에는 둘째딸 옥경이도 이것저것 거들어주었다.

저녁 식사를 마친 뒤 승우는 성현이의 몸을 씻어주었다. 그 순간만은 무척 행복했다. 귀여운 어린 아들의 몸을 씻어줄 때에는 복잡한 잡념들이 싹 달아나는 것이었다. 보들보들하면서도 오동포동한 팔과 다리. 성현이의 알몸에 비누칠을 하고 말끔히 씻어주는 동안 그 녀석 또한 여간 즐거워하는 것이 아니었다. 녀석이 말했다.

"아빠, 오늘 밤엔 잠이 잘 올 것 같아요."

"오, 그래?"

"아빠가 씻어주시니까요. 랄랄라……."

"그렇게도 기분이 좋으니?"

"그럼요. 저는요, 아빠를 좋아해요."

"그렇구나. 아빠도 성현이를 좋아한단다."

"아빠, 엄마, 첫째누나, 둘째누나……. 우리 가족은 다 좋아요."

그 순간 승우는 가슴 뭉클한 감동을 받았다. 아주 어린 성현이의 입에서 거침없이 튀어나온 '가족'이라는 어휘 때문이었다. 그 녀석은 나이에 걸맞지 않게 벌써 가족의 의미를 아는 듯했다. 하지만 승우의 아내이자 세 아이들의 엄마인 현숙은 어느 날 갑자기 나타난 도희와 어울려 다니는 동안 허파에 잔뜩 바람이 들었고, 그 설미친 여자의 교통사고 소식을 듣고는 득달같이 달려 나간 뒤 집에 남아있는 가족들이 저녁밥을 먹거나 말거나 여태껏 돌아오지 않고 있었다.

승우가 성현이 목욕을 시키는 동안 은경이와 옥경이는 손바닥만 한 거실에서 머리를 맞대고 앉아 공부했다. 착한, 그러나 지지리도 못 사는 가정에 태어난 불쌍한 아이들. 승우는 성현이를 일찍 재워 놓고 복잡한 심사를 달래 볼 요량으로 월명산 야간 산책에 나섰던 것이다.

거기, 월명정 오르는 비탈길에 지천으로 피어 한바탕 꽃 잔치를 벌여 놓았던 노란 달맞이꽃. 승우는 어둠을 헤치며 촛불처럼 활짝 피어난 그 꽃들을 보면서 새로운 희망을 느꼈다. 그러나 그것도 잠시뿐이었다. 그가 산책을 마치고 집으로 돌아왔을 때, 그 희망은 말간 비누 거품처럼 속절없이 푹 꺼져버렸다. 그때까지도 아내가 돌아오지 않았기 때문이었다. 승우가 은경이에게 물었다.

"은경아. 성현이는 안 깼지?"

"네. 한 번도 안 깼어요. 계속 잘 자고 있어요."

"다행이구나. 혹시 엄마한테서 무슨 연락이라도 있었니?"

"아뇨."

"어쩐 일일까."

"엄마에게도 무슨 사정이 있겠죠 뭐."

은경이는 나름대로 제 엄마의 입장을 변론하려고 했다. 하지만 승우는 이 늦은 밤까지 가족을 팽개친 아내의 처사를 도저히 이해할 수가 없었다. 그는 벽시계를 올려다보았다. 때마침 긴 분침이 열두 시를 가리키고 있던 짧은 시침 위에 포개지고 있었다. 승우가 은경이와 옥경이에게 말했다.

"너희들도 내일을 위해서 그만 자거라."

"네."

승우의 말이 떨어지자 은경이 자매는 책을 덮고 잠잘 채비에 들어갔다. 부모를 잘못 만난 아이들. 다른 집 부모들은 과외다 뭐다 해서 아낌없이 자녀들 뒤를 밀어주는데 승우는 그럴 만한 능력이 없었다. 어디 그뿐인가. 이 아이들을 장차 어떻게 대학까지 가르칠 것인가 생각하면 등골에서 주르륵 식은땀이 흘렀다.

은경이와 옥경이가 잠든 뒤 승우는 엎치락뒤치락하면서 앞으로 살아갈 일을 걱정했다. 정말 앞이 보이지 않았다. 일감은 없고, 몸은 아프고, 간밤에는 컴퓨터까지 고장 나 이래저래 죽을 맛이 아닐 수 없었다. 그는 직접 컴퓨터를 수리하려고 이것저것 정밀하게 점검해 보았지만 고장 원인을 정확히 밝힐 수가 없었다.

오래전에 도진 목 디스크 증상으로 엄청난 고통을 받고 있으면서 최소한의 진료비가 없어 병원에도 못 가는 신세. 그렇건만 무슨 돈으로 컴퓨터를 수리한단 말인가. 본래 재수 없는 놈은 비행기 안에서도 독사에 물린다지만 승우에게는 최근 이런저런 악재들이 쓰나미처럼 몰려왔다. 정말 빼지도 박지도 못할 이 난국을 어떻게 헤쳐 나가야 할 것인지 참으로 막막하기만 했다.

　가도 가도 끝이 없는 고난의 가시밭길. 도대체 무슨 운명을 타고났기에 이처럼 형극의 삶을 살아야 한단 말인가. 고등학교를 졸업한 이래로 노력도 할 만큼 했건만 왜 이렇게 일이 풀리지 않는 것일까. 그는 억장이 무너지도록 신세 한탄을 하다가 차라리 어디 가서 소리 없이 죽어버리는 것이 어떨까 궁리했다. 앓느니 죽는다는 말도 있지만, 이렇게 살 바에야 차라리 어디 조용한 곳에 가서 피를 토하고 팍 죽어 없어지는 것이 훨씬 나을 듯했다.

　하지만 그것도 쉬운 일은 아니었다. 죄 없는 어린것들을 생각하면 어떻게 해서든 하루라도 더 살아야 했다. 그러나 지금 현재로선 아이들에게 아무것도 도움을 줄 것이 없었다. 그는 아내가 돌아오기를 기다리다가 지쳐서 무심코 텔레비전을 켰다. 공중파 채널은 이미 입을 다물었고, 몇몇 지상파 채널은 아직도 심야방송을 하고 있었다.

　승우는 이따금 시청하는 한 채널을 선택했다. 때마침 그 채널에서는 우리나라의 정치와 경제 전망에 관한 집중 토론을 방영하고 있었다. 그런데 이게 웬일일까, 토론자로 나온 연사 중에는 대학교수들과 언론인, 그리고 관변 단체의 우두머리인 G도 있었다. 그 역시 만물박사로 정평이 나 있는 승우가 대필해준 논문으로 석사 학위를 받아 일약 출세 가도를 달리기 시작한 것이었다.

　G는 본래 빌빌거리던 건달이었다. 그는 대학원에 다니는 동안 몇몇 정치꾼들을 사귀게 되었고, 석사 학위를 받은 이후 소위 낙하산을 타고 내려가 제 분수에 어울리지도 않는 큰 자리를 꿰차고 눌러 앉아 있었다. 제복이 사람을 만든다는 말도 있지만, 그는 어느 날 갑자기 관변 단체의 우두

머리로 신분을 바꾼 이후 제법 목에 힘을 주고 있었다.

그는 이제 더는 빌빌거리는 건달이 아니었고, 비까번쩍하는 감투를 내세워 한껏 목소리를 높이고 있었다. 본래 무식하면 용감하다는 말도 있지만, 그는 자신이 깡통이라는 사실조차도 인식하지 못한 채 떠벌떠벌 주접을 떨며 정부의 정책을 홍보하고 있었다. 시거든 떫기나 말지, 개뿔이나 아는 것도 없는 G가 주절주절 떠드는 꼴이란 얼마나 시답잖은지 구역질이 나서 못 봐줄 지경이었다.

그런데 그 자리에 나온 토론자들은 뭐가 뭔지도 모르면서 G의 주장에 맞장구를 치고 있었다. 하기야 그 자리에 나온 토론자들은 거의 모두 정부의 나팔수들이었다. 그중에서도 대학교수라는 자들은 앞을 다투어 G의 빗나간 주장에 적극 동조하고 있었다. 아무리 어용교수로 낙인찍힌 작자들이라지만, 만인이 시청하는 방송에 나와 노골적으로 정권의 나팔수 역할이나 하다니 참으로 놀라울 따름이었다.

자칭 언론인이라는 작자도 예외는 아니었다. 그 역시 정부의 정책에 아낌없는 찬사를 보내고 있었다. 지난번에는 ○○부 차관으로 있는 B가 텔레비전에 나와 정부의 신뢰를 여지없이 실추시키더니, 이번에는 이 언론인이라는 작자가 정도를 걷는 진짜 언론인들의 명예와 자존심에 먹칠을 하고 있었다. 미꾸라지 한 마리가 온 강물을 다 흐려 놓는다는 말도 있지만, 문제의 언론인은 이 나라 언론계 전체에 고춧가루를 확확 뿌려대고 있었다.

도대체 텔레비전에 나온 작자들은 어느 나라 사람들인가. 그들은 이른바 대통령의 국정 철학과 리더십에 대해서도 예찬을 아끼지 않고 있었다. 각종 여론조사 결과 대통령에 대한 국민들의 지지율이 10퍼센트 밑으로 곤두박질쳤는데도 그들은 입에 침이 마르도록 소위 용비어천가를 읊어 대고 있었다.

그런데 웬걸 시간이 흐르면 흐를수록 그들의 대통령 예찬은 점점 더 수위를 높여 가고 있었다. 문자 그대로 점입가경이었다. 고대광실에서 태평성대를 노래하며 큰소리 뻥뻥 치는 사람들. 하기야 대통령과 그 추종세력, 그리고 얼빠진 위정자들은 그동안 언론에 등장할 때마다 국민들의 구미에 착착 당기는 달착지근한 허풍만 떨어댔을 뿐 밑바닥 박박 기는 영세민과 극빈자들은 안중에도 두지 않았다.

참으로 한심하고 딱한 사람들이었다. 모름지기 방송에 나와 우리나라 정치와 경제 전망을 주제로 집중 토론을 벌인다면 마땅히 빈곤층에 대한 논의도 있어야 할 텐데 그들의 시각은 외눈박이처럼 잘사는 사람들에게만 편향돼 있었다. 사회자도 예외가 아니었다. 토론을 진행하는 사회자라면 균형 감각이 있어야 할 것이고, 그렇다면 당연히 빈곤층에 대한 문제 제기가 있어야 할 텐데 그는 시종일관 보랏빛 환상에만 초점을 맞추어 토론을 이끌어 가고 있었다.

말이야 바로 하지만, 우리나라 현실이 그렇게 환상적일 수만은 없었다. 잠깐 주변으로 눈길을 돌리면 끼닛거리가 없어 고통 받는 사람들이 지천으로 널려 있었다. 결식아동·노숙자·파산으로 인한 신용불량자…… 등 빈사 상태로 밑바닥을 헤매는 그들도 분명 우리 국민이었다. 그런데도 사회자는 아예 그들에 대한 논의 자체를 배제하기로 작심한 듯했다. 아니, 그 자신 워낙 잘살다 보니 빈곤층의 존재 자체를 모르는 모양이었다.

하지만 승우가 사는 월명4동만 하더라도 죽지 못해 사는 극빈자들이 넘쳐나고 있었다. 부촌으로 이름난, 그래서 도둑놈촌으로 일컬어지는 월명아파트 단지가 별천지라고 한다면 월명4동 일대는 난민촌이나 다름없었다. 헐벗고 굶주리며 빈곤에 시달리는 사람들. 언제부턴가 그들은 대통령과 위정자들을 철저히 불신하고 있었을 뿐만 아니라 더 나아가 그들에게 적의까지 품고 있었다.

그리하여 대부분의 월명4동 주민들은 와글와글 못 살겠다고 아우성치면서 여차하면 한바탕 들고일어날 기세였다. 하지만 눈 감고 귀 막고 밑바닥 서민들을 철저히 외면해 온 역대 대통령과 위정자들. 극빈자들의 피맺힌 절규를 근거 없는 괴담(怪談) 정도로 몰아붙이는 끗발 있는 자들의 교만과 고자세. 오죽하면 구청 공무원, 심지어 동사무소 직원이나 경찰의 일선 지구대 말단 경찰관들까지 이곳 월명4동 주민들을 사정없이 얕잡아 보고 있었다.

소위 공직자들은 입만 열었다 하면 국민의 머슴, 민중의 지팡이 어쩌구 떠들면서도 자기 몫 챙기기에 더 바쁜 나머지 서민들이야 죽든 말든 전혀 관심을 기울이지 않고 있었다. 그들의 눈에는 월명동 주민들, 즉 국민이라기보다 궁민(窮民)으로 전락한 그들쯤이야 똥 친 막대기보다도 더 하찮게 보이는 모양이었다. 하지만 끗발 있는 자들이 목에 힘을 주면 줄수록 소외계층의 내면에는 분노를 뛰어넘은 적개심이 더욱 증폭될 수밖에 없었다.

그뿐이 아니었다. 여당과 야당의 고질적인 밥그릇 싸움으로 정치는 표류하고 있었다. 명분 없는 삿바싸움. 그들이 그런 신경전을 벌이는 동안 정치권을 향한 국민들의 원성은 하늘을 찌르고 있었다. 그런데도 대통령은 국민정서와는 동떨어진 잠꼬대 같은 소리만 했고, 텔레비전에 나온 토론자들은 그런 대통령을 만고청사에 길이 빛날 위인 중의 위인으로 번드르르하게 포장하고 있었다.

경제에도 오래전부터 적신호가 들어와 있었다. 물가·부동산·청년실업·환율·무역적자·유가폭등(油價暴騰) 등등 어느 것 하나 제대로 돌아가는 것이 없었다. 알 만한 사람은 다 아는 사실이지만, 우리나라 경제는 아이엠에프(IMF) 사태 직전과 비슷한 위기 상황으로 급격히 추락하면서 중산층이 속절없이 무너지는 가운데 서민 경제는 점점 더 파탄으로 치닫고 있었다.

승우는 벌써 파탄의 한복판에 서 있었다. 아니, 승우뿐만 아니라 달동네 중의 달동네라 할 월명4동 주민들의 대부분이 파탄의 늪에서 허우적거리고 있었다. 빚더미에 올라앉은 그들이 비렁뱅이로 전락하는 것은 시간문제라 해도 과언이 아니었다. 그런데도 집중 토론에 나온 화상들은 정권 홍보에 열을 올리면서 귀신 씻나락 까먹는 소리만 늘어놓고 있었다. 정말 세상 돌아가는 꼴을 볼라치면, 아니 배부른 자들의 작태를 볼라치면 실로 가관이 아닐 수 없었다.

아무튼 승우는 부득부득 이를 갈면서도 자신의 인내력을 시험해 본다는 각오로 그 집중 토론을 주의 깊게 시청했다. 하지만 토론자들은 너 나 할 것 없이 이 나라가 지상낙원이라도 되는 양 시청자들을 우롱했고, 승우처럼 입에 풀칠하기도 바쁜 극빈자들의 고통스런 현실에 대해서는 일언반구 언급조차 하지 않았다. 그들은 시종일관 잘사는 사람들에게 초점을 맞추어 토론을 전개해 나갔고, 하루살이처럼 근근이 살아가는 빈곤 계층을 아예 논의의 대상에서 철저히 제외해 놓고 있었던 것이다.

그 프로그램이 끝날 무렵이었다. 출입문 밖에서 층계 올라오는 인기척이 났고, 열쇠 구멍에 열쇠 삽입하는 금속성이 들려왔다. 딸그락, 자물쇠가 풀리면서 문이 열렸다. 아니나 다를까, 이윽고 아내 현숙이 문간에 모습을 드러냈다. 그녀가 승우에게 물었다.

"여태 안 잤어요?"

"응. 많이 늦었군."

"그렇게 됐어요. 죄송해요. 도희가 죽는 바람에……."

현숙은 풀이 죽을 대로 죽어 있었다. 도희와 신바람 나게 어울려 다닐 때에는 기세가 등등했었는데 그녀가 갑자기 세상을 뜨자 놀라서 얼이 빠진 모양이었다. 그뿐 아니라 현숙의 두 눈은 퉁퉁 부어 있었다. 아마도 도희의 주검 앞에서 많이 오열한 듯했다. 승우가 물었다.

"버스가 끊겼을 텐데 이 밤중에 어떻게 왔어?"

"택시 탔어요."

"그래도 택시요금은 있었던 모양이지?"

"비상금이 좀 있어서……."

"내게 돈 내놓으라고 그렇게 조르더니 따로 꼬불쳐 놓은 돈이 있었던 모양이네?"

승우는 일부러 어깃장을 놓았다. 도희가 나타나 휘젓기 시작한 이후 너무 마음고생을 한 터라 심기가 꼬일 대로 꼬인 탓이었다. 현숙이 말했다.

"그만하세요. 난 은경 아빠가 왜 그런 말을 하는지 다 알아요."

"내게도 생각이 있어. 그 여자가 우리 집에 와서 무슨 일을 했는지 잘 알잖아?"

"아, 참 왜 자꾸 그러세요? 도희는 이미 죽었어요! 죽은 사람을 놓고 너무 그러지 마세요!"

현숙은 파르르 화를 내더니 아이들 방으로 들어갔다. 하지만 승우는 애써 참았다. 집안일도 뒷전으로 밀어 놓은 채 도희와 어울려 놀아났던 아내. 도희가 승용차를 몰고 나타났다 하면 구세주라도 만난 듯 희희낙락했던 아내. 승우는, 아내가 도희와 어울려 고삐 풀린 망아지처럼 뺄뺄거리고 돌아다니는 동안 한 가닥 삶의 의욕조차 잃어야 했다.

승우는 도희의 '도' 자만 들어도 치가 떨렸다. 그 여자가 나타난 뒤로 가정의 평화가 무너지면서 평지풍파가 일어났기 때문이었다. 예로부터 아내 자랑하는 자는 팔불출에 속한다 했지만, 승우는 아내 현숙이야말로 어디 내놓아도 흠잡을 데 없는 현모양처의 귀감이라 생각하면서 그녀에게 늘 고마움을 느끼곤 했다.

잘난 사람 째게 놔두고 하필이면 별 볼 일 없는 남자에게 시집 와서 고생만 하는 여인. 결혼 이후 옷다운 옷 한 가지 못 사 입고, 외식다운 외식한 번 해 본 일이 없는 여인. 그동안 없는 살림에 아이들 잘 보살피느라 힘겹게 살아 온 여인. 돈 때문에 늘 쪼들리면서도 큰 불평불만 없이 숙명으로 받아들이며 꿋꿋이 버텨 온 천사 같은 여인. 승우는 그런 아내를 대할 때마다 말할 수 없는 고마움과 함께 다른 한편으로는 측은지심에 휩싸이곤 했다.

하지만 도희가 등장한 이후 사정이 확 달라졌다. 아내는 도희에게 나쁜 물이 들어 이상하게 변질되기 시작했다. 정말이지 사람이 나쁜 물에 오염되는 것은 시간문제인 듯했다. 도희는 도대체 뭐 하다가 얼어 죽은 귀신이기에 그토록 놀라운 마력을 가졌을까. 하여간 아내 현숙이 도희와 어울리기 시작한 뒤로 승우네 가정은 단 하루도 편한 날이 없었다. 미상불 도희는 남의 가정에 분란을 일으키는 잡귀임에 틀림없었고, 아내 현숙은 뭐가 뭔지도 모르면서 그 잡귀에 흠뻑 홀린 듯했다.

그러면 그렇지. 남의 가정에 이루 말할 수 없는 분란을 일으킨, 그리하여 파탄의 위기까지 조장한 악마 같은 여자가 제 명에 죽을 수는 없지. 더 군다나 오만무례하기 짝이 없던 도희의 행실을 돌아본다면 그녀의 죽음은 조금도 놀랍거나 애석하지 않았다. 제까짓 년이 살면 얼마나 살겠다고 이 혼까지 한 주제에 그렇게 나대고 설레발을 치며 지랄발광을 했던 것일까.

승우는 도희의 돌연한 죽음을 하느님의 오묘한 섭리로 받아들였다. 이 세상에 하느님의 섭리 아닌 그 무엇이 있을까만, 어쩌면 하느님은 인간 말 종인 도희를 지옥 불에 처넣기 위해 가라지 솎아 내듯 족집게로 콕 집어 잡아들인 모양이었다. 승우는 지금까지 도희 때문에 겪어야 했던, 그러니 까 참으로 감당하기 힘들었던 일들을 돌아보며 그녀야말로 천벌을 받은 것이라 단정했다.

한편, 사고 발생 직후 경찰로부터 전화 연락을 받고 허둥지둥 달려 나간 아내 현숙은 병원에 도착하여 이만저만 충격을 받은 것이 아니었다. 방금 전까지만 해도 멀쩡하게 운전을 하고 돌아다녔던 도희. 현숙을 월명동에 내려주고 자기 집으로 돌아가던 도희. 그런 도희가 불과 몇십 분 사이에 사망했다니 도저히 현실로 받아들일 수가 없었다.

하지만 도희는 벌써 싸늘한 주검이 되어 있었다. 삶과 죽음이 동전의 양 면처럼 늘 붙어 다니는 것이라 해도 도희가 이렇듯 허망하게 죽을 줄이 야……. 더군다나 현숙은 도희가 참변을 당하기 직전까지 함께 어울려 다 녔던 터라 그 충격을 감당할 길이 없었다. 절반쯤 넋이 빠진 그녀는 금방 이라도 쓰러질 듯 어질어질한 현기증을 느꼈고, 가까스로 놀란 가슴을 진 정시키며 도희의 친정에 급히 전화 연락을 취했다.

그러자 도희의 아버지와 어머니, 그리고 오빠와 동생들이 앞서거니 뒤 서거니 허둥지둥 달려왔다. 그들은 놀라 어쩔 줄 몰랐다. 특히 도희의 모친은 장례식장으로 들어서자마자 놀라자빠져 실신했고, 다른 가족들은 이러다 삼시간에 줄초상이 나는 줄 알고 도희 모친을 급거 응급실로 데려갔다. 도희는 주검이 되어 영안실에 누웠고, 그녀의 모친은 환자가 되어 응급실 병상에 누워 있고, 나머지 가족들은 눈물 콧물을 흘리고 울부짖으며 몸부림치고…… 정말 차마 눈뜨고 볼 수 없는 일들이 벌어졌다.

물론 현숙은 집에 있는 식구들을 생각했다. 하지만 도희의 유가족들을 볼 때 차마 일어설 수가 없었다. 더욱이 현숙은 도희가 죽기 직전까지 그녀의 승용차에 편승해 함께 놀러 다녔던 터라 내심 일말의 도의적 죄책감을 갖지 않을 수 없었다. 온종일 함께 승용차를 타고 돌아다녔으면서도 한 사람은 죽고, 사고 직전에 헤어진 한 사람은 이렇게 살아남아 죽은 자의 빈소에서 오열하게 되다니 이게 무슨 운명의 장난인가 하는 느낌을 떨칠 길이 없었다.

현숙은 유가족들이 어느 정도 진정한 뒤에 빈소를 떠나 집으로 향했다. 그녀는 뭐라 형언할 수 없는 복잡한 심정으로 집에 돌아왔지만, 그러나 승우는 그런 아내에게 따뜻한 위로의 말 한마디 건넬 뜻이 없었다. 그동안 시도 때도 없이 가정을 벗어나 도희와 놀아나던 꼬락서니가 너무 미웠기 때문이었다. 그런 승우가 비비 꼬아대면서 슬슬 어깃장을 놓자 그녀는 파르르 화를 내면서 아이들 방으로 들어가버렸다.

날이 밝자 현숙은 식구들에게 대충 아침밥을 차려주고는 또다시 장례식장으로 가기 위해 준비를 서둘렀다. 그녀는 빈소에서 엉엉 운 데다 간밤에 잠을 설쳐 얼굴까지 부숭부숭하였다. 그런 아내를 바라보는 승우의 감정은 좋을 리 만무했다. 승우가 볼 때 부랴부랴 장례식장으로 달려간 아내야말로 괜히 사서 고생을 하고 있다. 아니, 한마디로 잘라 말해서 아내 현숙은 친구 좋아하다 어느 날 갑자기 날벼락을 맞은 꼴이었다.

한 치 앞을 내다보지 못하는 아내. 그녀와 어울려 다니지만 않았다면, 아니 사고 직전까지 그 승용차에 동승하지만 않았다면 심적 부담을 전혀 갖지 않아도 될 텐데 쓸데없이 끝까지 붙어 다닌 탓으로 유가족들 대하기도 민망하게 된 그녀의 처지를 생각할라치면 참으로 어처구니가 없었다. 승우 입장에서는 그런 아내 현숙이 무슨 바보처럼 느껴지기도 했다.

더군다나 그녀는 도희와 절친하게 어울려 다닌 탓으로 호상(護喪)이랄까, 우인대표(友人代表) 같은 역할을 맡아야 했다. 남편과 이혼한 여자인 데다 교통사고로 인한 사망인지라 미묘한 문제들이 종횡으로 복잡하게 얽혀 있었고, 현숙은 유가족들 사이에 오가는 이런저런 논란의 틈바구니에서 눈치코치 살피며 말 못할 마음고생을 하지 않을 수 없었다. 그럼에도 불구하고 현숙은 열성적으로 초상집 일을 돌봐주었다.

물론 남의 초상집에 가서 봉사하는 것은 좋은 일이지만, 그러나 승우의 입장에서는 그것 또한 마땅찮게 느껴졌다. 아직까지도 도희에 대한 감정, 이가 갈리는 증오와 저주가 풀리지 않은 탓이었다. 승우는 그만큼 도희로부터 지우려야 지울 수 없는, 용서하고 싶어도 용서할 수 없는 엄청난 자존심 침해를 당한 것이었다. 그뿐 아니라 살아서 그렇게 아내를 불러내 남의 가정을 파탄 지경으로 몰아넣었던 도희는 죽어서까지 아내를 불러내 승우의 오장육부를 송두리째 뒤집어 놓고 있었다.

알 만한 사람은 다 알고 있다시피 승우는 세례를 받기 위해 이 근래 성당에 다니며 교리 공부를 하고 있었다. 세례를 받으면 병든 영혼을 말끔히 세척하고 새 사람으로 거듭나리라. 그는 최소한 아우 승환이처럼 독실한 신자가 되겠다고 다짐했건만, 아직 수양이 부족한 탓일까 도희의 행실에 대해서는 도저히 용서할 수가 없었다. 아니, 그 설미쳐 놀아나던 도희를 생각할라치면 얼마나 지긋지긋하고 고통스러운지 뒷골에서 쥐가 날 지경이었다.

아무튼 아내 현숙이 장례식장으로 떠난 뒤 은경이와 옥경이도 도서관으로 갔다. 다른 집 아이들은 비싼 수강료 내며 학원에 다니고 있지만, 은경이 자매는 방학 동안 내내 학원 대신 도서관에 나가 공부하고 있었다. 끼닛거리도 잇기 어려운 승우 형편으로는 아이들을 학원에 보낼 수가 없기 때문이었다. 그래도 아이들은 쓰다 달다 군말 없이 도서관에 다니며 순전히 자습으로 공부하고 있었던 것이다.

승우는 이제 성현이와 단둘이 남아 있었다. 누구 말마따나 하릴없이 애를 보게 된 셈이었다. 일감이 없어 놀아야 하는 현실은 죽을 맛이 아닐 수 없었지만, 그러나 금지옥엽(金枝玉葉)이라 할 성현이와 노는 것은 크나큰 복락이 아닐 수 없었다. 오죽하면 녀석과 놀 때만큼은 신선놀음처럼 세월 가는 줄 모르게 마련이었다.

날씨가 얼마나 무더웠던지 선풍기가 계속 돌아가는데도 숨이 턱턱 막혔다. 성현이의 코끝에는 땀방울이 송골송골 묻어나 있었고, 발코니 난간을 타고 오른 나팔꽃 넝쿨도 뜨거운 물에 데친 것처럼 축 처져 있었다. 아직 오전인데도 이렇게 덥다니, 한낮에 들어서면 기온이 어디까지 치솟을지 짐작하기조차 어려웠다.

승우는 저 멀리 창밖으로 눈길을 던졌다. 월명초등학교 콘크리트 옹벽 밑으로 주욱 늘어선 해바라기들이 한눈에 들어왔다. 그곳에도 햇볕이 작렬하고 있었는데, 학교의 유리창이 폭포처럼 쏟아지는 햇빛을 쨍쨍 반사해 내고 있었다. 날씨가 워낙 무더워서 그런지 돌아다니는 사람조차 보이지 않았다.

　문득 대홍증권 정희만 회장과 그 졸개들이 떠올랐다. 이중화 사장과 김대상 상무. 승우가 정 회장의 자서전『끝없는 집념』을 대필할 때 알랑방귀를 뀌며 굽실굽실 접근해 오던 비굴한 사람들. 그들은 정 회장의 자서전에 자신의 이름이 한 군데라도 언급되기를 기대하면서 승우에게 온갖 친절을 다 베푸는 것이었다.

　그들은 정 회장을 태양으로 받들어 모시는 해바라기들이었다. 그들에게는 간도 쓸개도 없었고, 오직 정 회장을 향한 아부와 아첨만 있을 따름이었다. 더욱이 이중화 사장은 승우에게 두 딸의 장학금을 주겠다고 굳게 약속했다. 승우가 먼저 손을 벌린 것도 아니었고, 그 자신이 자진해서 그런 약속을 내놓았던 것이다.

　그 약속에는 분명 독약이 묻어 있었다. 그것은 어떻게 해서라도 승우를 통해『끝없는 집념』에 자기 이름을 끼워 넣기 위한 미끼인 셈이었다. 하지만 승우는 정 회장의 요청도 있고 해서 그 책에 특정인의 이름이 중점 부각되는 것을 철저히 경계했다. 아니, 승우는 정 회장의 요청이 아니라 해도 그런 독약과 미끼를 덥석 집어삼킬 정도로 어리석은 사람이 아니었다.

　그때 승우는 냉혈동물을 뺨치고도 남을 만큼 냉정하게 대처했다. 아니나 다를까, 그 책이 발간되자마자 이중화 사장은 제 놈 스스로가 내걸었던 약속을 어물어물 파기했다. 그는『끝없는 집념』에 자기 이름이 슬쩍슬쩍 스쳐 지나가는 정도에 그친 것을 보고 실망한 나머지 제 놈이 일방적으로 제시했던 약속에 대해 스스로 부도를 낸 것이었다.

　가식은 오래가지 못했다. 승우가『끝없는 집념』집필을 성공적으로 마치고 나서, 좀 더 정확하게 말하자면『끝없는 집념』이 시중의 베스트셀러가 되어 한창 날개 돋친 듯 팔려 나가고 있는 동안 대흥증권 내부에서 대형 비리 사건이 터졌다. 이중화 사장과 김대상 상무가 공금 횡령 사건의 주범으로 쇠고랑을 찼다. 그들은 왕년의 조황래 부장을 뺨치고도 남을 만큼 대형 회사 공금과 고객 예탁금을 집어삼켰다가 덜미를 잡혔다.

그건 진작부터 예고된 수순이라 해도 과언이 아니었다. 승우는 일찍이 그들 두 사람의 암투에 학을 뗀 터였다. 그들은 충성 경쟁에 혈안이 되어 있었다. 일로써 충성하는 것이 아니라 아부와 아첨으로 출성 경쟁을 벌이는 소인배들. 그런 소인배들이 중역으로 있는 한, 그리하여 최고 경영자의 눈을 흐려 놓는 한 그 조직이 온전할 리 없었다.

아무튼 그들 두 사람의 부정 사건이 터지는 바람에 대흥증권은 큰 위기를 맞이했다. 신문 방송 등 언론은 연일 그 사건을 대대적으로 보도했다. 대흥증권에서 시작된 그 사건의 파장은 일파만파로 번져 증권시장 전체를 강타했다. 증시가 요동쳤다. 큰손들의 뭉칫돈이 증시에서 빠져 나갔다. 특히 기관투자자들은 대흥증권을 외면하기 시작했다.

그러자 정희만 회장은 집념의 승부사답게 온몸을 던져 회사 살리기에 나섰다. 그는 역시 금융계의 황제였다. 세상 사람들은 모두 대흥증권이 문을 닫을 것으로 예측했지만, 그러나 정희만 회장은 회사를 살려내는 데 성공했다. 만일 정희만 회장이 아니었으면 대흥증권은 흔적도 없이 사라졌을 것이다.

그 과정에서 정말 희한한 일이 벌어졌다. 대흥증권의 신인도가 곤두박질을 치는 상황에서도 『끝없는 집념』은 서점가에서 불티나게 팔려 나갔다. 참으로 귀신이 곡할 노릇이었다. 대흥증권이 여론의 뭇매를 맞아 기진맥진한 그 마당에, 그 회사의 창업주 명의로 발간된 자서전이 대박을 터뜨리

다니 놀라운 일이 아닐 수 없었다.

그건 이론으로 설명될 수 없는 일종의 이변이었다. 상식적으로 생각할 때 대흥증권의 기업 이미지가 돌이킬 수 없는 밑바닥까지 추락되었다면 그 기업의 창업주에 대한 신뢰도 동반 실추되는 것이 당연한 귀결이었다. 하지만 실지로는 그렇지 않았다. 대흥증권이 언론에 의해 거의 초토화 된 마당에서도『끝없는 집념』의 판매량은 고공 행진을 거듭하고 있었다.

『끝없는 집념』에 자기들 공적을 한 줄이라도 더 넣기 위해 승우에게 갖은 알랑방귀를 다 뀌던 사람들. 지금까지 승우가 논문이나 자서전 대필을 통해 알게 된 떨거지들은 대개 그렇고 그런 놈들이었다. 필요할 땐 불알을 잡고 매달리다가도 약발이 좀 떨어졌다 싶으면 언제 그랬느냐는 듯이 안면까지 사그리 몰수하는 더러운 놈들. 승우는 그 추악하고 비굴하고 구질구질한 놈들을 생각하다가 눈길을 안으로 거둬들였다. 그가 성현이에게 물었다.

"성현아. 날씨가 무척 덥지?"

"여름이니까 그렇지요."

우문현답이라고나 할까, 성현이의 대답은 간단명료했다. 웬만한 아이들 같으면 더워서 못 견디겠다고 징징 우는 소리를 하며 짜증을 내겠지만 성현이는 느긋하게 더위를 잘 참고 있었다.

"그래. 네 말이 맞다. 여름이니까 이렇게 더운 거야. 가을이 되면 시원해지겠지."

"그러다가 겨울이 오면 춥지요?"

"맞았어. 우리 성현이는 어쩌면 그렇게 똑똑할까."

"아빠 엄마가 낳은 아들이니까 그렇지요."

녀석은 어깨를 으쓱했다. 이 착한 아이를 잘 키워야 할 텐데……. 그러나 승우는 이 아이의 뒤를 밀어줄 자신이 없었다. 도희가 나타나 아내를 꼬여 낸 이후, 그리하여 아내가 집안일에 관심을 기울이기보다는 놀러 다니기에 더 바빠진 다음부터는 삶에 대한 의욕이 송두리째 무너져버린 탓이었다.

정말이지 아내가 이상하게 변질된 이후로는 설령 일감이 쇄도한다 해도 과연 그전처럼 죽자 살자 일할 수 있을는지 걱정스럽기만 했다. 말하자면 의욕 상실과 함께 일을 물고 늘어지면서 밀어붙이는 동력이 그만큼 떨어진 것이었다. 아무튼 도희가 나타난 이후 승우는 그렇게 살맛을 잃고 있었던 것이다.

그렇다고 성현이가 곁에 있는 한 이대로 좌절할 수는 없었다. 어떻게 해서라도 끝까지 살아남아 성현이를 건강하고 정직한 민주 시민으로 키워내야지. 세상이 다 썩어문드러진다 해도 성현이만큼은 올곧게 가르쳐야지. 해가 져서 어둑어둑 땅거미가 내릴 무렵, 승우는 그런 다짐을 하면서 성현이에게 말했다.

"성현아. 우리 월명산에 가 볼까."

"네, 좋아요."

성현이는 기다렸다는 듯이 손뼉을 치며 벌떡 일어났다. 녀석도 이 찌는 듯한 방 안에만 갇혀 있자 답답한 모양이었다. 승우는 곧 성현이와 함께 집을 벗어나 월명산 야간 산책에 나섰다. 월명산 산길에는 다른 주민들도 꽤 돌아다니고 있었다. 어느 사이엔가 둥근 달이 떠올랐고, 벌건 보안등 불빛이 산책로를 따라 점점이 빛나고 있었다. 승우가 말했다.

"성현아. 해가 지니까 조금 시원한 것 같지?"

"네. 그런데 바람은 왜 안 불어요?"

"글쎄 말이다…… 산에도 바람 한 점 없구나."

승우는 산책로 주변의 나무들을 주욱 훑어보았다. 그들 곁에는 보안등 불빛에 얼비친 개암나무 군락지가 널따랗게 펼쳐져 있었다. 이럴 때 살랑 살랑 바람이 불어온다면 얼마나 좋을까만, 그러나 나뭇잎은 어느 것 하나 미동조차 하지 않았다. 성현이가 말했다.

"아빠, 나뭇잎이 모두 잠자나 봐요."

"그런가 보다."

그들은 상수리나무 아래 벤치에서 잠깐 쉬었다가 오리나무 숲을 돌아 체육공원을 향해 걸어 나갔다. 그런데 체육공원 언덕 대나무 숲 아래 능선을 따라 새하얀 박꽃이 희뜩하게 피어 있었다. 꼿꼿하고 청정한 대나무와 잘 어울린, 비탈에서 비탈로 길게 이어진 박 넝쿨에서 무더기로 피어난 박꽃은 눈부시게 청초했다. 성현이가 물었다.

"아빠, 저 하얀 꽃은 무슨 꽃이에요?"

"응, 그것은 박꽃이란다."

"박꽃이라고 하셨어요?"

"그래. 이리 와 보렴."

승우는 성현이의 손목을 잡고 조심조심 비탈길로 내려갔다. 산지 사방으로 뻗어 나간 박 넝쿨에는 여기저기 올망졸망한 박들이 맺혀 있었다. 아, 이 척박한 땅에서도 튼실한 박 넝쿨이 이렇듯 좋은 꽃을 피워 솜털 보송보송한 박을 키우고 있었구나. 승우는 어린 시절 고향에서 보던 박꽃을 생각했다. 달밤에 헛간 지붕을 하얗게 뒤덮었던 박꽃. 성현이가 말했다.

"꽃이 아주아주 깨끗해요."

녀석은 '아주아주'에 한껏 힘을 주었다. 사실 승우가 보기에도 박꽃은 아주아주 희고 깨끗했다. 세상이 썩을 만큼 썩었건만 어떤 세속에도 물들지 않은 눈부신 박꽃. 비록 곤궁한 가정에서 태어났을지언정 티 없이 해맑은 성현이를 이런 박꽃처럼 깨끗하게 키워 내야지. 사회생활을 시작한 이후 이날 이때까지 맨땅에 박치기하듯 처절하게 살아온 승우는 저 가슴 깊은 곳에서 복받쳐 오르는 뜨거운 피눈물을 꿀꺽꿀꺽 집어삼키며 그렇게 다짐했다.

둥근 달이 점점 더 높이 떠오르면 떠오를수록 박꽃은 더욱 청초한 자태를 뽐내며 눈부시게 빛나고 있었다. (《한국소설》 2008년 9월호)

소나무

가을이 오고 있었다. 그날도 광동주택 조무래기들은 '가' 동과 '나' 동 사이의 비좁은 공간에서 축구공을 뻥뻥 내지르고 있었다. 이름하여 광동주택이라……? 30여 년 전 어느 건축업자가 지은 이 연립주택은 그 번드르르한 이름과는 달리 이제는 퇴락할 대로 퇴락해 있었다.

승우는 창문을 열었다. 코끝에 묻어나는 공기가 제법 산뜻했다. 지난여름에는 창문만 열었다 하면 지열이 훅훅 달려들어 숨통이 막힐 지경이었는데 선들바람이 불어오기 시작한 며칠 전부터는 공기 냄새가 이렇게 달라져 있었다.

이번 가을에는 무슨 좋은 일이 있어야 할 텐데……. 승우는 지난여름 내내 쓸개를 짓씹어야 했다. 일을 하고 싶어도 일감이 없어 내리 몇 달간 편편 놀다 보니 그야말로 죽을 맛이 아닐 수 없었다. 완벽한 백수. 빚은 대추나무에 연 걸리듯 했는데, 일감이 뚝 끊긴 이후 이렇다 할 돌파구가 보이지 않았다. 더군다나 여름이 다 가도록 꿈자리까지 뒤숭숭해서 정서적으로 여간 불안한 것이 아니었다.

 절망, 절망……. 그는 절망의 벼랑 끝에 서 있었지만 어린아이들을 생각하면 스스로 목숨을 끊을 수도 없었다. 요 몇 달 사이에 허우대 멀쩡하던, 어느 화장품회사 부장으로 있던 전홍길이 죽었다. 그런가 하면 미국에서 돌아와 미국 년 행세를 하며 불난 집에 부채질하던 도희도 죽었다.

 그런데 승우는 이렇다 할 벌이도 없이 모진 목숨을 부지하고 있었다. 그렇다고 더 살아본들 뭔가 뾰족한 방안이 나올 리도 만무했다. 남들은 하기 좋은 말로 그 흔한 아파트 경비원으로 취업하거나 공공근로사업장에 나가 막노동이라도 하면 될 것 아니냐고 혀끝을 놀릴지 모르지만 그런 일자리도 아무나 붙여주는 것은 아니었다.

 오나가나 실업자가 넘쳐나는 마당에 승우처럼 어중간한 사람은 일자리다운 일자리에 발을 디밀 틈이 없었다. 그의 나이는 벌써 지천명을 바라보게 되었고, 그에게는 그 뭐 취업을 위해 내세울 만한 이력이 없었다. 잡지사 기자 출신인 그는 지금까지 남의 논문을 대필해주고, 거기에서 얻어지는 알량한 대필료로 생계를 꾸려왔다. 그러니까 그는 논문 대필업에 종사해 온 셈이었다.

 하 많은 직업 중에 하필이면 논문 대필업이라……? 공식적으로는 이 세상에 그런 직종이 존재할 수 없었다. 논문이란 연구자가 직접 쓰는 것이지 누군가가 대필해주는 것이 아닌 까닭이었다. 하지만 승우는 일찍이 학문당 박일기 사장의 주선으로 논문 대필을 시작한 이후 지난 근 30년 동안 줄곧 그 일에 매달려왔다.

 장난하다 애 밴다는 말이 있지만, 승우가 맨 처음 남의 논문을 대필할 때만 해도 그 일이 생업으로 굳어질 줄은 전혀 예측하지 못했다. 한데 한

편 두 편 그런 논문을 써내다 보니 어느덧 그게 직업으로 고착되고 말았다. 하지만 그것이 결코 취업을 위한 이력이 될 수는 없었다. 그것은 무덤까지 가지고 가야 할 비밀이면 비밀이었지, 세상에 드러내 놓고 공인받을 수 있는 경력 사항이 아니었던 것이다.

승우는 이 근래 부쩍 운명이라는 화두를 자주 떠올리곤 했다. 운명이란 과연 무엇일까. 아무도 알아주지 않는 논문 대필업. 남들은 만물박사니 재야 석학이니 뭐니 그럴듯한 별호를 붙여주었지만 그게 인생의 전부는 아니었다.

이름이 있으나 그 이름을 떳떳이 밝힐 수 없고, 얼굴이 있으나 그 얼굴을 내밀 수 없고, 경력이 있으나 그 경력을 드러낼 수 없는 이 기막힌 인생사를 어떻게 이해해야 할까. 박일기 사장과의 만남, 그리고 그 이후로 악어와 악어새처럼 공존해 온 사연까지를 돌아본다면 승우의 인생 역정은 필경 일찍부터 하느님께서 분명하게 점지해준 그 무슨 운명이 작용한 듯했다.

사실 승우와 박 사장 사이에는 처음 만날 때부터 무언의 교감이 있었다. 그것은 제대로 배우지 못한, 대학 졸업장에 대한 뿌리 깊은 한이라고 말할 수 있었다. 그들의 최종학력은 고졸이었다. 그들은 젊은 시절 누구 못지않은 실력과 능력을 갖추고 있으면서도 대학 졸업장이 없어 어디를 가나 찬밥 신세를 면할 길이 없었다.

특히 승우는 이 근래 들어와 빼지도 박지도 못할 곤경에서 허우적거리고 있었다. 분하고 억울했다. 남들이 단잠에 빠져 있을 때 밤잠을 설치며 컴퓨터 자판을 두드리느라 지문이 다 닳아 없어질 정도로 열심히 일했건만 당장 굶어 죽어야 할 막다른 골목으로 내몰리게 되다니 참으로 억장이 무너졌다. 물론 그동안 박 사장으로부터 많은 도움을 받았다. 아니, 박 사장의 도움이 아니었더라면 그는 진작 집도 절도 없이 길바닥에 나앉게 되었으리라.

한편, 승우의 아내 현숙은 여기저기에서 잔돈푼을 꾸어다가 아이들 학비에 뭐에 구차한 살림을 꾸려가고 있었다. 참으로 답답했다. 언제 갚는다는 기약도 없이 돈을 꾸어 오는 그녀의 심정인들 오죽할 것인가. 승우는 몇 달 전부터 집을 파는 것이 난국 타개의 유일한 선택이라 믿고 있었다.

하지만 그것도 마음대로 되지 않았다. 불량 주택 중의 불량 주택인, 판잣집이나 다름없는 낡은 연립주택을 팔아 봤자 빚 갚고 나면 그 나머지 돈을 가지고는 어디 가서 전세도 얻기 어려운 실정이었다. 더욱이 아내 현숙은 굶어 죽으면 죽었지 집만은 팔 수 없다고 펄펄 뛰었다. 그녀는 유일한 재산인 이 연립주택을 목숨처럼 여기고 있었다.

진퇴양난이었다. 승우는 궁지에 몰린 자신을 비관하고 또 비관했다. 내 인생이 어쩌다 이렇게 되었을까. 그 자신 살기 위해 노력도 할 만큼 했건만 그 노력의 결과가 겨우 요 모양 요 꼴이란 말인가. 사느냐, 죽느냐……. 승우는 삶과 죽음의 갈림길에서 이만저만 번민한 것이 아니었다. 괴로웠다. 그는 종교에 의지해 뭔가 위안을 찾아보려고 얼마 전부터 성당에 다니며 예비자 교리 수업을 받고 있었다. 그러나 앞으로 살아갈 길은 여전히 막막했다.

죽고 싶어도 죽을 수 없는 인생. 고등학교에 다니는 은경이와 옥경이는 어느 정도 커서 부모 없이도 살아갈 수 있겠지만, 이제 겨우 세 돌 지난 귀염둥이 아들 성현이를 생각할라치면 차마 목숨을 끊을 수가 없었다.

승우는 이처럼 위급한 때일수록 소나무 같은 사람이 되자고 골백번도 더 다짐했다. 눈이 오나 비가 오나 늘 푸른 소나무. 바위틈에도 뿌리를 내리고 강인한 생명력으로 굳건히 자라나는 소나무. 만고풍상을 겪으면서도 위풍당당한 소나무. 하지만 그런 다짐은 수시로 흔들리고 있었다.

지난주 화요일이었다. 승우는 박 사장의 전화를 받고 학문당으로 나갔다. 박 사장은 뭔가 긴히 할 말이 있는 듯했지만, 슬슬 변죽만 울리면서 계속 뜸을 들이고 있었다. 박 사장이 말했다.

"이제 선들바람이 불기 시작했으니까 일감이 들어올 것도 같은데……."

"그래야겠지. 하지만 너무 오래 놀다 보니까 이젠 지칠 대로 지쳤어. 난 아무래도 길을 잘못 들어선 것 같아. 이제 와서 그 어디 취직 시험을 칠 수도 없고……."

"어허, 만물박사가 왜 그런 말을 하나."

사실 승우는 자타가 공인하는 만물박사였다. 그가 정치·경제·사회·문화 등 각 분야에 걸쳐 대필해준 논문으로 박사 학위를 받은 사람이 도처에 수두룩했다. 학문당 서가에 빼곡히 꽂혀 있는 박사 학위 논문들이 승우의 위상을 웅변으로 입증해주고 있었다. 그 가운데 상당수는 바로 승우가 대필해준 논문이었다. 이렇게 볼 때, 승우는 박사 중의 박사, 즉 누가 뭐래도 만물박사라고 말할 수 있었다.

학벌은 낮았지만 학식이 높은 사람. 박사 학위 논문을 수없이 썼으면서도 학사 학위조차 소지하지 못한 사람. 실력은 넘쳐나지만 뒷전으로 밀려 빈곤에 허덕이는 사람. 남에게 좋은 일을 많이 하면서도 정당한 대우를 받지 못한 사람. 그런 승우는 지난 세월 각고의 노력으로 금세기 최고의 석학이 되어 있었다.

학문당에 드나드는, 난다 긴다 하는 대학교수들이라도 승우 앞에서 슬금슬금 꼬랑지를 내리게 마련이었다. 아무리 저 잘났다고 뻐기는 놈이라 할지라도 승우와 몇 마디 대화를 나누다 보면 그의 해박한 학식에 저절로 기가 질리기 때문이었다. 승우가 자조적으로 말했다.

"만물박사? 허, 나도 한때는 그런 별명에 자부심을 가진 적이 있었지. 그렇지만 이제는 그런 별명조차 싫어졌어. 만물박사 좋아하네. 차라리 똥물박사가 더 적절하지 않을까."

"똥물박사?"

"그래, 난 아무래도 똥물박사야. 정말 똥물 같은 세상에 태어나서 똥물 같은 놈들의 똥물 같은 논문이나 써주면서 똥물 같은 대우를 받고 똥물 같은 인생을 살아왔으니까. 난 아무래도 헛산 것 같아."

승우는 가슴 저 깊은 곳에서 북받쳐 올라오는 회한을 짓씹었다. 모진 세파를 헤치느라 고군분투하며 살아온 지난 세월을 돌아볼라치면 어느 사이엔가 등골에선 찐득찐득 진땀이 묻어났다. 박 사장이 말했다.

"만물박사. 오늘따라 갑자기 왜 그래?"

"박 사장. 정말 살기가 너무 힘들군."

예나 지금이나 가난이 원수였다. 정말 가난이라면 이가 갈렸다. 승우는 어린 시절부터 주위 사람들로부터 신동이라는 말을 들었고, 초등학교를 거쳐 중·고등학교에 다니는 동안 수재 또는 천재로 널리 알려져 있었다. 비록 시골의 작은 학교였지만, 그는 항상 우등생으로 찬란한 깃발을 날렸다.

하지만 그의 집안은 빈한해도 너무 빈한했다. 그의 집에는 송곳 꽂을 농토 한 뼘이 없었다. 아니, 농토는 고사하고 움막 하나 들어앉힐 집터조차 없었다. 그의 부모님은 남의 땅에 겨우 눈비 피할 수 있는 오두막집을 지었고, 제때에 도지를 낼 형편도 못 되었던 터라 한 해에 나흘씩 지주 집에 가서 농사일을 해주었다. 그러니까 나흘 분의 품삯으로 텃도지를 대신한 셈이었다.

그런 형편에서 대학에 들어간다는 것은 언감생심 꿈도 꿀 수 없었다. 그 좋은 머리로 대학을 나오면 조금 괜찮은 앞날을 기대할 수도 있었겠지만, 승우가 대학을 다니는 동안 나머지 가족들은 빳빳이 굶어 죽게 돼 있었다. 생일날 먹자고 이레를 굶었더니 죽더라는 말은 진리 중의 진리가 아닐 수 없었다.

그는 눈물을 머금고 일찌감치 대학 진학을 포기했다. 그 대신, 과감히 생활 전선에 뛰어들어 몸이 으스러지는 한이 있더라도 가족들을 부양하는 것은 물론 더 나아가 자신의 미래를 개척할 작정이었다. 하지만 그의 고향에는 마땅한 일자리가 없었다. 만약 농토나 일자리가 있었다면 부모님이 그렇게 극빈의 질곡에서 허덕이지도 않았겠지.

명석한 두뇌 하나만으로 갖은 우여곡절을 겪으며 고등학교를 졸업하던 그해 승우는 일자리를 찾아 상경을 결행했다. 하지만 사돈의 팔촌조차 살지 않는 서울은 그렇게 만만한 곳이 아니었다. 인심도 사나웠다. 그는 그때부터 문자 그대로 밑바닥을 박박 기었다. 그래도 그는 노동판에서 받은 몇 푼 노임을 알뜰살뜰 모았다가 꼬박꼬박 고향의 부모님 앞으로 송금해드리곤 했다.

그랬다. 승우는 막노동 현장을 벗어나 잡지사 기자로 들어간 뒤에도 고향의 부모님과 어린 동생들 뒷바라지하느라 숨 돌릴 겨를이 없었다. 그 힘겨웠던 시절, 승우는 당시 광고부장이었던 박일기와 말단 사환이었던 김영호를 만났다. 그들 역시 비렁뱅이나 다름없는 밑바닥 인생이었다.

하지만 그들 두 사람은 지난날의 역경을 딛고 일어나 팔자를 고쳤다. 일찍이 여명인쇄사를 탄탄한 반석 위에 올려놓은 박일기는 논문 제작업체 학문당까지 창업해 웬만한 대학교수들을 쥐락펴락했고, 한때 권투선수가 되었다가 좌절한 뒤 나이트클럽 웨이터로 전전했던 영호는 요즘 한창 잘나가는 태흥물산의 회장이 돼 있었다. 박 사장이 물었다.

"혹시 영호한테서는 연락 없었나."

"종종 전화가 오지. 내일쯤 만나기로 했어."

"의리 있는 사람이군. 잡지사 시절 사환으로 우리들 심부름이나 하던 고학생이 그렇게 성공하다니 정말 놀라운 일이야."

"놀랍구 말구……. 입지전적 인물이지. 아주 대견해. 이젠 사환 시절의 영호가 아니야. 서너 번 만나 대화를 나눠 보니까 재벌 총수답게 꽉 틀이 잡혔어. 아마도 경험이 다양해서 그럴 거야. 나이는 얼마 안 됐지만, 얘기를 들어 보니까 우리 못지않게 산전수전 다 겪었더군. 본래 좋은 환경에서 자란 놈들은 샌님 같고 오만하거든. 하지만 영호는 활달하면서도 겸손해. 화끈한 왕초 기질이 있더라니까."

"아무튼 잘된 일이야. 한데 어째서 영호의 성공 신화가 널리 알려지지 않았을까."

"그 이유가 있더군. 그동안 신문이며 방송에서 여러 차례 인터뷰 요청이 있었대. 어떤 텔레비전에서는 특집 방송까지 기획했던 모양인데 그때마다 영호가 냉정히 거절했다는 거야."

"왜?"

"아직은 나설 때가 아니라는 거지. 조금 더 나이 들면 몰라도 지금은 매스컴 타는 것을 원치 않는다고 하더군. 조용히 경영에만 전념하면서 내실을 다지겠다는 그 말을 들었을 때 저절로 신뢰가 가더라니까."

"거 참 대단한 사람이군."

박 사장은 입에 침이 마르도록 칭송을 아끼지 않았다. 사실 영호의 대성
은 신화 아니면 기적이라고 말할 수 있었다. 승우가 말했다.

"학문당도 좀 더 확확 돌아가야 할 텐데……."

"글쎄, 그렇게만 되면 얼마나 좋을까. 왜 이렇게 갈수록 어려워지는지
모르겠어."

학문당이 한창 잘나갈 때에는 일감이 끊이지 않고 들어왔다. 당연한 말
이지만, 이 계통에서도 수요와 공급의 시장 원리가 그대로 작동되고 있었
다. 논문을 내고 싶어도 필력이 없어 쩔쩔 매는 사람들. 특히 대학원 석사
과정이나 박사 과정을 이수한 뒤 논문을 제출하지 못해 전전긍긍하는 함
량 미달의 깡통들은 부지기수로 널려 있었다.

그들은 애면글면 학문당 박 사장의 바짓가랑이를 붙잡고 늘어졌다. 그
들은 은밀히 논문 대필자를 소개해달라고 요구했다. 박 사장은 승우에게
그 일을 주선했고, 승우는 어떤 논문이든 척척 써냄으로써 급기야 만물박
사라는 별명까지 얻게 되었던 것이다.

승우는 그동안 논문 이외에도 남의 자서전이나 회고록은 물론이려니와
국회의원들의 '의정보고서' 같은 것도 대필해주었다. 하지만 그는 언제나
뒷전에 숨어 있어야 했다. 승우가 대필해준 논문으로 석사나 박사 학위를
받은 사람들은 소기의 목적을 달성하자마자 논문 대필 의뢰 사실을 감쪽
같이 숨겨 버리기 때문이었다.

그런 점에서 문제의 깡통들은 도마뱀과 닮은 데가 있었다. 여차하면 스
스로 제 꼬리를 잘라버리는 도마뱀. 그들은 승우가 대필해준 논문으로 학

위를 취득했다 하면 언제 그런 일이 있었냐는 듯 인연의 꼬리를 싹둑 자르는 것은 물론 안면까지 사그리 몰수했다. 이 세상의 모든 점조직이 그렇듯 그들이야말로 그동안에 형성되었던 연결고리만 끊으면 저 혼자 구린내 나는 비리를 얼마든지 은폐할 수 있기 때문이었다.

어디까지나 논문은 물주 이름으로 나가게 마련이었다. 그 논문에 승우의 이름이 끼어들 여지는 없었다. 논문은 승우가 썼지만, 정작 그 논문의 과실은 모두 물주의 몫으로 돌아갔다.

석사든 박사든, 대학교수든 뭐든 예외가 아니었다. 승우가 대필해준 논문으로 석사 학위, 박사 학위를 받아 대학교수가 되거나 정부 요직에 앉아 있는 작자들은 한둘이 아니었다.

하지만 그들은 두 번 다시 승우를 돌아보지 않았다. 사실 그들 쪽에서는 승우를 돌아볼 필요가 없었다. 아니, 그들의 입장에서는 비리치근한 약점을 감추는 데까지 감춰야 했다. 세상은 칼바람이 불 정도로 냉정했다.

더욱이 돈냥이나 가진 놈들일수록 제 목적만 달성했다 하면 그대로 돌아섰다. 그것이 바로 세상의 이치였다. 만물박사인 승우가 세상의 그런 초보적인 이치를 모를 리 만무했다.

하기야 승우 자신도 이름이나 얼굴을 드러내고 싶은 마음이 없었다. 어떤 놈들은, 특히 공치사 좋아하는 놈들은 남이 한 일도 자기가 한 것으로 가로채 업적 아닌 업적을 뻥튀기 하는 것이 일상화되어 있지만 승우는 눈곱만큼도 그럴 마음이 없었다. 그는 비록 이름이나 얼굴을 베일 속에 감추고 살아가지만, 그저 얼마간 대필료를 받아 가족들 굶기지 않는 것만으로도 독야청청 안분지족(安分知足)할 따름이었다.

한데 이 근래에는 사정이 확 달라졌다. 일감이 뚝 끊겨 입에 풀칠하기도 어려워졌다. 족보도 이름도 없는 어중이떠중이 논문 대행업체가 우후죽순처럼 생겨나 본격적인 영업행위로 이 바닥을 휘젓기 때문이었다. 일종의 논문공장인 그 업체들은 아예 노골적으로 경향 각지의 대학원 게시판에 '논문 대행', '논문 용역'이라는 광고 선전물까지 내붙이고 있었다.

어디 그뿐인가. 그들은 사이버 공간에 버젓이 홈페이지를 만들어 놓고는 죽자 살자 논문 대필을 수주하고 있었다. 발주하는 물주, 수주하는 업체. 논문 대필도 이제는 일반 상거래와 다를 바 없었다. 그들에게는 논문의 내용 따위야 안중에도 없었다. 물주 입장에서는 논문 심사에만 통과하면 그만이었고, 업체 입장에서는 수주 물량을 늘리는 데까지 늘리고 제때에 납품만 하면 그만이었다.

알 만한 사람은 다 알고 있는 사실이지만, 그들 업체는 표절의 온상이라고 말할 수 있었다. 그런 업체에 모인 놈들은 논문의 '논' 자도 모르는, 그렇고 그런 건달들에 지나지 않는지라 처음부터 논문을 대필할 역량조차 갖추지 못하고 있었다. 그러니까 그들 업체야말로 표절을 전제로, 즉 남의 논문을 베껴 돈을 받아먹겠다는 똥배짱으로 '논문 대행' 또는 '논문 용역'에 뛰어든 셈이었다. 아니나 다를까, 그들은 개나 걸이나 남의 논문을 베끼는 데 아주 이골이 나 있었다.

업체 간의 경쟁도 치열했다. 대필료 덤핑 공세는 물론 심지어 어떤 업체는 몇몇 대학교수들과 결탁하여 그 대학의 논문 수요자들을 거의 독점하고 있었다. 소위 리베이트라는 명목으로 뇌물을 받은 대학교수들은 제자들을 통째로 특정 업체에 소개해주었다. 일부 대학교수와 논문 대행업체의 검은 커넥션은 이제 더는 비밀도 아니었다.

하지만 꼬리가 길면 반드시 밟히게 마련이었다. 얼마 전 몇몇 대학교수와 논문 대행업체 장사꾼들이 검찰에 무더기로 구속된 일이 있었다. 그 사건이 터지자 신문방송 등 언론이 와글와글 들끓었다. 학계도 발칵 뒤집혔다. 양심 있는 학자들은 개탄을 금치 못하면서 마침내 올 것이 왔다고 논평했다.

그렇다면 논문과 관련된 비리가 얼마나 만연돼 있는지 알고도 남음이 있었다. 남이 써준 논문으로 학위를 받은 가짜 석사, 가짜 박사는 물론이려니와 그 학위를 이용해 그럴싸한 자리를 꿰차고 앉은 가짜 교수, 가짜 연구원 등등 가짜들은 헤아릴 수가 없었다.

악화(惡貨)가 양화(良貨)를 구축하듯 그런 가짜들은 벌써 진정한 실력파들을 몰아내면서 학계에 큰 세력을 형성해놓고 있었다. 한마디로 말하자면 가짜가 판치는 세상이었다.

그 반면, 지금까지 승우가 대필해준 논문은 학계에서 놀라운 반향을 불러일으켰고, 학문당이 타의 추종을 불허하는 명성을 얻게 된 것도 결코 우연한 일이 아니었다. 이제 어느 누구라도 학문당에서 나온 논문을 읽지 않고서는 새로운 논문을 쓸 수가 없었다. 그런 점에서 학문당이야말로 '캠퍼스 없는 종합대학'이었고, 박 사장에게 따라붙는 '캠퍼스 없는 대학총장'이라는 칭호야말로 여간 적절한 것이 아니었다.

특히 그동안 승우가 대필해준 각종 논문은 명품 중의 명품인지라 인용의 차원을 넘어 아예 표절 대상 0순위에 올라 있었다. 우선 논문의 내용이 아주 알차고 신선하기 때문이었다. 언제부턴가 승우가 써낸 논문은 마구잡이로 수난을 당하고 있었다.

그렇지만 승우는 대필자에 지나지 않았으므로 아무런 권리를 주장할 수가 없었다. 물주도 예외가 아니었다. 그들은 승우에게 얼마간의 대필료를 주고 논문을 사서 자기 명의로 발표했지만, 섣불리 표절을 문제 삼고 나섰다가 도리어 대필의 비밀이 탄로 날까 봐 입을 굳게 다물어야 했다.

그뿐 아니라 그들은 자기 명의의 논문이 표절을 당하든 윤간을 당하든 별로 신경조차 쓰지 않았다. 그들의 목표는 애당초 학문 연구에 있었던 것이 아니라 논문이 안겨주는 '간판'만 필요했기 때문이었다. 그 깡통들은 승우가 대필해준 논문으로 석사면 석사, 박사면 박사, 그 학위만 따면 그만이었지 그 이후의 문제에 대해서는 별 관심이 없었던 것이다.

승우는 누가 누구의 논문을 어떻게 표절했지 그 실상을 소상히 꿰뚫고 있었다. 논문 대필업 제1호로 이 바닥에 뛰어든, 만물박사로 통하는 승우가 그걸 모른다면 말도 안 되는 소리였다. 그는 누구보다도 논문의 작성 과정과 유통의 비리에 대해서 손금 들여다보듯 훤히 꿰뚫고 있었던 것이다.

한데 논문 시장의 내막을 들여다보면 참으로 가관이었다. 논문 시장에는 승우의 명품 논문을 흉내 낸 허접한 짝퉁들이 논문이라는 허울을 뒤집어쓰고 판치는가 하면 표절 논문을 표절 논문인 줄도 모르고 다시 표절한 엉터리 가짜 논문도 수두룩하였다. 학생이 다른 학생 논문을 표절하고, 석사 학위를 청구한 자가 다른 석사 학위 논문을 표절하고, 박사 학위를 청구한 자가 다른 박사 학위 논문을 표절한 것은 그렇다 치더라도, 박사 학위 논문이 석사 학위 논문을 표절하고, 석사 학위 논문이 학사 학위 논문을 표절한 것은 코미디도 보통 코미디가 아니었다.

코미디는 거기에서 끝나지 않았다. 학생이 교수 논문을 표절하고, 교수가 학생 논문을 표절한 것도 적지 않았다. 말하자면 교수와 학생이 서로 도둑질하는 형국이었다. 그런가 하면 제자의 논문을 교수가 자기 명의로 둔갑시켜 발표한 경우도 허다했다. 그런데도 제자는 후환이 두려워 입을 굳게 다물고 있을 따름이었다.

특히 조기성은 표절의 명수였다. 그의 논문은 표절 아닌 것이 한 편도 없었다. 그의 논문은 학사 학위 논문에서부터 석사 학위 논문, 박사 학위 논문은 물론이려니와 교수로 재직해 오는 동안 학회지를 비롯하여 여러 지면에 발표한 논문까지 모조리 표절 일색이었다.

놈은 썩어도 보통 썩은 것이 아니었다. 남의 논문을 표절하면 언젠가는 반드시 들통이 나게 되어 있건만, 그놈은 세상 무서운 줄 모르고 전문적으로 표절을 일삼고 있었다. 그런 놈이 명색 국립대학 교수랍시고 목에 힘주고 시건방을 떨어대는 수작질이라니 구역질이 나서 견딜 수가 없었다. 승우가 박 사장에게 물었다.

"조기성이란 놈은 연락 없었나."

"아, 참, 오늘 아침 그놈이 전화를 했더군. 지난번에 퇴짜 놓았던 그 논문을 출판해달라고 계속 조르는 거야."

"더러운 놈 같으니라구. 그런 놈은 하루 속히 뒈져야 할 텐데⋯⋯."

"누가 아니래. 그런 쓰레기 같은 인간은 당장 뒈져야 해."

박 사장은 혀를 내둘렀다. 그는 본래 조기성이 싸들고 온 원고를 출판하여 다른 학자들의 집중 공격을 유도할 고도의 전략을 세워놓고 있었다. 학문당에서 놈의 논문을 출판했다 하면 틀림없이 다른 학자들이 벌 떼처럼 달려들어 맹공을 퍼부을 것이고, 그렇게 되면 조기성은 자연스럽게 학계에서 매장될 것이기 때문이었다. 박 사장은 그걸 노리고 승우에게 조기성의 논문을 검토해달라고 요청했던 것인데, 승우는 그놈의 원고를 훑어본 뒤 일고의 가치도 없다고 단정했다. 승우가 말했다.

"나도 웬만하면 그냥 넘어갔을 거야. 근데 그놈 논문은 처음부터 끝까지 모조리 표절이야. 여기저기 다른 논문에서 뭉텅뭉텅 떼어다가 엉성하게 짜깁기를 했잖아. 오죽하면 손을 못 대겠더라니까. 그래서 퇴짜를 놓으라고 강력히 권유했던 거지."

"짜아식. 그런 놈이 국립대학 교수라니 푸줏간에 내걸린 소 대가리가 웃을 지경이지. 정말 우리 사회가 어쩌다 이 모양이 됐는지 모르겠어."

"하기야 그놈뿐만 아니라 우리 사회가 너무 썩었어. 성장 제일주의와 성과주의가 낳은 폐단이라고 말할 수 있겠지. 과정이야 어떻든 뭔가 가시적인 성과만 있으면 그만이라는 썩어빠진 생각이 사회 전체를 그렇게 타락시킨 것 아니겠어? 그 과정에서 조기성 같은 모리배들이 활개를 치게 된 거지. 위정자들은 국민소득만 높아지면 삶의 질이 높아진다고 떠들고 있잖아. 천만의 말씀이지. 우리나라의 경우 국민소득이 높아진 것은 사실이지만 인간미와 삶의 질은 도리어 퇴보했어."

"나도 그렇게 생각해. 못 먹고, 못 입고, 그야말로 조상 전래의 가난에서 허덕이던 저 60년대나 70년대에는 사람들의 가슴마다 따뜻한 인정이 있었거든. 최소한 이웃의 불행 앞에서 뜨거운 눈물 한 방울 나누었고, 주위에 경사가 있으면 자기 일처럼 덩실덩실 춤을 추며 기뻐했었지."

"바로 그거야. 위정자들이 경제의 고도성장, 압축 성장을 국민적 과제로 삼고 불도저처럼 밀어붙이는 동안 우리 국민들은 가장 중요한 인간성을 상실하게 됐지. 주머니에 돈이 불어나면 불어날수록 인간들은 더 많은 돈을 챙기지 못해 안달하잖아? 그뿐이 아니야. 최근에는……."

정치권에서 더 웃기는 일이 벌어지고 있었다. 어떤 위정자는 입만 열었다 하면 실용과 효율이라는 세기말적 구호를 앞세워 아직도 경제성장만을 외치고 있었다. 정부 당국은 그런 구호를 집중적으로 홍보했고, 거기에 현혹된 국민들은 돈이 전부인 양 너도나도 돈을 좇아 미친년 널뛰듯 하고 있었다.

그건 아니었다. 인간에게는 실용이니 뭐니 그따위 구호에 앞서 진정으로 인간답게, 보다 더 편안하고 행복하게 살아야 할 권리가 있었다. 단언컨대 돈은 필요조건일 뿐 결코 절대조건일 수가 없었다. 박 사장이 말했다.

"세상이 미쳤어. 광풍이 휘몰아치고 있다니까."

"그래. 미쳐도 너무 미쳤어. 나는 오래전부터 국가총생산량과 행복의 상관관계에 대해 깊이 연구해 왔지. 그런데 아직까지는 이 분야에 관한 논문을 주문하는 물주가 없더군. 돈에 눈먼 사람들에게는 인간성 회복 따위야 관심의 대상이 아닌 모양이야. 그들은 오직 돈 버는 일에만 모든 촉각을 곤두세우고 있거든. 내가 볼 때 국가총생산량과 인간의 진정한 행복은 도리어 반비례하는 것 같아."

"선진국에선 행복지수를 연구한 좋은 논문이 쏟아져 나오고 있던데……."

"그게 바로 성찰의 산물이지. 과거에 비해 돈이 훨씬 많아졌다는 오늘날, 인간들이 얼마나 인간미를 상실한 채 졸렬해지고 있는지……. 고층 빌딩은 날로 높아지고 있지만 국민들의 의식 수준은 점점 낮아지고 있거든. 도시나 농촌을 가릴 것 없이 길이란 길은 확 넓어졌지만 국민들의 안목은 과거에 비해 훨씬 좁아졌어. 옷은 화려하게 입었지만 머릿속은 텅텅 빈 사람들. 음식이 풍부해져서 음식 찌꺼기 처리가 사회적 문제로 대두되었지만 결식아동 등 굶주리는 사람은 얼마나 많은가. 평수 넓은 아파트는 많아졌지만 가정에서 내몰린 노인들과 쪽방에서 추위에 떠는 사람들이나 노숙자들은 역시 점점 늘어나는 추세잖아? 가진 자들은 등 따시고 배부르게 살지만 그들의 내면에는 차디찬 냉기가 가득하단 말이야."

그런데도 위정자들과 정부 당국은 우리나라가 마치 지상낙원이라도 되는 것처럼 떠들어대고 있었다. 어림도 없는 수작이었다. 우리나라가 정부 수립 이후 세계 역사상 유례없는 경제성장을 이룩한 것은 사실이지만, 그렇다고 국격(國格)이나 개인의 삶의 질까지 향상된 것은 아니었다.

세계에서 자살률, 이혼율, 노동산재율, 비정규직 노동자비율 등 각종 불명예 1~2위를 기록하고 있는 나라. 인성 교육 같은 것은 아예 씨도 먹히지 않는 나라. 시험만 잘 보면, 그래서 소위 좋은 대학에만 들어가면 모든 것이 끝이라고 가르치는 나라. 공교육보다 사교육이 우대되는 나라. 돈만 많으면 그만이라는, 아니 돈을 자기 조상보다도 더 떠받드는 사람들로 넘쳐나는 나라. 무한 경쟁이네 뭐네 해서 피가 팍팍 튀는 사회. 너 죽고 나 살자는 사회. 아니, 너를 죽여야 내가 산다는 사회. 너도나도 배고픈 소크라테스가 되기보다는 배부른 돼지가 되겠다고 눈에 불을 켜는 사회. 사정이 이런데도 소위 돈깨나 거머쥔 작자들은 밑바닥 서민들을 비웃기라도 하듯 하늘 무서운 줄 모르는 채 펄펄 날뛰고 있었다.

권력자들은 걸핏하면 경제협력개발기구(OECD) 회원국으로 경제규모가 어떠네 국제교역량이 어떠네 귀신 씻나락 까먹는 소리를 늘어놓고 있지만, 승우가 볼 때 우리 사회가 안고 있는 인간성 상실의 각종 병리 현상은 한두 가지가 아니었다. 박 사장이 얼마 동안 뜸을 들이다가 은근히 승우의 눈치를 살피면서 조심스럽게 말했다.

"만물박사. 내가 좀 엉뚱한 제안을 하고 싶은데 괜찮겠나?"

"하, 참, 무슨 말을 하려고 아까부터 그렇게 뜸을 들일까. 기탄없이 말해봐. 우리 사이에 못할 말이 어디 있겠어?"

"다름이 아니구, 내가 만물박사한테 일자리를 하나 만들어 볼까 하는데

256

어떻게 생각해?"

"일자리?"

"그래. 내친 김에 단도직입적으로 말하지. 우리 회사에 부사장으로 나오면 어떨까."

"아이구, 지금은 회사 사정이 너무 어렵잖아?"

"바로 회사 사정이 어려우니까 하는 말이야. 회사가 잘 돌아갈 때 같으면 만물박사에게 일감도 꾸준히 넘겨줄 수 있었지. 한데 너무 오래도록 일감을 주지 못했어. 만물박사가 경제적으로 얼마나 고통을 받는지 잘 알고 있었지만 혹시 결벽증으로 똘똘 뭉친 그 자존심에 상처나 입지 않을까 해서 차마 입 밖에 내지 못했을 뿐이야. 만물박사도 가족들과 함께 살아야 할 것 아닌가. 우리 회사로 들어와. 그렇게만 한다면 회사에서 고정적으로 급여를 지급할게."

"박 사장의 그 고마운 배려에 내가 뭐라겠나. 하지만 회사 쪽에서 볼 때에는 구조조정을 해도 시원찮을 마당에 내게 급여를 주면 어쩌겠다는 건가. 나야말로 짐이 될 수밖에 없잖아?"

"아, 그렇게 나올 줄 알았어. 염려하지 마. 우리 회사는 아직 재무구조가 탄탄해. 말이 나왔으니까 얘기지만, 난 오래전부터 만물박사에게 아파트라도 한 채 사주려고 했어. 우리 회사가 저절로 성장한 게 아니거든. 여명인쇄사나 학문당의 오늘이 있기까지 참으로 만물박사의 공로가 지대했어."

"아니야. 난 한 일이 없어. 박 사장이 그동안 끊임없이 일감을 줘서 난 잘 먹고 살아왔지. 어디 그뿐인가. 내 수입이 끊길 때마다 박 사장이 수시로 생활비를 주었잖아?"

"어허, 그건 당연한 일 아닌가. 이제 아주 우리 회사에 정규직으로 들어와. 내가 죽을 때까지 책임질 테니까."

승우는 눈시울이 뜨끈하면서 가슴이 뭉클해짐을 느꼈다. 지난 세월 형제 이상으로 절친하게 지내왔다고 하지만, 박 사장이 그런 제안을 하리라고는 꿈에도 생각 못한 일이었다. 승우가 말했다.

"아, 너무 갑작스런 제안이어서 뭐라 할 말이 없군. 며칠 동안이라도 깊이 생각할 여유를 주면 안 될까."

"그래. 그럼 그렇게 해. 더 이상 긴 말 하지 않겠네."

얼마 동안 무거운 침묵이 흘렀고, 그들은 학문당 뒷골목의 식당에 들러 저녁 식사를 나눈 뒤 헤어졌다. 집으로 돌아오는 버스 안에서 승우는 마음속으로 뼈마디가 녹아나는 듯한 감격의 눈물을 흘렸다. 누구라 할 것 없이 저 혼자만 잘살기 위해 발버둥치는 이 삭막하고 살벌한 시대에 박 사장 같은 사람을 친구로 두었다는 사실만으로도 가슴이 벅차올랐다.

그 이튿날이었다. 아침 일찍 영호한테서 전화가 걸려왔고, 승우는 그를 만나기 위해 시내 호텔로 나갔다. 날씨는 어제보다 훨씬 더 청명했다. 승우가 커피숍으로 들어섰을 때, 시야가 탁 트인 통유리 창가에 앉아 있던 영호가 번쩍 팔을 들며 부리나케 다가왔다. 그가 승우 앞에서 허리를 꺾으며 공손히 인사했다.

"안녕하셨습니까."

"잘 지냈어?"

"네, 저야 잘 지냈습니다. 이쪽으로 앉으시죠."

그들은 자리에 앉았고, 종업원에게 커피를 주문했다. 커피숍 안에는 잔잔한 음악이 흐르고 있었다. 승우가 혼잣말처럼 중얼거렸다.

"바쁠 텐데⋯⋯."

"사실은 별로 바쁘지도 않아요. 실질적인 업무는 중역들이 다 처리하니까요."

영호는 재벌 총수답지 않게 무척 겸손했다. 두 다리를 가지런히 모으고 똑바로 앉아 있는 그의 자세도 여간 얌전한 것이 아니었다. 승우가 말했다.

"어제는 학문당 박 사장을 만났지."

"그 어른도 잘 지내시죠?"

"물론. 박 사장도 영호에게 칭송을 아끼지 않더군."

"송구스럽습니다. 저는 아직 칭송을 받을 만한 사람이 못 됩니다."

"무슨 말을⋯⋯. 난 영호를 만날 때마다 묘한 착각을 일으키곤 해. 꿈을 꾸고 있는 듯한 착각 말일세. 영호가 그렇게 대성하다니 얼마나 기쁜지 몰라."

"아이구, 전 아직도 멀었어요. 만물박사님께서 앞으로 많은 도움을 주셔야 합니다."

"만물박사는 무슨 만물박사. 난 아무것도 아니야."

그때 종업원이 커피를 가져왔다. 영호가 말했다.

"저어, 오늘은 좀 외람된 말씀을 드리려고 합니다만⋯⋯."

"뭔데?"

"거두절미하고 결론부터 말씀드리겠습니다. 박사님을 저희 회사 상임고문으로 모시고 싶습니다."

영호는 벼락치기로 말했고, 승우는 그 말에 귀를 의심했다. 어제 박 사장의 제안도 전격적이었지만 이건 뭐 핵폭탄으로 호되게 얻어맞은 것보다도 더 충격적이어서 어안이 벙벙할 따름이었다. 승우가 되물었다.

"상임 고문?"

"그렇습니다. 수락해주십시오. 저도 꼭 은혜를 갚고 싶습니다."

"은혜?"

"제가 헐벗고 굶주릴 때 박사님께서 베풀어주신 그 은혜를 어찌 잊겠습니까."

"어허, 그런 말은 하지도 말게. 내가 영호한테 해준 것이 뭐가 있다구……."

"그렇지 않습니다. 본래 배고플 때 짜장면 사준 사람은 오래도록 잊히지 않습니다. 박사님께서는 제가 권투할 때 체육관까지 찾아오셔서 비싼 불고기를 사주셨지요. 짜장면 따위와는 비교도 할 수 없잖아요. 그뿐이 아닙니다. 박사님의 따뜻한 위로와 격려가 아니었던들 저는 그때 절망의 구렁텅이에서 헤어나지도 못했을 겁니다. 제가 어찌 그 은혜를 잊겠습니까. 저는 그 은혜에 대한 작은 보답을 드리고 싶습니다. 부디 제 뜻을 받아주십시오. 저희 회사에 벌써 고문님께서 쓰실 아담한 사무실까지 마련해 놓았습니다."

"내가 태흥물산에 기여할 일이 없잖아."

"그건 걱정하지 마십시오. 오다가다 들르시기만 해도 됩니다. 저희 회사는 이익을 많이 냅니다. 제가 살아 있는 한 끝까지 고문님 생계를 책임지겠습니다."

"아, 아니야. 난 영호한테 그런 혜택을 받아야 할 아무런 이유가 없어. 회사 차원에서 좋은 일을 하고 싶다면 나보다 더 어려운 사람들을 도와줘."

"물론 앞으로는 그렇게 하겠습니다. 저 자신이 밑바닥 출신이니까요. 우선 제 간청부터 들어주십시오."

"아, 정말……."

"조금도 부담은 느끼지 마십시오. 지난번에 뵙고 나서 이미 중역들과도 충분히 의논했습니다. 그 사람들 역시 대환영이었습니다. 만약 박사님께서 제 건의를 받아주시지 않는다면 저는 중역들에게 식언하는 꼴이 될 뿐만 아니라 고문 한 분도 영입하지 못하는 무능력자 취급을 받게 됩니다. 은혜를 갚을 줄 모르면 인간도 아닙니다. 저는 인간이 되고 싶습니다. 고문님 수당도 책정해 놓았습니다. 많이는 못 드려도 연간 1억 원 이상 드릴 수 있습니다. 박사님께서 고문으로 취임해주시기만 하면 저희 회사 분위기가 확 달라질 것입니다. 은인을 섬길 줄 아는 회사, 의리를 중시하는 회사, 인간미 넘치는 회사…… 저는 그런 기업 문화를 만들고 싶습니다."

영호의 의지는 단호했다. 그 말을 듣는 순간 승우는 목구멍이 울컥하면서 가슴이 뻐근해짐을 느꼈다. 하지만 승우는 워낙 졸지에 그런 제안을 받은 터여서 뭐라 확답을 할 수가 없었다. 승우가 말했다.

"여보게, 침착하게 다시 잘 생각해 봐. 옛말에 돌다리도 두드리면서 건너라고 했어."

"하하하……. 그러실 줄 알고 지난 몇 달 동안 심사숙고한 나머지 오늘에야 비로소 제 속내를 털어놓는 겁니다. 좋습니다. 오늘 결단을 내리시기 어렵다면 며칠 동안 기다리겠습니다. 아무쪼록 제 뜻을 받아주시리라 믿습니다."

그 말을 끝으로 영호는 짤끔짤끔 커피만 마실 뿐 입을 굳게 다물었다. 승우도 너무 당황한 나머지 별로 할 말이 없었다. 그들 두 사람 사이에는 무거운 침묵이 흘렀다.

여름 내내 죽지 못해 살아 왔는데 박 사장과 영호한테서 이런 엄청난 제안이 겹치기로 들어올 줄이야 누가 알았을까. 학문당이나 태흥물산 가운데 어느 쪽을 선택하든 승우에게는 이제 살길이 확 트인 셈이었다. 운명이란 이렇듯 어느 날 갑자기 귀신도 모르게 바뀌는 모양이었다.

승우는 문득 유리창 밖으로 눈길을 던졌다. 거기, 이 도시의 공해쯤이야 아무것도 아니라는 듯 앙바틈한 소나무 한 그루가 떠억 버티고 있었다. 그런 소나무 가지 사이로 아내와 은경이와 옥경이와 성현이의 착한 얼굴이 점점 더 선명하게 떠오르고 있었다. (《문파문학》 2009년 겨울호)

절망을 희망으로

충남 부여군 석성면 증산리 원증산 마을. 나는 몽매에도 잊지 못할 이 마을에서 태어났다. 집안이 무척 빈한했다. 골수에 사무치는 가난. 그 살인적인 빈곤 속에서 어렵게, 아주 어렵게 학창시절을 보냈다.

살아야 했다. 어떻게 해서든 살아남아야 했다. 무엇보다도 굶어 죽지 않고 끝까지 살아남아야 한다는 절체절명의 당면 과제가 항상 두 어깨를 짓눌렀다.

밥벌이가 시급해 몇 번인가 학업을 포기하려 했다. 연로하신 부모님 봉양이 발등에 떨어진 불이었다. 하지만 학업 포기도 마음대로 되지 않았다. 학교 선생님들 때문이었다. 선생님들은 내게 밥벌이 대신 배움의 길을 마련해주었다. 밥벌이냐, 배움이냐…… 중·고등학교에 다니는 동안 그 틈바구니에서 엄청난 갈등을 겪지 않으면 안 되었다.

필자는 일찍이 중학교 때부터 문학에 뜻을 두고 있었다. 하지만 문학이 어디 쉬운가. 피나는 노력이 필요했다. 중·고등학교에 다니는 동안 학교

도서실을 들락거리며 세계 명작 등 숱한 문학 서적을 탐독했다.

1970년 1월 고등학교를 졸업할 때 필자 나이는 우리 나이로 열아홉 살이었다. 하지만 호적 나이는 만 16세에 지나지 않았다. 음력으로 설을 쇠고 나자 스무 살이 되었고, 그로부터 얼마 뒤 호적 나이는 17세로 접어들었다.

자, 나는 이제부터 어디로 갈 것인가. 고교 3학년 때 서라벌예술대학 주최 전국고등학생 문예작품 현상 모집에 희곡을 응모해 당선작 없는 가작 1석으로 입상한 적이 있었지만, 그것이 밥을 먹여주는 것은 아니었다.

우선 지방공무원 시험을 겨냥했다. 내 실력 정도면 지방공무원 정도는 너끈히 합격할 수 있었다. 하지만 호적상 나이가 아직 응시 자격에 미치지 못했다. 포기할 수밖에 없었다.

당시 호적 나이를 정정한다는 것은 사실상 불가능했다. 법적으로야 당연히 법원의 판결을 거쳐 호적 나이를 정정할 수 있었지만, 그러나 사법서사의 손을 빌려야 하는 등 거기에 따르는 번거로운 절차와 비용 또한 녹록지 않았다.

호적 정정을 포기하고 공무원 시험 대신 여기저기 다른 일자리를 알아보았다. 하지만 고향에서 내가 할 수 있는 일이라곤 아무것도 없었다. 농토가 있었다면 농사꾼이 되었겠지만, 우리 집에는 애당초 송곳 꽂을 땅조차 없었다.

실의와 좌절이 파도처럼 밀려왔다. 죽고 싶을 만큼 괴로웠다. 그런 괴로움 속에 급기야 서울행을 결심했다. 서울에 가면 무슨 수가 있겠지. 그해 6월 충남 논산역에서 완행열차를 타고 서울 영등포역에서 내렸다. 낯선 세계, 새로운 세계를 향한 일종의 도전이었다.

하지만 서울은 그렇게 호락호락한 곳이 아니었다. 활짝 열린 고생문이

기다리고 있었다. 입을 것, 먹을 것이 없었다. 무더운 여름이 가고 가을이 왔다. 서러웠다. 한때 신동이니 수재니 천재니 하는 칭송을 들었건만 이 꼴이 뭐란 말인가. 대관절 전생에 무슨 죄를 지었기에 이 고생을 해야 하는가. 필자는 수도 없이 하느님을 원망했다.

그해 겨울은 유난히도 혹독했다. 배가 고팠다. 이가 시리도록 추웠다. 배고픔과 추위에 떨며 뼈마디가 물러나는 중노동에 시달렸다. 구로동을 거점으로 영등포 일대에 흘린 땀과 눈물은 헤아릴 길이 없었다. 생전 처음 해보는 중노동은 그야말로 죽을 맛이 아닐 수 없었다.

고향이 그리웠다. 부모님과 형제들이 보고 싶었다. 하지만 고향에 갈 수가 없었다. 만약 고향에 땅뙈기라도 있었더라면 이내 돌아갔겠지. 하지만 고향의 우리 집에는 애당초 땅이네 뭐네 그런 것이 없었다. 말하자면 고향에 간다 한들 뭐 뾰족한 수가 있을 리 만무했다. 죽으나 사나 끝까지 맨땅에 박치기를 할 수밖에 없었다.

처절했다. 아무것도 가진 것 없이 일가친척조차 없는 이 황량한 객지에 발을 붙이기란 이만저만 힘든 것이 아니었다. 그래도 학교 다닐 때에는 공부깨나 했고, 난다 긴다 하는 학우들 사이에서 별로 꿀릴 것 없이 지냈다. 더군다나 세계 명작 등 문학 서적도 읽을 만큼 읽었다. 그 당시 내 나이에 나만큼 책을 읽은 사람도 흔치는 않았다. 하지만 서울이라는 곳은 네가 뭐냐, 네 놈 따위는 안중에도 없다는 듯이 매정했다.

나는 어쩔 수 없는 촌놈이었다. 시골에서 올라온 새파란 애송이 촌놈. 그런 촌놈이 서울 시민으로 신분을 바꾸기란 여간 어려운 것이 아니었다. 특히 별것도 아닌 놈들이 돈 좀 있네 하고 목에 힘을 주고 뻐길 때에는 아니꼽고 더러워서 오장육부가 뒤틀렸다. 때로는 그런 놈들과 맞붙어 목숨

건 주먹다짐도 불사했다.

그 과정에서 죽을 고비를 참 많이도 넘겼다. 사느냐, 죽느냐……. 처음 서울행을 결심했을 때에는 내 나름대로 청운의 꿈이 있었다. 하지만 막상 서울에 발을 들여놓은 뒤로는 현실적인 생존 문제와 정면 대결을 벌이지 않으면 안 되었다.

산다는 것이 참으로 절박했다. 그 막다른 골목에서도 한 가닥 희망이 있었다면 그건 바로 문학이었다. 중학교 때부터 다짐했던 문학에의 꿈. 그 꿈을 실현하기 위해 어떤 고통도 참아내며 이를 앙다문 채 악으로, 깡으로 버텼다.

힘겹게 일한 대가로 푼돈이 생기면 득달같이 청계천으로 달려갔다. 그 당시 청계천에는 서점들이 즐비했다. 내 고향 부여나 논산에서 구할 수 없던 책들이 서점마다 가득가득 빼곡하게 쌓여 있었다. 그런 책을 손에 넣을 때마다 그래도 서울에 오기를 참 잘했다고 자위하면서 문학에의 꿈을 키웠다.

시간이 날 때마다 책을 읽었다. 습작도 했다. 책상이 있을 리 만무했다. 돼지우리보다 별로 나을 것 없는 누추한 방바닥에 배를 깔고 엎드려 책 읽고 원고지 메우며 공부를 계속했다.

그러던 중 호적 나이 만 18세를 돌파했을 때 어느 잡지사에 취직했다. 직책은 편집부 기자. 그때부터 육체노동에서 벗어나 정신노동을 하게 되었다. 기사 쓰고, 교정 보고, 편집을 배웠다. 하지만 여전히 배가 고팠다. 예나 지금이나 잡지사 임금이 신통치 않기 때문이었다.

그래도 손에서 책과 원고지를 떼지 않았다. 열심히 읽고, 끊임없이 습작을 계속했다. 그 과정에서 1973년 문화공보부(문화체육관광부의 전신) 문

266

예작품 현상 모집에 장막 희곡을 응모해 당선작 없는 가작으로 입상했다. 1974년에는《신동아(新東亞)》논픽션 현상모집에 당선했다. 그 역경 속에서도 이렇듯 서광이 비치기 시작했다.

1975년에는 한국문인협회《월간문학(月刊文學)》편집부 기자가 되었다. 문학지라야《현대문학(現代文學)》,《월간문학(月刊文學)》,《문학사상(文學思想)》,《한국문학(韓國文學)》(창간순)밖에 없던 시절이었다. 당시 문협 이사장은 문학평론가 조연현(趙演鉉) 선생님, 상임이사는 시인 이인석(李仁石) 선생님, 사무국장은 희곡작가 오학영(吳學榮) 선생님이었다. 필자는 소설가 조정래(趙廷來) 선생님, 이세룡(李世龍) 시인과 함께 좋은 문학지를 만들기 위해 혼신의 힘을 기울였다. 어느덧 조연현 선생님을 위시하여 이인석, 오학영 선생님은 고인이 되셨지만, 그 훌륭한 분들을 만날 수 있었던 것은 큰 행운이었다.

1976년 소설을 써서《현대문학》초회추천(初回推薦)을 받았다. 추천 위원은 저 유명한 대작가 안수길(安壽吉) 선생님이었다. 초회추천작 단편소설「불길」이《현대문학》9월호에 발표되자마자 이 작품을 일본의《친화(親和)》지가 일역(日譯)하여 전문 게재했다. 그때 내 나이는 우리 나이로 스물여섯, 만으로 스물다섯, 호적 나이로 스물세 살이었다.

필자는 그 여세를 몰아 그 이듬해 1월《현대문학》완료추천(完了推薦)을 받았다. 이는 초회추천을 받은 지 4개월만의 일이었다. 이때에도 추천 위원은 역시 안수길 선생님이었고, 추천 완료작품은 단편소설「향연(香煙)」이었다. 이때부터 다른 사람들이 필자를 소설가라고 불러주었다.

그러고 나서 마음씨 착한 여성을 만나 결혼도 했고, 1979년에는《월간독서(月刊讀書)》장편소설 현상 모집에 당선했다. 당선작은「목신(牧神)의 마을」이었다. 이 작품은 출간되자마자 전국 각지의 서점을 강타했고, KBS 라디오에서 연속방송극으로 각색 방송하는 등 놀라운 반향을 불러일으켰다.

아이들이 차례차례 태어났다. 스물아홉 살 때에는 작은 아파트도 장만했다. 그때쯤 해서는 서울에 온 지도 어느덧 10년이 지나가고 있었다. 이렇듯 필자는 그 힘들었던 20대를 지나면서 절망을 딛고 일어나 희망의 발판을 마련했다. 그 후 어려운 일이 닥칠 때마다 저 쓰라렸던 그때 그 시절을 되돌아보며 나 자신을 채찍질하고 있다. (《지구문학》 2014년 봄호)

날품팔이의 넋두리

중학교 다닐 때, 우리 학교에서는 이른바 특수반을 운영했다. 석차 1등에서 60등까지를 선발하여 특수반으로 편성했다. 그러니까 이 특수반에는 공부 잘하는 학생들만 모여 있었다. 항상 상위권을 유지했던 나는 1학년부터 3학년까지 줄곧 특수반에 몸담고 있었다.

중학교 3학년 때였다. 1학기를 마치고 여름방학이 되자 고등학교 입시에 대비한 보충수업이 시작되었다. 공식적인 학사 일정과는 별개로 일종의 비공식 과외인 셈이었다. 나는 보충수업을 받지 못했다. 보충수업에 따른 별도의 수업료를 낼 수가 없기 때문이었다.

집안은 가난하고, 부모님 연세는 많으시고……. 그 당시 우리 집은 근동에서 가장 가난했다. 극빈 중의 극빈이었다. 요즘 말로 말하자면 기초생활보호대상인 셈이었다. 어쩌다 면사무소에서 무상으로 지질지질 '구호양곡'이 나왔지만, 그것만으로는 허기를 달랠 수가 없었다.

우리 고향에서는 구호양곡을 통상 '배급'이라 불렀다. 배급 받으러 오라는 통지가 나오면, 어머니가 부대 자루를 챙겨들고는 산 넘고 들 건너 휘적휘적 면사무소를 찾았다. 면사무소에서는 납작보리[壓麥], 밀가루, 강냉이가루 같은 양곡을 주었다. 어머니는 마치 동냥자루나 바랑 망태기 같은 짐을 머리에 이고 집으로 돌아오셨다.

그렇게 살아가는 살림이었으니 오죽했으랴. 더군다나 나는 부여군 석성면 증산리 원증산마을 우리 집에서 논산읍 부창동에 있던 논산대건중학교까지 장장 10킬로미터를 도보로 통학하고 있었다. 가정 형편이 넉넉하면 논산읍에서 하숙을 하거나, 버스 또는 자전거로 통학할 수도 있었다. 하지만 그건 배부른 사람들의 잠꼬대에 지나지 않았다.

비가 오나 눈이 오나 그 머나먼 길을 걸었다. 아침밥을 뜨는 둥 마는 둥 허둥지둥 그 길을 걸어갔다. 점심은 빳빳이 굶어야 했다. 점심시간이 되어 동료 학우들이 도시락 뚜껑을 열 때에는 반찬 냄새가 코를 찔렀다. 꼬르륵 꼬르륵 뱃속에서 피라미 여울 넘는 소리가 나면 운동장 가장자리로 나가 수도꼭지에 입을 대고는 벌컥벌컥 수돗물을 들이켰다.

그런 형편에 고등학교 진학을 위한 보충수업이라니……? 고등학교는 무슨 얼어 죽을 고등학교? 그건 호사 중에도 호사, 사치 중에도 사치가 아닐 수 없었다. 더군다나 나로서는 보충수업료를 낼 수가 없었으므로 진학이고 나발이고 모두 포기할 수밖에 없었다.

나를 제외한 특수반 학우들은 전원 보충수업을 받았다. 하지만 나는 동료 학우들이 보충수업을 받는 동안 등교하지 않은 채 여기저기 부잣집으로 품 팔러 다녔다. 논 매고, 콩밭도 매고……. 하루 노동을 마치고 나면 맞돈으로 따박따박 품삯을 주었다. 어른들보다는 적은 품삯이었지만, 품을 팔아 부모님 살림을 도울 수 있다는 것이 가슴 뿌듯하게 느껴졌다.

자본주의는 정말 가혹했다. 개뿔이나 아무것도 가진 것 없는 가난뱅이는 학업의 기회에서도 뒤로 밀릴 수밖에 없었다. 아버지 어머니께서 내 앞길을 걱정하며 억장 무너지는 한숨을 내쉬었지만 어쩔 도리가 없었다. 나는 여름방학이 끝나갈 무렵까지 그렇게 날품팔이를 하였고, 내친 김에 아예 학교를 작파할 결심까지 굳혔다.

에라, 좋다. 차제에 학교를 때려치우자. 그 대신 독학으로 문학을 공부하자. 문학을 하는 데 무슨 졸업장이 필요한가. 젠장, 문학으로 뜻을 이루지 못한다면 막노동으로 먹고살면 되지. 나는 그런 어설픈 생각을 하며 문학이야말로 내가 가야 할 유일한 길이라 확신했다.

그렇다면 어찌하여 하필 문학을 선택하게 되었을까. 거기에는 그럴 만한 내력이 있었다. 아직은 어쭙잖은 발상일 수도 있었겠지만, 아마도 어린 시절부터 '얘기책'을 많이 읽어 그런 선택을 했던 것 같다.

본래 우리 집은 마실꾼들의 본거지나 다름없었다. 우리 집 마당에는 수령(樹齡)을 헤아릴 수 없는 아름드리 감나무가 있었다. 여름이면 밤마다 마실꾼들이 그 노거수(老巨樹) 밑으로 모여들었다. 모깃불 피워 놓고 밀대방석에 앉아 한바탕 이야기꽃에 빠져드는 동안 감나무에서는 툭탁툭탁 땡감이 떨어지곤 하였다.

그런가 하면 우리 집은 다른 집과 달리 식구가 단출했다. 따라서 겨울에도 거의 예외 없이 우리 집으로 마실꾼들이 모여들었다. 나는 예닐곱 살 때부터 마실꾼들, 즉 동네 아저씨들에게 『춘향전(春香傳)』, 『심청전(沈淸傳)』, 『흥부전(興夫傳)』, 『유충렬전(劉忠烈傳)』, 『장국진전(張國振傳)』, 『홍길동전(洪吉童傳)』, 『삼국지(三國志)』, 『옥루몽(玉樓夢)』, 『홍루몽(紅樓夢)』 같은 얘기책을 읽어 드리곤 했다.

가물거리는 등잔불 아래 얘기책을 읽다 보면 어른들은 조용히 숨을 죽였다. 어떤 대목에서는 "저런! 저런!" 하며 탄복을 자아내기도 했고, 또 어떤 대목에서는 "아이고, 큰일 났네!" 하면서 가슴을 조이기도 했다. 그러다가 절정에 이르러 상황이 느닷없이 반전되면 일제히 박수를 치면서 "와, 와!" 환호성을 올렸다. 나 역시 어른들의 그런 추임새에 빨려 들어가 얘기책의 서사 구조에 몰입하곤 했다.

어떤 얘기책이든 그 줄거리는 엎어지고 잦혀지고 곤두박질을 치면서 흥미진진하게 전개되었다. 밤이 깊어지면 마실꾼들은 "자, 그럼 오늘은 거기까지만 읽고 내일 또 계속할까." 하면서 자리를 파하곤 했다. 그분들은 그 이튿날 어김없이 모여들어 계속되는 얘기에 귀를 기울였다.

얘기책 속의 그 서사 구조가 바로 소설이요 문학이라는 사실을 알게 된 것은 훨씬 뒤의 일이지만, 어쨌거나 나는 아주 어린 시절부터 감동으로 다가오는 재미있는 얘기에 심취해 있었다. 그렇지. 나 혼자서 그렇게 가슴 뭉클한 얘기를 쓰면 되잖아. 학교 공부를 작파하기로 결심했을 때 나는 스스로에게 그렇게 다짐하고 있었다.

그런데 내가 중학교에 들어간 이후로는 마실꾼들의 발걸음이 부쩍 줄어 얘기책 읽어드릴 기회도 사실상 흐지부지되었다. 하지만 나는 벌써부터 미래의 이야기꾼을 꿈꾸고 있었으며, 3학년 여름방학의 보충수업에서 밀려난 이후 어느 누구도 말리지 못할 무시무시한 '문학 병'에 빠져 들었다. 그때쯤 해서는 학교 규정상 박박 밀어야 했던 까까머리 두발까지 더부룩하게 자라 꺼치렁 밤송이가 되어 있었다.

그러던 어느 날이었다. 담임선생님으로부터 중요한 전갈이 왔다. 자전거로 통학하던 학우를 통해 날아든 선생님의 말씀인즉 거두절미하고 학교에 나오라는 것이었다. 어쩔 수 없이 학교에 나갔다. 이발도 하지 않은 꺼벙머리가 학교에 도착했을 때 선생님은 연민의 눈길을 보내왔다.

"그동안 어떻게 지냈나?"

"부잣집에 일하러 다녔습니다."

"그랬구나. 보충수업은 빠졌다 해도 2학기 개학하면 학교에 나와."

"네? 저는 아예 학교를 자퇴하려고 합니다."

"뭐야?"

"선생님께서도 제 형편을 잘 아시지 않습니까. 부모님은 연세가 많으셔서 노동을 할 수가 없습니다. 제가 부모님을 봉양해야 합니다. 저 자신 매일 먼 길을 걸어서 통학하기도 너무 힘들었습니다. 차라리 학교를 그만두겠습니다."

"알고 있어. 하지만 공부는 아무 때나 하는 게 아니야. 네가 지금 학교를 그만두면 다시는 중학교에 입학할 수가 없어. 긴 말 하지 말고 무조건 학교에 나와. 이발부터 하고 말이야."

"저는 학비를 마련할 길이 없습니다."

"내가 마련해주면 되잖아. 그건 걱정 말고 학교에 꼭 나와."

선생님께서는 엄명을 내리셨고, 나는 그만 위압에 주눅이 들고 말았다. 그렇게 해서 2학기 개학 때 쭈뼛쭈뼛 학교에 나갔다. 하지만 한 번 흥미를 잃어버린 공부에는 별 관심이 없었고, 선생님과의 약속을 지키기 위해 마지못해 나간 것이었다.

그날, 선생님께서는 줄판과 철필과 사자표 원지 한 통을 주시면서 연습 문제지 필경을 하명했다. 나는 일찍이 초등학교 6학년 때부터 원지를 긁은 적이 있었으므로 필경에는 자신이 있었다. 문제는 시간이었다. 학교 공부를 마치고 집에 돌아와 원지를 필경하려면 늘 시간이 모자랄 수밖에 없었다. 몸이 파김치처럼 늘어졌지만, 선생님께서 시키신 일을 중도에서 어영부영 그만둘 수는 없었다. 설사 쓰러질 때는 쓰러지더라도 끝까지 책임을 완수하지 않으면 안 되었다.

석유 등잔에서는 까만 그을음이 치솟았다. 나는 밀려오는 졸음을 하품으로 몰아내며 열심히 원지의 촛농을 긁어냈다. 살그랑살그랑……. 줄판에 철필 긁히는 경쾌한 소리가 끊임없이 이어졌다. 원지 필경을 마치고 나서 숙제까지 하려면 시간은 어느덧 자정이 되어 지서(支署)로부터 통행금지 사이렌 소리가 들려오곤 하였다.

살짝 눈을 붙이고 나면 이번에는 통금 해제 사이렌이 울렸고, 닭 우는 소리와 함께 건넛마을 예배당에서 종 치는 소리가 들려왔다. 억지로 눈 비비고 일어나 서둘러 세수한 뒤 밥인지 죽인지 허둥지둥 조반을 해결한 다음 책가방을 싸들고는 사타구니에서 요령 소리가 날 만큼 빠른 걸음으로 등굣길을 재촉했다.

원지 한 장을 필경하면 선생님께서는 그에 따른 수고비랄까 필경료로 20원을 주셨다. 중학교 1학년 때 1분기 수업료는 9백 원이었고, 그때쯤 해서는 1분기(3개월) 수업료가 1천5백 원 가량 하던 시절이었다. 인문지리를 가르쳤던 담임선생님뿐만 아니라, 국어 영어 수학을 가르치는 다른 선생님들께서도 연습 문제지 필경 일감을 주셨다. 나는 필경사 고학생이 되어 근근이 중학교를 졸업할 수 있었다. 초등학교 6년 개근에 이어 중학교도 3년 개근했다.

중학교를 졸업하자 이제는 모든 것을 접고 내 길을 갈 때가 되었다. 하지만 중3 때의 담임선생님께서는 나를 거의 '강제로' 논산대건고등학교에 밀어 넣었다. 이는 우리 학교가 중·고등학교 병설이니까 가능한 일이었다.

나는 결국 내 의지와는 별 관계없이 엉겁결에 고등학생이 되었다. 선생님들께서는 나를 가엾고 기특하게 여기셨던지 이번에는 협동조합 구매부에 일자리를 마련해주셨다. 이로써 나는 명실상부한 근로장학생이 되었고, 수업료를 전액 면제받을 수 있었다.

그뿐 아니라, 선생님들께서는 중학교 때 그랬던 것처럼 수시로 연습 문제지 필경을 맡겨주셨다. 그때부터 나는 수업료를 면제받는 데다 별도의 필경료까지 받아 돈을 벌면서 학교에 다니는 독특한 학생이 되었다. 알뜰살뜰 필경료를 모아 학용품을 사 쓰는 것은 물론 참고서와 문학 서적까지 사 볼 수 있었다.

하지만 공부하랴, 협동조합 일 보랴, 필경하랴, 1인 2역 또는 1인 3역을 감당하다 보니 항상 바쁠 수밖에 없었다. 어디 그뿐인가. 나에게는 다른 학우들과 달리 한 가지 공부가 더 있었다. 문학 공부였다. 나는 고등학교에 들어간 이후 학교 수업보다도 문학 공부에 더욱 열을 올리고 있었다.

집안 여건상 어차피 대학에 들어갈 형편도 못 되었고, 문학에의 뜻을 굳힌 이상 집중적으로 한 우물을 파고들었다. 시간만 났다 하면 세계 명작등 문학 서적을 탐독했다. 특히 필경이 없는 날이나 공휴일에는 문학 서적에 풍덩 빠져 꼬박 밤을 지새운 적도 한두 번이 아니었다.

고등학교 3학년 때 서라벌예술대학 주최 전국 고등학생 문예콩쿠르에 단막 희곡 한 편을 응모해 당선작 없는 가작 1석으로 입상했다. 그해 가을, 성북구 돈암동 서라벌예대 시상식장에서 저 유명한 안수길 김동리 서정주 박목월 선생님을 처음 뵈었다.

그로부터 두어 달 뒤, 구체적으로 말해 1970년 1월 논산대건고등학교를 졸업했다. 고등학교 3년 과정도 개근했다. 그러니까 나는 초등학교에서 고등학교까지 연속 12년 개근이라는 진기록을 세웠다. 기록은 깨지기 위해 존재하는 것이라고 하지만, 내가 세운 기록은 영원히 깨질 수 없는 불멸의 기록이다. 그렇게 모범적으로 고등학교까지 졸업했는데도 고향에서는 제대로 밥벌이할 만한 일자리가 없었다.

나는 냇가에 나가 삽으로 모래를 긁어모았다. 블록 공장의 일용직 잡일이었다. 그러다 그해 6월 5일 비장한 각오를 안고 상경했다. 하지만 서울은 그렇게 녹록한 곳이 아니었다. 사돈의 팔촌도 살지 않는, 혈연도 지연도 학연도 아무런 연고도 없는 이 도시에 발을 붙이기란 맨땅에 박치기하기나 다름없었다.

특히 내 나이는 호적상 두 살이 줄어 있었으므로 아직 18세 미만의 미성년에 지나지 않았다. 주민등록증이 있을 리 만무했다. 공무원 시험 응시 자격은 말할 나위도 없고, 그 어디 이력서조차 낼 수가 없었다. 구로동을 거점으로 영등포 일대를 헤매면서 흘린 피와 땀과 눈물은 과연 얼마던가.

그랬다. 나는 결코 일류 노동자가 아니었다. 차라리 중·고등학교를 다니지 않고 노동판에서 잔뼈가 굵었더라면 노련한 노동자가 되어 있었을 텐데, 나야말로 냇가에서 모래 긁어모으는 잡일 이외에는 해 본 적이 없었으므로 반 쭉정이 노동자에 지나지 않았다.

더욱이 나에게는 돌아갈 곳이 없었다. 꿈을 이루기 전까지는 죽어도 고향에 돌아갈 수가 없었다. 아니, 고향에 돌아간다 한들 내가 할 일이라곤 아무것도 없었다. 고향을 떠나면서 돌아가지 못할 강을 건넌 이상 밑바닥을 박박 기는 수밖에 없었다.

그렇다고 뭐 뚜렷한 앞길이 보이는 것도 아니었다. 학교 다닐 때에는 신동이니 수재니 천재니 별 칭송을 다 들으며 통산 12년을 개근할 만큼 성실하게 살아 왔건만, 막상 삶의 현장으로 뛰어들었을 때에는 온갖 눈꼴사나운 장벽뿐이었다. 별것도 아닌 저질 졸부들이 돈 좀 있네 빼기고, 함량 미달의 돌대가리들이 학벌 자랑하며 목에 힘을 줄 때에는 아니꼽고 티꺼워서 오장육부가 뒤틀렸다.

나는 그 살벌한 세상의 틈바구니에서 살아남기 위해 처절하게 발버둥쳤다. 그 과정에서 뼈마디가 물러나는 중노동과 유혈 낭자한 자존심의 상처를 감내하기란 이만저만 힘든 것이 아니었다. 전생에 무슨 죄를 지었기에 이토록 혹독한 대가를 치러야 하는가. 악으로, 깡으로……. 때로는 목숨 건 일전을 불사했다. 어렸을 때부터 유난히 부끄러움을 많이 탔던 나는 어느 사이엔가 맹수 같은 '독종'으로 변해 가고 있었다.

이렇듯 현실과 부딪치는 동안 실의와 좌절이 꼬리를 물고 줄기차게 따라왔다. 여러 차례 죽을 고비를 넘겼고, 가슴에는 쓰라린 한이 응어리로 맺혔다. 하지만 나에게는 가야 할 길이 있었다. 문학에의 길. 청계천 헌책방을 누비며 보고 싶었던 책을 손에 넣었을 때에는 그렇게 기쁠 수가 없었다. 학창 시절부터 꼭 읽고 싶었던 작품을 구하면 서울에 오기를 참 잘했다고 자위하며 뜬눈으로 밤을 지새웠다.

상경 이후 약 이태 동안 가위 살인적인 고생을 하고 나서 호적상 나이 만 18세에 이르렀을 때 가까스로 어느 잡지사에 취직했다. 이를 계기로 내 생업은 종래의 육체노동에서 정신노동으로 전환되었다. 하지만 의지가지없는 외톨이 촌놈이 이 도시에서 스스로 설 자리를 찾기란 요원하기만 했다. 아, 어느 세월에 먹고 자고 누울 자리를 마련할 것인가.

한편, 나는 고등학교를 졸업하던 해부터 매년 일간지 신춘문예에 응모

했다. 역량이 모자라 번번이 최종심에서 낙방했다. 그러다가 1973년 문화공보부(문화체육관광부의 전신) 문예작품 현상 모집에 장막 희곡을 응모, 당선작 없는 가작으로 입상했다. 기뻤다. 그 이듬해인 1974년에는 《신동아(新東亞)》논픽션 현상모집에 우수작으로 당선했다.

그동안 외곬으로 신춘문예만을 고집했던 나는, 1976년 여름 대작가 안수길 선생님께 단편소설 한 편을 보여드렸다. 안 선생님께서는 선뜻 그 단편소설 「불길」을 《현대문학(現代文學)》 9월호에 추천해주셨다. 초회추천(初回推薦)이었다. 이 소설이 발표되자마자 일본의 《친화(親和)》에서 「炎」이란 제목으로 번역하여 전재(轉載)하였다. 나는 다시금 부랴부랴 단편소설을 써서 역시 안 선생님께 보여드렸고, 안 선생님께서는 그 단편소설 「향연(香煙)」을 《현대문학》 1월호에 추천해주셨다. 완료추천(完了推薦)이었다.

이로써 나는 문단에 발을 들여 놓았고, 그때부터 다른 사람들이 나를 소설가라고 불러주었다. 《현대문학》 추천을 받기가 하늘의 별 따기만큼이나 어려웠던 시절, 나는 안 선생님의 각별한 배려로 초회추천을 받은 지 불과 4개월 만에 완료추천을 받았다. 그 이후 여기저기에서 원고 청탁이 들어오기 시작했다. 그뿐 아니라, 고려원 등 이름 있는 출판사에서 전작 장편소설 계약을 제의해 왔다.

그해 마음씨 착한 한 여성을 만나 결혼도 했고, 1978년 고려원에서 전작장편소설 『풍랑의 도시』를 간행했다. 문단의 반응이 그런대로 괜찮았다. 그 이듬해인 1979년에는 《월간독서(月刊讀書)》 장편소설 현상 모집에 『목신(牧神)의 마을』로 당선했다. 이 작품은 KBS가 라디오 연속극으로 제작하여 방송하는 등 큰 호평을 받았다. 나는 그 여세를 몰아 1980년에 들어서면서 첫 창작집 『화려한 밀실』 등 한 해에 책을 네 권이나 간행했다.

그 후 소설, 동화, 영화 대본, 교양물 등 물불 가리지 않고 여러 장르의 글을 썼다. 간행된 책만 해도 소설집, 장편소설 등 수십 권을 헤아린다. 여기에 사사(社史) 편찬, 남의 자서전 대필 등 무기명 또는 타인 명의로 나간 글까지 합치면 얼마나 될까. 이처럼 찬밥 더운밥 가리지 않고 죽을 둥 살둥 거의 초인적으로 글을 쓰는데도 무슨 업보인지 고단한 생활고에서 벗어날 길이 없었다.

마음 같아서는 방에 콱 들어박혀 작품다운 작품만 쓰고 싶었다. 하지만 그게 마음대로 되지 않았다. 쌀값, 연탄값으로부터 자유로운 적이 없었다. 아이들이 자라나면서 학비 문제가 두 어깨를 짓눌렀다. 내 생활은 언제나 살얼음판 위를 걷듯, 아니면 작두날 위를 걷듯 아슬아슬하였다. 그럴 때마다 잡지사나 출판사에 잠깐잠깐 취직해 들락날락하며 위기를 넘기곤 했다.

자본주의는 문학의 세계라고 해서 예외일 수가 없었다. 장편소설을 쓰려면 최소한 그 작품을 쓰는 동안의 생활비가 필요했다. 하지만 내게는 그럴 만한 자본이 없었다. 말하자면 항상 아랫돌 빼서 윗돌 괴고, 윗돌 빼서 아랫돌 괴는 형국인지라 언제나 헐떡헐떡 숨이 가빴다.

그럼에도 불구하고 나는 지난 세월 직장에서의 안주보다는 진정한 '전업 작가'가 되기를 희구했다. 그러나 무늬만 전업 작가일 뿐 나는 아직까지 참다운 전업 작가가 되지 못했다. 모름지기 전업 작가라고 하면 글을 써서 그 수입으로 먹고살 수 있어야 할 텐데 지금까지의 내 경우는 그렇지 못했다.

그 대신, 저 모진 시련을 헤쳐 나오는 동안 훌륭한 상을 꽤 받았다. 1987년 대통령표창, 1990년 제7회 동포(東圃)문학상, 1992년 제2회 시(詩)와시론(詩論) 문학상, 1994년 제20회 한국소설문학상, 1995년 제14회 조연현

문학상·대통령표창, 2005년 제1회 문학저널창작문학상·제19회 한국예총예술문화상 공로상(문인부문), 2007년 노동부장관 표창, 2012년 제28회 PEN문학상, 2014년 부여 100년을 빛낸 인물(문화예술부문)·제14회 들소리문학대상, 2016년 제30회 한국예총예술문화대상(문인부문)·제3회 익재문학상을 수상했다.

한편, 번듯한 직장 없이 날품팔이 자유인으로 살다보니 꽤 오랫동안 문학 단체의 부름을 받아 직원 또는 임원으로 몸담았다. 그동안 한국소설가협회 사무차장·사무국장·감사·이사·부이사장을 역임했고, 현재는 이사의 일원으로 법인 운영에 동참하고 있다. 국제PEN클럽한국본부에서는 1995년 제28대 집행부 시절부터 수차 이사직을 연임하고 있으며, 2001년에는 사무처장에다 문화정책위원장까지 겸임한 적도 있었다.

한국문인협회와의 인연은 그보다 훨씬 오래되었다. 1975년부터 1977년까지 《월간문학(月刊文學)》 기자를 시작으로, 1992년 제19대 집행부 출범과 동시에 줄곧 이사직을 연임해 오는 동안 2005년 1월부터 2007년 1월까지 사무처장 대우 편집국장, 2007년 1월부터 제24대 소설분과회장을 역임했고, 2011년 1월 제25대 임원 선거에서 부이사장에 당선돼 상임이사를 겸임했다.

어디 그뿐인가. 2015년 1월 제26대 임원 선거에서 또다시 부이사장에 당선돼 영광의 재선을 기록했고, 제25대 집행부에 이어 제26대 집행부에서도 상임이사를 겸임하고 있다. 많은 문인들의 따뜻한 배려와 과분한 사랑이 여러 가지로 부족한 나에게 이런 직임(職任)을 마련해주었다. 실로 고마운 일이 아닐 수 없다.

돌이켜 보면, 문단에 첫발을 들여놓은 이래 적지 않은 세월이 흘렀다. 혈기 왕성했던 나는 어느덧 이순(耳順)을 훌쩍 넘어 초로에 접어들었다. 평생 토록 가난의 굴레를 벗지 못했던 부모님께서 돌아가셨고, 나를 추천해주 신 안수길 선생님을 위시하여 가까이에서 모셨던 문단의 여러 어른들 또 한 앞서거니 뒤서거니 유명을 달리하셨다.

그동안 내 신변에도 숱한 우여곡절들이 있었다. 우선 아이들이 줄줄이 태어나 성장했다. 3남매 중 두 녀석은 벌써 가정을 이루었고, 늦둥이 한 녀석은 아직 학업 중에 있다. 가족들과 더불어 굶어 죽지 않고 어떻게 살 아 왔는지 정말 기적이라고밖에는 달리 설명할 길이 없다. 가족 모두 건 강하고, 특히 아이들이 큰 말썽 부리지 않고 잘 자라준 것은 가위 천운이 라 하겠다.

그 사이 문단에는 새 별들이 끊임없이 등장했다. 1970년대 한국문인협 회 회원은 1천여 명에 불과했지만, 이제는 1만 2천여 명을 훌쩍 넘어섰 다. 한국소설가협회의 경우 창립 당시에는 회원수가 2백 명 안팎이었으나 이제는 무려 1천여 명을 헤아리게 되었으니 자못 놀라운 일이라 하겠다.

이러한 변화의 현장에서 나는 어린 시절 동네 어른들에게 얘기책을 읽 어드리던 열정으로 선후배 동료 문인들을 한없이 존경하고 사랑했다. 모 두가 권력과 돈에 눈먼 이런 혼탁한 시대일수록 문학의 가치는 더욱 소중 할 수밖에 없다. 아울러 나는 내 신분이 문인이라는 사실을 망각하지 않 으려 노력했고, 아무리 어려운 궁지에 몰리더라도 가당찮은 불의와는 결 코 타협하지 않았다.

괜히 구질구질한 궁상을 떨지도 않았다. 모름지기 문인이라면 그 정신 이 추상같이 형형해야 하지 않을까. 경제적으로 곤궁해지거나 정신력이 조금이라도 느슨해진다 싶으면 가차 없이 긴장의 고삐를 잡아챘다. 수업료가 없어 보충수업을 받지 못했던 고향에서의 지긋지긋한 가난과 영등포에서의 피눈물 나는 밑바닥 중노동. 그 지옥 같은 고통을 회상할라치면 저절로 정신이 번쩍 들면서 불퇴전의 용기가 되살아나는 것이었다.

한편, 나는 지금까지 여러 문학 단체에 관여해 오면서 어떻게 하면 문학의 사회적 위상을 높일 수 있을 것인가 고민을 거듭해 왔다. 이 고민은 아직도 현재진행형이지만, 어쨌든 내가 가야 할 길은 여전히 멀다. 앞으로 반드시 작품다운 작품을 써내야 할 것은 물론, 여러 은인들에게 마음의 빚을 갚아야 할 뿐만 아니라, 문단의 미래를 위해 미력이나마 힘을 보태야 할 현실적 과제가 있기 때문이다. (※ 이 글은 본래 《한국소설》 2013년 11월호에 발표했던 것으로, 그 이후의 상황 변화를 일부 첨가 수정하였음.)

소설가 이광복(李光馥) 연보

■약력

1951년 음력 4월 30일(양력 6월 4일) 충남(忠南) 부여군(扶餘郡) 석성면(石城面) 증산리(甑山里) 원증산(元甑山) 마을에서 부친 이진구(李辰求, 一名 喜成) 님과 모친 윤대순(尹大順) 님의 4남 3녀 중 장남으로 출생. 본관은 한산(韓山). 누님 두 분과 동생 넷이 있음.

1953년 종가(宗家)의 후사(後嗣)로 백부 이창구(李昌求) 님과 백모 강만순(姜萬順) 님에게 입양(入養)되어 같은 마을에서 자람. 유년기에는 이 같은 사실을 모르다가 나중에야 알았음.

1964년 석양초등학교 졸업(제7회)

1967년 논산대건중학교 졸업(제17회)

1969년 서라벌예술대학 전국 고등학생 문예작품 현상모집 희곡부문 가작 1석 입선

1970년 논산대건고등학교 졸업(제19회)

1972년 노동청(현 고용노동부) 공보담당관실 근무

1973년 문화공보부 문예창작 현상모집 장막희곡 입선

1974년 극작워크숍 제2기 동인

1974년 동아일보사 《신동아(新東亞)》 논픽션 현상모집 당선

1975년 한국문인협회《월간문학(月刊文學)》 편집부 기자

1976년《현대문학(現代文學)》 9월호 소설 초회추천(初回推薦)

1977년《현대문학》 1월호 소설 완료추천(完了推薦)

1979년《월간독서(月刊讀書)》 장편소설 현상모집 당선

1983년 독립기념관건립추진위원회 전문위원

1989년 한국소설가협회 사무차장

1991년 한국소설가협회 사무국장

1992년 한국문인협회 이사(제19대, 이후 제20대~제26대 연임)

1993년 한국소설가협회 운영위원

1994년 한국소설가협회《한국소설(韓國小說)》 편집위원

1995년 한국소설가협회 감사

1995년 국제PEN한국본부 이사(제28대, 이후 제29대~제34대 연임)

1995년 중경공업전문대학(현 우송대학교) 문예창작과 강사

1996년 '문학의 해' 조직위원회 행사분과 위원

1997년 해군사관학교 제52기 순항훈련 참관

1999년 한국소설가협회 중앙위원

2000년 김동리-박목월문학관 건립추진위원회 발기위원

2001년 국제PEN한국본부 문화정책위원장 겸 사무처장

2001년 한국소설가협회 이사

2001년 문학의집 서울 창립 회원

2003년 대한민국 명예해군(제7호, 현)

2005년 한국문인협회 편집국장(사무처장 대우)

2007년 한국문인협회 소설분과회장(제24대)

2007년 월간 《문학저널》 주간(현)

2009년 재경부여군민회 자문위원(현)

2010년 한국소설가협회 부이사장

2011년 한국문인협회 부이사장(제25대) 겸 상임이사

2011년 《월간문학》 주간(현)

2011년 《계절문학》(2015년 가을호부터 《한국문학인》으로 제호 변경) 주간(현)

2011년 안수길전집간행위원회 편집위원

2011년 (재)나누리장학재단 창립 이사

2012년 서울남부지방검찰청 시민위원(제4기)

2013년 한국문인협회 평생교육원 소설창작과 교수(현)

2013년 서울남부지방검찰청 시민위원(제5기)

2015년 한국문인협회 부이사장(재선, 제26대) 겸 상임이사(현)

2015년 제1회 세계한글작가대회 집행위원회 위원

2015년 문학신문(文學新聞) 고문(현)

2016년 한국소설가협회 부이사장(재선, 현)

2016년 한국문학진흥 및 국립한국문학관건립공동준비위원회 위원장(현)

2016년 제2회 세계한글작가대회 집행위원회 위원

2017년 문화체육관광부 문학진흥정책위원회 위원(현)

2017년 국립국어원 말다듬기위원회 위원(현)

2017년 국제PEN한국본부 자문위원(현)

2017년 사비신문 고문(현)

2017년 한국현대문학희망포럼 대표(현)

2017년 서울남부지방검찰청 시민위원(제9기, 현)

■ 작품 활동

1978년 장편소설 『풍랑의 도시』(고려원) 간행

1979년 장편소설 『목신(牧神)의 마을』(월간독서 출판부) 간행

1979년 장편소설 『목신의 마을』이 KBS-R 연속극으로 제작 방송됨

1980년 제1창작집 『화려한 밀실』(도서출판 금박) 간행

1980년 제2창작집 『사육제(謝肉祭)』(도서출판 열쇠) 간행

1980년 장편소설 『폭설』(신현실사) 간행

1980년 제1콩트집 『풍선 속의 여자』(육문사) 간행

1986년 제3창작집 『겨울여행』(문예출판사) 간행

1986년 전래동화 『에밀레종』(일신각) 간행

1988년 중편소설집 『사육제』(고려원) 간행

1989년 장편소설 『열망』(문예출판사) 간행

1990년 장편소설 『술래잡기』(문이당) 간행

1991년 장편소설 『목신의 마을』(문성출판사) 재간행

1991년 장편소설 『폭설』(민문고) 재간행

1991년 제2콩트집 『슈퍼맨』(예원문화사) 간행

1992년 단편 「절벽」이 KBS-TV 미니시리즈로 극화 방영됨

1993년 장편소설 『겨울무지개』(우석출판사) 간행

1994년 장편소설 『바람잡기』(남송문화사) 간행

1995년 장편소설 『송주임』(자유문학사) 간행

1995년 장편소설 『이혼시대(전3권)』(자유문학사) 간행

1995년 광복 50년 기록영화 〈시련과 영광〉(120분. 국립영화제작소) 대본 집필. 세종문
화회관 상영, KBS-TV 방영

1996년 남미 이민 기록영화 〈꼬레야 꼬레야니〉 대본 집필. K-TV 방영

1997년 장편소설 『삼국지(전8권)』(대교출판사) 간행

1998년 항해일지 『태평양을 마당처럼』(도서출판 지혜네) 간행

1998년 정부수립 50년 기록영화 〈아, 대한민국〉(120분. 국립영상제작소) 대본 집필.
세종문화회관 상영, KBS-TV 방영

1999년 장편소설 『한 권으로 읽는 삼국지』(대교출판사) 간행

2000년 장편소설 『안개의 집』(이노블타운) 발표

2001년 제4창작집 『먼 길』(행림출판사) 간행

2001년 장편소설 『사랑과 운명』(행림출판사) 간행

2002년 시베리아 횡단철도 기록영화 〈한러친선특급〉 대본 집필. K-TV 방영

2003년 시사평론집 『세계는 없다』(도서출판 연인) 간행

2004년 장편소설 『불멸의 혼-계백』(조이에듀넷) 간행

2005년 정인호 애국지사 전기 『끝나지 않은 항일투쟁』(도서출판 신원기획) 간행

2007년 소설선집 『동행』(청어출판사) 간행

2010년 교양서적 『금강경에서 배우는 성공비결 108가지』(청어출판사) 간행

2011년 교양서적 『천수경에서 배우는 성공비결 108가지』(청어출판사) 간행

2011년 장편소설 『계백』(『불멸의 혼』 개작, 청어출판사) 간행

2012년 장편소설 『구름잡기』(새미출판사) 간행

2013년 장편소설 『안개의 계절』(뒤뜰출판사) 간행

2016년 장편소설 『황금의 후예』(청어출판사) 간행

2017년 교양서적 『문학과 행복』(도화출판사) 간행

■ 상훈

1987년 대통령표창 수상

1990년 제7회 동포(東圃)문학상 수상

1992년 제2회 시(詩)와시론(詩論)문학상 수상

1994년 제20회 한국소설문학상 수상

1995년 제14회 조연현문학상 수상

1995년 대통령표창 수상

2005년 제1회 《문학저널》 창작문학상 수상

2005년 제19회 한국예총 예술문화상 공로상(문인부문) 수상

2007년 노동부장관 표창 수상

2012년 제28회 PEN문학상 수상

2014년 제14회 들소리문학상 수상

2014년 부여 100년을 빛낸 인물(문화예술부문) 수상

2016년 제30회 한국예총 예술문화대상(문인부문) 수상

2016년 제3회 익재(益齋)문학상 수상

2017년 제9회 정과정(鄭瓜亭)문학상 수상

2017년 제3회 한국지역연합방송(KNBS) 대상(문학부문) 수상